☞ 사계절 이야기

☞ 에릭 로메르

☞ 길경선 옮김

# ÉRIC ROHMER

# Contes des quatre saisons

에릭 로메르

Éric Rohmer(1920·3·21 ~ 2010·1·11)
본명은 장 마리 모리스 셰레(Jean Marie
Maurice Schérer). 프랑스의 영화감독인
에릭 로메르는 비평가이자 소설가,
교사이기도 했다. 에릭 로메르라는
이름은 영화감독 에리히 폰 슈트로하임과
작가 삭스 로메르에게서 따왔다.
    프랑스의 영화운동 누벨바그를
이끈 기수이면서도 감독으로서의
명성은 비교적 뒤늦게 얻었으며,
1956년에서 1963년까지 영화비평지
《카이에뒤시네마》의 편집장으로
활약했다. 오랜 시간에 걸쳐 발표한
'도덕 이야기', '희극과 격언' 그리고
'사계절 이야기' 연작은 동일한 주제에
대한 로메르의 변주 능력을 유감없이
드러낸다. 꾸밈없는 일상의 성실한
기록과 통찰은 오히려 인물의 마음속에
자리한 모험심을 길어 올리며, 이들의
대사 한마디 한마디에서 그날의 날씨와
분위기가 전해진다. 에릭 로메르는
'희극과 격언'에 속하는 「녹색 광선」으로
1986년 베니스영화제 황금사자상을,
'사계절 이야기'에 속하는 「겨울
이야기」로 1992년 베를린영화제
국제비평가협회상을, 「가을 이야기」로
1998년 베니스영화제 각본상을
수상하였다. 2010년 1월의 아침,
눈을 감은 뒤 몽파르나스 묘지에 묻혔다.


옮긴이 길경선

서울대학교 불어불문학과와 같은
대학원을 졸업했다. 이후 이화여자대학교
통번역대학원 한불과에서 수학하고,
현재 통번역사로 지낸다. 옮긴 책으로
모파상의 『밤: 악몽』, 『시몬 베유의 나의
투쟁』(공역), 『페멘 선언』 등이 있다.

Conte de printemps

Conte d'été

Conte d'automne

Conte d'hiver

Conte de printemps

봄 이야기

개봉 ☞ 1990년 4월 4일
러닝타임 ☞ 1시간 52분

잔 ☞ 안 테세드르
나타샤 ☞ 플로랑스 다렐
이고르 ☞ 위그 케스테
에브 ☞ 엘로이즈 베네트
가엘 ☞ 소피 로뱅
질다 ☞ 마르크 를루
윌리암 ☞ 프랑수아 라모르

제작 ☞ 마르가레트 메네고즈
　　(레필름뒤로장주)
영상 ☞ 뤼크 파제스
영상보조 ☞ 필리프 르노, 브뤼노 뒤베
음향 ☞ 파스칼 리비에
음향보조 ☞ 뤼도비크 에노
사운드믹싱 ☞ 장피에르 라포르스
편집 ☞ 마리아루이사 가르시아
편집보조 ☞ 프랑수아즈 콩베스
프로덕션매니징 ☞ 프랑수아즈
　　에셰가레
프로덕션매니징보조 ☞ 에두아르
　　지라르데
음악 ☞ 플로랑스 다렐, 테디
　　파파브라미, 알렉상드르 타로,
　　세실 비냐

놓여 있고, 남자 셔츠와 스웨터가
의자에 걸쳐져 있다. 탁자 위 책과
서류 사이에는 빵조각들이 널려 있다.
잔은 옷을 정리하다가 생각을 바꾸어,
철학서들이 꽂혀 있는 선반이 올려진
책상으로 향한다. 그중 두세 권을 집어
가방에 넣고는 여행 가방을 찾으러
옷장 쪽으로 간다. 잔은 옷장 위 칸에
깔끔히 정리된 자신의 속옷과 옷 들을
꺼내 가방에 챙겨 넣는다.

잔은 차를 타고 오던 길을 되돌아,
몽마르트르 쪽으로 방향을 틀더니
17구의 건물 앞에 멈춘다. 그러고는
계단을 올라 6층으로 향한다.

---

금요일
고등학교, 오후.
파리 북쪽 외곽의 한 고등학교 앞.
수업을 마치고 나온 잔은 차에 올라타
파리로 향한다.
때는 3월 말. 과일나무에는 꽃이 피고,
새싹이 돋기 시작한다. 차는 파리
시내로 들어가 3구의 한 건물 앞에서
멈춘다.

잔의 아파트.
들어가기 전, 잔은 문에 귀를 갖다
댄다. 안에서 아무 소리도 들려오지
않자, 그제야 열쇠로 문을 열고
들어간다. 반쯤 비어 있는 여행 가방
하나가 탁자 위에 놓여 있을 뿐, 깔끔히
정리되어 있는 곳이다. 잔은 창가로
가서 발코니의 꽃들을 바라본다.
그러다 옷장 쪽으로 가자, 사각팬티만
걸친 젊은 남자가 욕실에서 나온다.
그는 잔을 보더니 급히 뒷걸음친다.

---

마티유의 아파트.
잔은 층계참에 난 문을 열쇠로 열고
안으로 들어간다. 엉망인 방을 보고
잔은 난감해한다. 침대 위엔 정리되지
않은 이불과 베개가 아무렇게나

질다
앗, 죄송해요.
잠시만요.

잔은 옷장을 열고 블라우스를 챙겨
가방에 넣는다. 잠시 후 남자는 바지를
챙겨 입고 셔츠 단추를 막 잠그며
다시 나타난다.

질다
자신을 소개하며
안녕하세요. 가엘의 친구
질다라고 해요.
죄송해요. 좀 전에는 가엘이
들어오는 줄 알고.

잔
아녜요. 제가 죄송하죠.
제 잘못인걸요. 가엘이 이미
떠난 줄 알았거든요. 벨을
누르고 들어왔어야 했는데.

질다
원래 떠났어야 되는데
저 때문에 아직 못 갔어요.
알고 계시는 줄 알았네요.

잔
아, 들었어요. 짐만 좀
챙겨 가려고 온 거라서요.
바로 나갈 거예요.

질다
죄송하네요. 본인 집에
오신 건데요.

잔
가엘은 연수가 안 끝났나요?

질다
아니요, 끝났어요. 일요일에
떠날 거예요. 저는 가엘을
보러 온 거고요. 파리 근처에서
군복무 중이거든요.

잔
그러시군요.

밖에서 발자국 소리가 들린다. 이어서
열쇠로 문을 여는 소리가 들린다.
가엘이 들어오더니 빠르게 뛰어와 잔을
안고는 생기 넘치게 말을 건넨다.

가엘
잔!

잔
가엘!

가엘
얼굴 보니까 정말 좋다!
어떻게 지냈어?

잔
잘 지내고 있어.

가엘
사실 나 하루 종일 너한테
연락하려고 했었어. 이틀 더
지내도 되는지 물어보려고.
그러니까 일요일 저녁이나
되도록 월요일 아침까지.
왜냐면…
가엘은 문장을 끝내지 않고 웃는다.

잔
망설임 없이
그래. 난 괜찮아.
연수는 잘 끝났어?

가엘
응, 잘 끝났어, 고마워.
뭐 예상대로였어.

질다
별로일 거라고 생각했었잖아.

가엘
생각보단 괜찮았어.
잘된 셈이지. 물론 뽑히진
못했지만.

잔
뽑히다니?

가엘
상위 열 명을 뽑아서
다음 단계 연수를 시켜준대.
어쨌거나 난 절대 거기
낄 수 없을 거야…
그건 그렇고 널 보러
언제 오면 될까?

잔
날 보러? 지금 보고 있는데, 뭘.

가엘
감사 인사는 제대로 해야지.
내일이나 일요일에는
집에 안 와?

잔
응, 아마 안 올 거야.
근데 정말 안 그래도 돼.
번거롭게 그럴 필요 없어.

가엘
그래도 네가 나한테 베풀어준 걸
생각하면 그럴 수는 없지!

잔
사촌끼리 뭘 그래.
가엘은 잔이 의자 위에 올려둔 가방을
쳐다본다. 잔은 그 시선을 눈치챈다.
옷 좀 가져다두려고 왔어.
온 김에 다른 옷도 좀 챙겨
가려고. 이제 봄이잖아.

가엘
맞아, 정말!
오늘은 완연한 봄날이네.

잔은 계속해서 옷장 속의 짐을 챙긴다.
전화벨이 울린다. 가엘이 받는다.

가엘
여보세요! 네, 집에 있어요.
잔, 네 전화야!

잔
놀라며
그래?
수화기를 건네받는다.
네… 아, 코린이구나!
잘 지냈어? 내가 지금 집에 있는
건 어떻게 알았어?

그냥 걸어봤다고? 너, 운이
좋은 편이구나. 나 집에 잠깐
들른 거였거든. 5분 전에 왔어,
이제 곧 나갈 거고…
축하해… 아쉽지만 안 될 것
같아. 갑작스러운 연락이라…
응, 알지… 그래,
사실은 나 약속 하나도 없어.
잔은 웃는다.
몽모랑시? 아니, 어딘지 알아.
클레망소 거리 5번지 5층…
아냐, 괜찮아. 외웠어.
현관 비밀번호는? 알았어.
안녕, 이따 보자.
잔은 전화를 끊고 다시 옷장으로
향한다. 원피스 두세 개를 골라 견준다.
오늘 저녁 약속이 생겼으니,
원피스를 챙겨야겠네.

가엘
미안해. 네가 집에 있다고
얘기하지 말 걸 그랬나 봐.

잔
아냐, 정말 괜찮아. 못 본 지
오래된 친군데. 오늘 간만에
보게 됐으니 좋지, 뭐.

---

몽모랑시, 코린의 아파트.
거실.
아직 손님이 많지 않다. 잔은
사람들과 떨어져 혼자 술잔을 들고

소파에 앉았다. 열여덟, 열아홉쯤
되어 보이는 젊은 여자가 잔의
시선을 끈다. 방 한가운데 혼자
서 있는 그녀는 생각에 잠겨 있다.
사람들이 그 앞을 지나가지만 그들에게
관심은 없어 보인다.
아파트 안쪽에서 40대 남자가
그녀에게 다가간다. 그가 달갑지 않은
소식을 전하는 모양이다. 그녀는
실망한 기색이다. 남자는 여자의
어깨를 부드럽게 감싼다. 남자는
여자의 입술 끝에 입을 맞추고는
문 쪽으로 걸어간다. 여자가 그의 손을
잡고 따라간다.

잠시 후 여자는 혼자 돌아온다.
잠시 방을 서성이다, 술잔을 들고
소파로 와서 잔의 옆에 앉는다.
한 모금 마신 뒤, 옆자리 잔의 존재를
의식하는 듯 보인다.

나타샤
옆의 원탁에 놓인 빈 잔을 보며
**다른 것 좀 더 드릴까요?**

잔
아니요.
고맙지만 괜찮아요.

나타샤
전 나타샤라고 해요.

잔
저는 잔이에요. 코린 친구죠.

나타샤
코린이요?
누군지 잘 모르겠는데.

잔
웃으며
우리가 지금 있는 곳이 바로
코린네 집인 것 같은데요!

나타샤
아, 그래요?
여기 아는 사람이
아무도 없거든요.

잔
저도 마찬가지예요.
코린 빼고요. 그런데 코린이
지금 여기 없네요. 사람들을
데리러 나갔거든요.

나타샤
그래서 코린을 기다리는
중인가요?

잔
네, 가능하면 그러려고요.

잠시 침묵이 흐른다.
나타샤는 잔을 살펴보더니
질문을 하기 시작한다.

나타샤
혼자 오신 거예요?

잔
네.

나타샤
파리에 사시나요?

잔
네.

나타샤
언제 갈 거예요?

잔
최대한 늦게 가려고요.
지금 가고 싶은 거예요?

나타샤
네. 저랑 같이 온 사람이
좀 전에 급하게 떠났거든요.
그래도 뭐,
이따가 누구 차든
얻어 탈 수 있겠죠.

잔
그렇지만 지금 당장은
어렵잖아요?

나타샤
기다려야죠, 뭐.

잔
내가 지금 바로
태워다줄 수 있어요.

나타샤
하지만 좀 전에
최대한 늦게 가신다고
했잖아요!

잔
그렇긴 하지만 태워다주고
다시 와도 괜찮아요.

나타샤
설마, 정말 그럴 생각은
아니시죠?

잔
아녜요. 잠깐
드라이브할 겸 다녀오죠, 뭐.
바람도 좀 쐬고 싶고.

나타샤
코린을 기다리는 동안에요?

잔
사실 기다리지 않아도 돼요.
꼭 만나야 하는 건
아니거든요. 코린은 아마
오늘 자기를 찾는 사람들이
많아서 정신없을 거예요.
그러니 날 이해할 테죠.
대학 친군데, 거의 안 보고
사는 사이나 다름없어요.
그리고 날 초대한 것도
그냥 형식적인 거라…
내가 왜 여길 왔는지
모르겠네요.
아뇨, 사실은 잘 알고 있죠.
잔은 웃는다.
제가 완전히 이상해
보이겠어요!

나타샤
아뇨. 전혀 그렇지 않아요.
게다가…

잔
게다가 뭐요?

나타샤
여기 오신 이유는 수없이
많을 수 있죠. 이를테면 코린
말고 다른 사람을 보고 싶으셨을
수도 있잖아요. 아직 오진
않았지만 아주 늦게 올 수도
있는 그런 사람이요.

잔
충분히 가능한 이야기이지만
제 경우는 아니에요. 현실은
소설만 못하죠. 그러고 보니
현실이 소설보다 더할 수도
있겠네요. 현실은 부조리
그 자체니까요. 그러니 기게스의
반지를 낀 사람이 있다면…

나타샤
무슨 반지요?

잔
기게스의 반지. 플라톤의 책에
나와요. 그 반지를 끼면 사람들
눈에 보이지 않게 되죠. 어쨌든
그래서, 만약 보이지 않는
누군가가 오늘 늦은 오후부터
지금까지 제가 한 말들을

들으며 제 일거수일투족을
쭉 지켜보았다면, 이 상황의
의미가 전혀 이해 안 됐을
거예요. 물론 이 상황에 어떤
의미가 있긴 하다면요. 왜냐면
제 생각에 지극히 유치한
거라서요.

나타샤
어떤 건데요?

잔
별거 아니에요.

나타샤
그래도 얘기해보세요!

잔
정말 별거 아닌데…
사실 전 지루함을 못 느끼는
사람이에요. 아무것도 안 하고,
생각하는 것만으로도 충분히
바쁘거든요. 그런데 오늘 저녁엔
유치하게도 초조한 상태에
빠져서 아무 생각도 하고 싶지
않아졌죠.

나타샤
뭔가를 기다리는 거예요?

잔
아뇨. 아무것도, 아무도
기다리지 않아요. 얘기한 것처럼
코린을 기다리는 것도 아니고요.
그냥 저는 시간이 지나가기를

기다리고 있어요. 밤이 끝나고
아침이 되길 기다리는 거죠.

나타샤
불면증이 있으세요?

잔
전혀요. 심지어 이렇게
얘기 나누기 직전에 졸음이
밀려오는 걸 꾹 참고
있었다니까요.

나타샤
그럼 자야죠.

잔
어디서요? 여기서요?

나타샤
아뇨. 파리 집에 가서요…
혹시 갈 데가 없으세요?

잔
정확히 짚으셨네요.
잔은 웃는다.
심지어 아파트 두 채의 열쇠가
있는데도 말이죠! 한 곳은 제가
누구한테 빌려줬는데, 거길 가고
싶지만 그 사람이 예정보다 오래
머물게 되는 바람에 갈 수가
없어졌어요. 남자친구까지
데려와서 쫓아낼 수도 없고요.

나타샤
다른 곳은요?

잔
다른 집은 비어 있어요. 하지만
비어 있기 때문에 그 집은
내키지 않아요. 뭐, 결국은
그 집으로 가게 될 것 같지만요.

나타샤
혼자 있기 무서운 거예요?

잔
그런 건 아니에요. 거기에서
곧잘 지내는데, 그 집 주인이
며칠 출장을 갔거든요. 혼자라면
전 그 사람 집보다는 제 집에
있는 게 더 좋은 거고요.
그냥 변덕스러운 거죠.

나타샤
그럼 그 두 집 말고 아예
다른 곳으로 가는 건 어때요?

잔
제가 지금 하고 있는 게
바로 그거예요. 지금 여기 와
있잖아요.

나타샤
여긴 잘 데가 못 되죠!
제가 갈 만한 곳을 알아요.

잔
어딘데요?

나타샤
우리 집이요. 파리 9구에

있어요. 아빠는 집에
안 들어오세요. 그러니 아빠 방
쓰시면 돼요.

잔
아니에요. 무슨 말이에요.
저 때문에 번거롭게 그럴 필요
없어요. 내가 왜 이런 얘길
했는지 모르겠네요.

나타샤
전혀 번거로울 거 없어요.
오히려 그 반대죠. 아빠가
저한테 아파트를 넘겨준 터라
제 맘대로 쓰면서 사람들을
초대하곤 해요… 그리고 이제
이곳에 더 있기 싫어졌어요.
당신도 마찬가지잖아요.
좀 전에 그러셨죠. 가요!
너무 빼는 건 별로예요.

---

침실, 뒤이어 주방.
나타샤와 잔은 자리에서 일어나
손님들의 외투와 가방이 쌓여 있는
침실로 간다. 둘은 자기 짐을 찾는다.

나타샤
엄마가 집을 떠난 지 벌써
6년이나 됐는데, 그때부터 아빤
집을 안 좋아해요. 계속 갖고
있는 건 나 때문이죠. 엄마랑
남동생은 지방에 살아요.

엄마는 거의 못 보고 지내는데
거기에는 수많은 이유가 있죠.
가장 떳떳한 이유는 학업
때문에 내가 파리에 있고 싶어
한다는 거예요. 국립음악원에서
피아노를 전공하고 있거든요.

잔

아, 정말요?

나타샤

아빠는 출장이 없을 땐 자기
여자친구 집으로 가요.
마흔 살인데 스무 살처럼 사는
사람이죠. 그러니 걱정할 거
없어요.

잔

오늘 같이 온 사람이
아버지였나요?

나타샤

오늘이요?

나타샤는 웃는다.

아뇨. 그 사람은 친구였어요.
제 친구, 남자친구예요.
우리 아빠랑 거의 비슷한
나이죠. 아빠의 여자친구는
나보다 몇 살 더 많을 뿐이고요.
혹시 충격받았어요?

나타샤와 잔은 주방으로 간다.

잔

아니요. 취향의 문제니까요.

나타샤

지금 출장 중이라는 남자친구는
동갑이에요?

잔

맞아요. 굳이 따지자면
제가 몇 달 더 빠르죠.
그런데 그쪽 남자친구는 왜
갑자기 떠난 거예요?

나타샤

일 때문에요. 기자거든요.
원래는 내일 떠나면 됐었는데,
좀 전에 회사랑 전화를
하더니 특별기를 타고 오늘
저녁에 출발하는 걸로 일정이
앞당겨졌다나 봐요. 그래서 저를
데려다줄 여유는 없었고요.
그럼 당신은 하는 일이 뭐예요?

잔

고등학교 교사예요.

나타샤

무슨 과목이요?

잔

철학이요.

나타샤

철학 선생님?
왠지 그럴 것 같았어요.

잔

정말요? 사람들은 보통

반대로 말하거든요.

나타샤

아마 외모 때문일 거예요.
물론 선생님이라고 꼭 다
못생긴 건 아니지만요.
그보다 말하는 방식 때문에
짐작했어요.

잔

혹시 나 말할 때
아는 척하는 것 같았어요?

나타샤

아뇨. 전혀 안 그래요.

잔

그럼 어떤데요?

나타샤

아주 간결하면서도 능란하게
말씀하세요. 생각과 관련된
것일 때 특히 더요. 본인 생각에
대해 많이 표현하시죠. 그러니까
그게 관심 주제신 것 같아요.

잔

그것도 그렇고 다른 것에도
관심 있죠. 하지만 지금 말한
대로예요. 난 내 생각에 대한
관심이 많아요. 지나친 편이죠.
하지만 그게 철학을 가르치는
것과는 상관없을 것 같은데.
글쎄요. 잘 모르겠네요…

나타샤

우리 아빠도 좀 그런 편이에요.
철학자는 아니시지만.
아빠는 문화부에서 반은
예술적이고 반은 행정적인
일을 하세요. 그런데 아빠는
일반화하고 이론화하려는
경향이 있죠. 그런데 당신은
그러시지 않는 것 같아요.

잔

저도 그래요. 숨기고 있을
뿐이죠. 당신은요?

나타샤

제가 하는 건 생각이라기보다
공상에 가까워요. 일반적인
생각들은 좋아하지 않죠.
그래도 철학 성적은 꽤 괜찮은
편이에요. 작년 입시에서 1등급
받았어요.

잔

1등급이라니 대단한데요!

둘은 밖으로 나간다.

이고르의 아파트 건물 앞, 밤.
나타샤와 가방을 짊어진 잔은
나폴레옹 3세 양식의 건물 대문을 열고
들어간다. 함께 계단을 오른다.

이고르의 아파트.
나타샤는 층계참에 난 문을 열고
들어가 집 안의 불을 켠다. 잔이
그녀를 따라 들어간다. 둘은 주방으로
간다. 누가 봐도 인테리어 디자이너가
1970~1980년대풍으로 꾸민
공간이다. 그래도 집의 나머지 부분은
옛 장식을 그대로 간직하고 있다. 특히
문 위에 자리 잡은 제2제정 시대풍
부조들이 그렇다. 잔은 지나가면서
이 장식들을 바라보고는 감탄한다.

나타샤
마실 것 좀 드릴까요?

잔
네, 그럼 고맙죠.
나타샤가 잔에게 줄 음료를
따르는 동안, 잔은 호기심 어린
눈빛으로 주방 가운데 세워진
네모난 기둥들을 바라본다.
도대체 이것들은 다 뭐죠?

나타샤
'이것들'이요? 적절한 단어
선택이네요. '이것들'이
얼마나 보기 싫은지 몰라요!
'이것들' 때문에 아빠와 엄마
사이가 틀어지기 시작했죠.
조금 과장하자면 그래요.
엄마가 아주 존경하던
젊은 건축가가 있었는데,
물론 내 생각에 엄마의 마음은

존경 이상이었을 거예요. 하지만
중요한 게 아니니 넘어가죠.
어쨌든 그 건축가가 엄마한테
주방을 리모델링하자고
설득한 거예요. 그때는
이 주방이 별 쓰임도 없이
공간만 낭비하고 있었거든요.
그런데 그 사람이 완전히
황당한 아이디어를 낸 거죠.
건축가들이 종종, 아니 곧잘
그러는 것처럼요. '공간의
경계를 설정해 사람들이 그곳을
돌아가게 만든다'는 논리로
식사 공간을 보호한다는
발상이었어요. 이해가 돼요?
아빠는 그냥 넘어가주셨어요.
그런데 가장 웃기는 일은,
완성이 되자 가장 실망한 사람이
바로 우리 엄마였다는 거예요.
엄마는 건축가와 다투고는
집을 나가버렸죠. 적어도 제가
본 바로는 그랬어요. 그때 전
열두 살이었죠. 사실 아빠랑
엄마 사이는 그 전부터 별로
좋지 않았고요. 부조화를
별로 개의치 않는 아빠는
처음엔 '이것들'을 그냥 맘에
들어 했어요.

잔
그렇게 문제가 됐다면 그냥
없애버릴 수도 있었잖아요?

**나타샤**
바로 그게 안 돼요! 아주 골치
아프다니까요. 이 기둥들이
콘크리트 바닥에 철근으로
고정되어 있거든요. 그래서
굴착기를 써야 하는데 그럼
아래층 천장이 무너질 수도
있대요. 결국은 그냥 여기에
적응해버린 거예요.

**잔**
그치만 그렇게 이상하지는
않아요. 약간 기괴하고,
공간의 경계를 설정한다는
아이디어는 납득이 안 되긴
하지만요. 그래도 다른 용도도
있을 것 같아요.

**나타샤**
이를테면 얘기하면서
이렇게 몸을 기댄다거나.

**잔**
이를테면 그렇죠.
잔은 웃는다.

**나타샤**
이쪽으로 오세요.
묵을 방을 보여줄게요.

둘은 주방에서 나간다.

**잔**
감탄 어린 시선으로 문을 바라보며
옛날 문들을 보존해두니

참 보기 좋네요.

**나타샤**
맞아요. 정말 아름답죠.
자, 여기예요.

**잔**
근데 여긴 아버지 방이라면서요.
언짢아하실 텐데.

**나타샤**
정말 아니에요. 얘기했듯이
아빠는 절대 여기 안 오세요.
새 시트 가져다드릴게요.

나타샤는 옆방으로 간다. 그동안 잔은
방의 벽을 가득 채운 책들의 제목을
본다. 특히 예술서적이 많다.

**나타샤**
시트를 가져와 침대 위에 올려두며
이건 좀 이따 갈기로 해요.
제 방도 구경할래요?

**잔**
그래요.

**나타샤**
벽장을 열며
짐은 여기에 두세요.
자리를 좀 만들 테니.

나타샤와 잔은 작은 방으로 건너간다.

**나타샤**
여기가 항상 제 방이었어요.

아직 장난감도 그대로죠.
남동생 방은 거실 반대편이고요.
근데 지금은 쓸 수 없는 방이
되어버렸죠. 거의 창고가 돼서.
아빠 방이 더 편하실 거예요…
전 이 집이 좋아요,
여길 떠나고 싶지 않아요.
물론 언젠간 떠나야겠지만요.
그래도 절대 버릴 수 없는
것들이 있는 법이죠.
작은 통을 보이며
지금은 빈 통이지만,
이건 제가 거의 맨 처음으로
받은 선물이었어요.

잔
그림을 가리키며
당신이에요?

나타샤
아니요.

잔
아, 그러고 보니 오래된
그림이네. 어머니예요?

나타샤
엄마도 아니에요.

잔
그럼 할머니?

나타샤
아니요.
웃으며

우리 할아버지예요!
다른 그림을 가리키며
저쪽도요. 좀 더
나이 드셨을 때 모습이죠.
나타샤는 또 다른 그림으로 향한다.
이 그림이 바로
우리 할머니예요!

둘은 나타샤의 방을 나와 거실로 간다.
거실 한가운데에는 중형
그랜드피아노 한 대가 놓여 있다.

잔
아버지가 하시는 일이
정확히 뭐예요?

나타샤
정확히요?
엄청 긴 직함이에요.
그러니까 아빠는 '젊은
예술가들을 위한 지원금
지급 위원회 보고
담당관'이에요.

잔
흥미로운 일이네요.

나타샤
그렇기도 하고, 아니기도
해요. 아빠 취향엔 지나치게
관료적인 일이에요.
공무원 체질이 아니시거든요.
예술비평가가 되는 게 아마
아빠의 꿈일 거예요.

잔
두 가지 일을 같이
못 할 건 없죠.

나타샤
맞아요. 아빠는 아주 옛날부터
책을 쓴다고 했는데 주제를
끊임없이 바꾸는 바람에 결국
아무것도 쓰지 못했어요.
내 생각엔 여자들한테 나쁜
영향을 받는 것도 같고요.

잔
여자들이요?

나타샤
아내부터 그렇죠.
그러니까 우리 엄마부터요.

잔
어머니가 예술에
관심이 없으셨어요?

나타샤
아뇨, 그 반대예요. 하지만
엄마의 방식으로였죠. 엄마는
아빠가 창조적인 예술가가
되길 원했어요. 하지만 아빠는
전혀 그럴 사람이 못 되죠.
자기 자신에게는 지나치게
엄격하고 타인에게는 지나치게
관대하거든요.

잔
아버지가 그림을 그리세요?

나타샤
아뇨, 전혀요. 하지만 엄마는
아빠가 화가나 건축가,
아니면 음악가이길 원했어요.
아님 작가나요. 어쨌든
그게 아빠 특기니까요. 아빠는
글을 잘 쓰거든요. 어떨 때 보면
정말 글을 잘 써요. 하지만
너무나 고통스럽게 써요.
엄마는 아빠가 끝없이
같은 페이지를 다시 쓰는 꼴을
도저히 못 봐줬어요. 그리고
그게 결국 아빠의 의욕을
꺾어버렸죠.

잔
그럼 다른 여자들은요?

나타샤
다른 여자들이요?
지금은 에브라는 여자친구가
있어요. 거긴 또 얘기가 다르죠.
뱀파이어 같은 여자거든요.
아빠의 생각을 훔쳐 간다니까요.
조그만 잡지에 글을 쓰거든요.
재능이 없진 않아요.
어쨌든 상당히 능란하죠.
하지만 독창적인 스타일은
아니고, 그냥 잡지 기사예요.

잔
그럼 아버지가 자극을
좀 받으시겠어요.

**나타샤**

그건 우리 아빠를 몰라서 하는
말이에요. 그 여자가 아빠의
영감을 싹 잘라버린다니까요.
얼마 전부터 아빠는 그냥
단념해버렸어요. 저쪽에
쓰다 만 원고가 있는데, 더 이상
건드리지 않죠. 슬픈 일이에요.
어쨌든 그 여자는 아빠한테
모든 면에서 나쁜 영향을
끼치고 있어요. 둘 사이가
빨리 끝나는 게 제 유일한
바람이에요. 아빠는 사랑에
빠졌다고 믿지만 착각일
뿐이에요.

**잔**

그럼 그 여자분은요?
아버질 사랑하는 것 같나요?

**나타샤**

아니요. 제 생각엔 아니에요.
아빠를 좋아하긴 하겠죠. 아빠
지금 마흔인데 한창때잖아요.
그런데 그 여자가 아빠한테 주는
것보다 아빠가 그 여자한테
주는 게 훨씬 많아 보여요.
그 여잔 아빠한테 주는 게
별로 없죠. 정말 심각한 건
아빠한테 나쁜 걸 주고 있다는
거예요. 아주 가증스러운
여자라니까요. 신은 아시겠죠.
제가 노력했다는 걸. 하지만

그 여자랑은 아주 사소한
것부터 틀어져요. 질투심이
많은 사람이에요. 날 질투하고
있겠죠. 우리 아빠 때문에요.
정말 어이가 없다니까요!

잔은 낮은 탁자 위에 놓여 있는
악보를 넘겨본다.

**나타샤**

피아노 칠 줄 아세요?

**잔**

아뇨, 전혀. 별로 손재주가
없어서… 아, 「새벽의 노래」!
멋진 곡이죠!

**나타샤**

이 곡 아세요?

**잔**

그럼요. 슈만의 곡 중에서
제일 좋아하는 거예요.

**나타샤**

제가 한번 쳐볼까요?

**잔**

아, 그런데 지금 1시라…
좀 늦은 것 같은데…

**나타샤**

그렇지 않아요. 제목과 다르게
밤에 어울리는 곡이에요.
그리고 이웃집이라면 걱정할 거
없어요. 위층에 사는 사람은

피아니스트라 이해할 거예요.
아래층은 사무실이고요.
나타샤는 피아노 의자에 앉아
악보를 살펴본다.
내일 아침에 수업 있어요?

잔
아니. 토요일엔 없어요.

나타샤
난 있어요. 내일 8시에
일어날 건데, 안 깨우고 최대한
조용히 나갈게요. 편하게 푹
자요. 12시엔 돌아올 거예요.

잔
고마워요. 근데 난 늦게까진
잘 안 자요.

나타샤
기대 없이 들어주세요. 이제 막
연습을 시작한 곡이거든요.

나타샤는 연주를 시작한다…

---

토요일
이고르의 아파트, 아침.
잔은 커튼을 연다. 잘 때 입었던 티셔츠
차림이다. 현관문 근처 욕실로 향한다.
잔이 아직 샤워를 하는데,
현관문이 열린다. 이고르가 들어온다.
그는 욕실 앞을 지난다.

이고르
나타샤, 나 왔어…! 나타샤!

샤워하는 소리가 멈춘다.

잔
욕실에서
나타샤는 지금 집에 없어요.
저는 나타샤 친구예요.

이고르
자리에 멈춰 서며
아, 미안해요.
침실에 들어가도 될까요?

잔
잠시만요!
잔은 벌어진 문틈으로 고개를
살짝 내민다.
제 옷 좀 가져올게요.

수건으로 몸을 감싼 잔은 방으로
뛰어간다. 그동안 이고르는 점잖게
얼굴을 옆으로 돌린다. 잔은 둥글게 만
옷들을 품에 안고 이내 나타난다.

이고르
돌아보지 않고
당황스럽네요.

잔
뛰어가면서
죄송해요.

이고르
제가 죄송하죠.

잔은 욕실로 들어가 문을 닫는다.
이고르는 벽장으로 가 짐가방을
꺼낸 뒤 옷가지를 챙긴다. 잔이 욕실
문을 닫는 소리가 들린다. 잔이
나타나지 않자, 이고르는 현관 쪽을
살짝 쳐다본다. 잔은 거기 서서 그가
할 일을 마칠 때까지 기다린다.

이고르
들어오셨어도 됐는데!

잔
천천히 하세요.

이고르
들어오세요. 저는 정말
괜찮아요. 볼일도 다 끝났고요.
출장을 가게 돼서 짐 좀 챙기러
잠깐 들른 겁니다. 전 나타샤
아빠예요. 짐작하셨죠?

잔
네.

이고르
제가 올 거라는 얘기는
안 하던가요?

잔
그게…

이고르
잊어버렸나 보군요.

잔
정말 죄송하네요…

이고르
*잔의 말을 자르며*

아니요, 제가 죄송하죠.
우린 서로 사과할 필요가
없는 것 같네요. 사과할 사람은
나타샤인데, 사실 그것도
아니죠. 이 집을 맘대로 쓰라고
맡겨뒀으니… 나타샤는 지금
수업 들으러 갔나요?

잔
네. 12시쯤 돌아올 거예요.

이고르
그때까지 계실 건가요?
*잔은 그렇다는 표시를 한다.*
그럼 부탁 좀 드릴게요.
제가 로마로 출장을 갔다가
수요일에 돌아올 건데,
짐가방을 다시 갖다두러
목요일 7시에 들르겠다고
좀 전해주시겠어요?
고맙습니다.
그럼 안녕히 계세요.

잔
안녕히 가세요.

나타샤가 수업을 마치고 돌아온다.
잔은 식탁에서 학생들의 과제물을
채점하고 있다.

나타샤
저 왔어요!

잔
잘 다녀왔어요?

나타샤
그냥 하던 일 하셔도 돼요…
나타샤는 거실로 가서 벽난로 위에
놓인 꽃다발을 발견한다.
어머! 꽃을 사오셨네요.
정말 고마워요… 너무 예뻐요!

잔
봄에 피는 싱그러운 꽃들이
나오기 시작했더라고요.

나타샤는 자기 방으로 들어간다.
거기에도 잔이 가져다준 꽃이
놓여 있다.

나타샤
주방으로 달려오며
고마워요. 내 방에도
꽃을 가져다뒀네요.
정말 감동받았어요. 꽃을
선물받은 게 얼마 만인지.

둘은 식탁에 앉는다.

나타샤
잘 잤어요? 혹시 나 때문에
깨지는 않았어요?

잔
아니. 9시까지 잔걸요.

나타샤
겨우?

잔
다행이었죠.
아버님이 다녀가셨거든요.

나타샤
맞다! 옷 챙기러 오신댔지.
미리 말했어야 했는데.
완전히 까먹고 있었어요.
그때 일어나 있었어요?

잔
막 일어나서 샤워 중이었어요.

나타샤
그럼 아빠를 보진 못했고요?

잔
봤죠. 도대체 그때 왜 그랬는지
모르겠는데 옷을 가지러
방으로 급하게 뛰어갔거든요.

나타샤
맨몸으로요?

잔
거의 그런 셈이죠.
수건 한 장 걸치고 있었거든요.
도대체 날 뭐라고 생각하셨을까.
하지만 그때 당신 아버지를
쳐다보지는 않았어요. 그분도
날 보지 않으신 것 같고.

나타샤
그럼 실제로는 둘이 서로
못 본 거네요?

잔

그건 아녜요. 다시 나가실 때
봤어요. 그땐 나도 옷을 입고
있었고. 그건 그렇고, 아버님이
로마로 며칠간 출장을 갔다가
가방을 두러 목요일 7시에
들른다고 전해달라셨어요.

나타샤

아빠가 그래도 아주
점잖으셨죠?

잔

상상 이상으로. 계속 사과를
하시더라고요.
그래서 더 당혹스러웠고요.
정말 난처하더라니까요.
불청객이 된 느낌이었어.

나타샤

제가 초대한 거잖아요!

잔

아버님도 그렇게 말씀하셨어요.
그렇긴 해도, 제가 그분을
자기 방에서 쫓아냈다는 생각이
갑자기 들더라니까요.

나타샤

아빠는 여기 살지도 않는걸요?

잔

그래도 어쨌든 그분 방이니까요.
방치해둔 방은 아니죠. 그분이
살고 있는 것처럼 완벽히

정리되어 있고. 난 사람들이
정리정돈하는 방식에 상당히
민감하거든요. 나 자신부터가
광적으로 집착하니까. 좀 전에도
보면 난 여기에 앉아서 과제물을
채점하고 있었죠. 아버님 책상에
올려져 있던 서류와 책 들을
단 1센티미터도 옮기고 싶지
않았기 때문이에요.

나타샤

그러네요. 나도 아빠 물건들은
너무 손대지 않는 게 좋을
거라 생각해요. 하지만 그것
빼곤 다 괜찮아요. 그리고 다시
말하지만, 원하는 만큼 여기
머물다 가세요.

잔

고마워요. 하지만 오늘 밤과
내일까지면 돼요. 월요일이면
우리 집이 비니까.

나타샤

여기서 같이 지내는 게 난
전혀 불편하지 않아요. 오히려
기쁘죠. 여기가 진짜 우리
집처럼 느껴져서요. 무슨 말인지
이해 안 되시겠지만, 나중에
설명할게요… 오늘 오후엔
뭐 하세요?

잔

보통은 쇼핑을 하는데,

별로 급할 건 없어요. 당신만
괜찮다면 그냥 여기서 책을 좀
읽고 싶네요.

나타샤
시골에 가는 건 어때요?

잔
원하면 태워다줄게요.

나타샤
퐁텐블로 근처에 별장이
있거든요. 안타깝게도 자주
가진 못해요. 말도 안 되는
이유들로요. 그래도 그 집이
팔리기 전에 최대한 많이
가 있고 싶어요. 지금 가면
벚꽃이 피어서 정말 예쁠
거예요. 같이 가요!

---

퐁텐블로 숲가의 한 마을.
그들이 탄 차가 정원과 꽃이 핀
나무들이 보이는 담장 옆을 지난다.

나타샤
저기 끝에서 왼쪽으로
꺾으면 돼요!

지금은 주택으로 개조된 옛 농장의
마당에 차가 멈춘다. 나타샤는
안쪽으로 뛰어간다. 잔이 나타샤 뒤를
힘겹게 따라간다.

잔
잠깐만! 같이 가야죠!

---

별장.
나타샤는 좁은 통로로 들어간다.
통로는 마당 뒤편 정원으로 이어진다.
그곳에 있는 집의 출입문은 자물쇠가
채워진 덧문으로 막혀 있다.
나타샤가 덧문을 치우는 동안 잔은
잔디 위를 걷는다.

잔
정말 아름답네! 별로
방치해둔 곳 같진 않은데요.

나타샤
아빠가 작년만 해도 꽤
관리를 했어요. 하지만 올해는
그럴 것 같지 않아 걱정이죠.

잔
발끝으로 걸으며
바보 같지만 꽃들을 밟을까 봐
겁이 나네.

나타샤
발이 젖을 거예요!
잠시만요!
장화 드릴게요.

나타샤와 잔은 집 안으로 들어가
계단을 오른다. 위층의 방은 큰 꽃무늬
벽지가 발라져 있다.

나타샤
벽지는 신경 쓰지 마요!
엄마가 고른 건데, 전 정말
싫어요. 새로 바를 시간이
없었어요.

잔
그렇게 나쁘지 않은데요.
빛깔이 마음에 들어.

둘은 침실로 들어간다.

나타샤
이 방을 쓰면 돼요!

잔
창밖을 보며
돌벽이 참 예쁘네.

나타샤
맞아요. 사생활 보호도 되고요.

나타샤는 다른 쪽 문을 연다.

나타샤
제 방도 한번 봐요!

나타샤는 덧창을 연다. 나타샤와 잔은
정원 쪽으로 난 창가에 팔꿈치로 몸을
기댄다. 둘은 함께 정원으로 내려간다.

잔
놀랍네. 앵초는 좀 더 있어야
피는 줄 알았는데.

나타샤
아니에요. 딱 이맘때예요.

하지만 제비꽃은 벌써
다 피어버렸죠.

잔
아, 정말이요?

나타샤
지금이 제일 예쁠 때예요.
풀들이 많이 자라지 않아서요.
하지만 관리하지 않으면
6월에는 정글이 돼버려요.
지지대 칠을 다시 하는 게
급선무예요. 녹슬고 있잖아요.
난 정원에서 이 부분이
참 좋아요. 제일 좋아하는
곳이죠. 물론 엄마는
안 좋아하셨어요. 나무를 다
잘라버리고 싶어 할 정도였죠…
왜 웃으세요?

잔
어머니 얘긴 거의 안 하던데,
했다 하면 좋은 말이
안 나오네요.

나타샤
맞아요. 엄마가 나한테 했던
것처럼 나도 엄마를 비난하는
거예요. 엄만 그 무엇에도 절대
만족하는 법이 없었어요.
이제 다 지난 일이죠. 우린
떨어져 살고, 엄만 이제
나한테 별로 관심이 없어요.
저 좀 못됐나요? 실은 엄마를

좋아해요. 절 나무랐던 건
기대가 높아서였다는 걸
알거든요. 내가 무조건 거기
맞춰야만 했지만요.

잔
잘하고 있는 것 같은데.

나타샤
맞아요. 입시를 치르고
국립음악원에 합격했으니까요.
엄마랑 떨어져 지낸 게
도움이 됐어요.

잔
그런데도 계속 어머닐
비난하네요.

나타샤
버릇이 돼서요. 하지만
잘하는 일은 아니죠.
그럼 이렇게 해요. 엄마에 대해
안 좋은 얘길 할 때마다
제가 벌칙을 받는 거예요.

잔
어떤 벌칙?

나타샤
정해주세요.

잔
내가?
그런데 어머니랑은 그래도
가끔씩 만나는 거죠?

나타샤
아주 가끔씩이요. 하지만
정기적으로 봐요. 방학 때
1~2주 정도 아르카송 근처에
있는 엄마 별장에서 지내거든요.
난 바다를 정말 좋아해요.
그래서 적어도 1년에 한 번은
보러 가요. 필라 사구 본 적
있어요?

잔
아니. 한 번도 가본 적 없어요.

나타샤
제가 지금껏 본 중에 제일
아름다운 풍경이에요. 한쪽은
바다고, 다른 한쪽은 숲이죠.
여기 바로 근처에도 숲이
바라다보이는 곳이 있어요.
거기도 장관이에요. 괜찮으면
내일 같이 가봐요.

---

일요일
퐁텐블로 숲.
나타샤와 잔은 전날 얘기한
장소에 올랐다.

나타샤
아, 안 돼!
내 아마존 숲이 안개에
묻혀버렸어요. 아무것도
보이지 않아요!

별장, 늦은 오후.
나타샤와 잔은 정원에서 나무에
살충제를 뿌린다.

나타샤
이제 오늘 오후에 할 일은
충분히 다 한 것 같아요.
다음번엔 지지대를 새로 칠하면
될 것 같아요. 혹시 다음 주
일요일에 시간 되세요?

잔
돼요. 그때까지 마티유는
안 돌아왔을 테니까.

나타샤
혹시 그때 와 있으면
같이 오셔도 돼요.

잔
아직일 거예요. 오고 싶다고
하면 나중에 같이 올게요.
이런 정원 손질, 잘하거든요.

나타샤
그럼 잘됐네요. 우리끼리
해낼 수 있다는 걸 아빠한테
보여줄 수 있으니까.

잔
아버지 안 오시는 건 확실해요?

나타샤와 잔은 집 안으로 들어간다.

나타샤
지금처럼 출장을 갔다가
돌아오면 자기 애인 만나러
가기 바쁘거든요.

잔
그렇지만 여자친구랑 같이
오실 수도 있잖아요?

나타샤
아니에요! 그 여잔 별로
안 오고 싶어 해요. 여길
지루해하거든요. 그건 제가
더 싫고요.

잔
당신이 꼭 있어야 하는 건
아니잖아요!

나타샤
그 여자가 나랑 같이 여기
있다고 생각하면, 아니 그보다
내가 없는데 여기 와 있다고
생각하면 정말 소름 끼쳐요.
신성모독 같은 거예요.

잔
그건 좀 과한 것 같은데.

나타샤
아니에요. 내가 어린 시절
거닐던 이곳을 그 여자가
산책하고, 같은 꽃향기를 맡고,
엄마 그러니까 우리 엄마가 날
무릎에 앉히고 쉬던 의자에

그 여자가 앉는다고 생각하면…

나타샤와 잔은 계단을 올라간다.

잔
농담이죠?

나타샤
내 말이 앞뒤가 안 맞는다고
생각하겠지만, 향수에 젖어
엄마를 떠올릴 때가 있어요.

잔
그런데 내가 제대로 이해한
거라면, 당신은 지금 아버지가
다른 여자와 새 삶 시작하는
걸 반대하는 거잖아요. 아버질
사랑한다면서!

둘은 계단 위에 다다른다.

나타샤
그런 건 아니에요. 예를
들어 그 여자가 당신이라면
전혀 싫지 않을 것 같아요.
심지어 기쁠 거예요. 아쉽게도
그런 일은 없겠죠…
그러고 보니 말 안 해줬네요.
우리 아빠 어땠어요?

잔
얘기했잖아요. 깍듯하셨다고.
불편할 정도로 말이야.

나타샤
외모는 어땠어요?

아빠의 매력을 제대로
못 보신 것 같은데요.

잔
당신 생각만큼 무감각하진
않았어요. 그러니까 젊은
여자들이 왜 그분을 좋아하는지
이해가 됐달까. 스무 살 청춘은
당연히 아니지만, 어딘가
젊은 기운이 느껴지는
분이었어요. 눈도 참 아름답고.

나타샤
안타깝게도 난 아빠 눈을 닮지
않았어요. 엄마 눈을 빼다
박았거든요. 아, 맞다! 벌칙!

잔
동시에
벌칙!

나타샤
벌칙으로 뭘 할지 알려줘요.

잔
글쎄. 하긴 뭘 해요.
그냥 농담이었잖아.

나타샤
난 농담 아니었어요.

잔
그럼 생각해봐요.

나타샤
음, 이렇게 하죠.

얘기를 하나 해드릴게요.

잔
옛날얘기예요?

나타샤
*자기 방으로 잔을 데려가며*
그건 아니에요. 만약 누군가
그… 무슨 반지더라…

잔
기게스.

나타샤
기게스의 반지를 끼고
있었더라면 이 미스터리를
풀었을 거예요.

잔
그럼 추리물이네요?

나타샤
그런 셈이죠. 이 얘길
「목걸이 미스터리」라고
부르기로 해요. 이건
실화예요. 이 얘길 하는 건
이제는 공개하기로 결심했기
때문이에요. 다행히
경찰이 등장하지도 않고,
살인이 일어나는 이야기도
물론 아니에요. 하지만
도난 사건이었죠.

잔
목걸이를 도난당한 건가요?

누구 거였는데요?

나타샤
제 거요.

잔
그래서 누굴 의심하는데요?

나타샤
그게…

잔
에브?

나타샤
네.

잔
아버진 어떻게 생각하시죠?

나타샤
우리 아빠요?
에브를 완전히 믿는 것 같진
않아요. 그게 바로 심각한
문제죠. 그러면서도 기어코
그 여자 편을 들겠다고
맘을 먹었다는 거잖아요.

잔
증거는 있고요?

나타샤
얘기를 해볼 테니 내가 미친
건지 한번 들어보세요. 아빠가
할머니한테 물려받은 보석들이
있는데, 아빠는 그중에 있던

목걸이 하나를 내 스무 살 생일에 선물하려고 했어요. 3월 22일이었죠. 내게는 아무 말 않고요. 깜짝 선물로 주고 싶으셨던 모양이에요. 하지만 에브에게는 그 계획을 털어놓았대요. 그런데 내 생일 바로 전날 그 목걸이가 사라진 거죠. 그 일이 있기 얼마 전, 아빠가 에브와 같이 어떤 파티에 갔는데, 그때 그 목걸이를 에브에게 빌려줬대요. 당연히 나는 그 사실을 몰랐죠. 하지만 에브는 아빠에게 목걸이를 바로 돌려주지 않았어요. 얼마간 그 목걸이를 갖고 있었고, 심지어는 그걸 하고 다녔어요. 어느 날, 무의식적으로였는지 아님 일부러 나를 도발하려던 건지, 아마 둘 다일 것 같은데, 어쨌든 내가 있을 때 그 목걸이를 하고 에브가 나타났어요. 난 아빠가 그 목걸이를 그 여자에게 줘버린 줄 알고 머리끝까지 화가 났죠. 그 목걸이가 갖고 싶었기 때문이 아니에요. 그때는 아빠의 계획을 알지도 못했어요. 그건 우리 가족의 보석인데, 난 절대 에브를 우리 가족으로 받아들일 수 없었거든요. 하지만 내가 무슨 말을 할 수 있었겠어요?

어쨌든 그건 아빠 거고, 그걸 맘대로 처분할 권리는 아빠한테 있으니까요. 그리고 내 생일 전날, 아빠가 난감해하면서 혹시 목걸이를 못 봤냐고 물어보더라고요. 그래서 대답했죠. "봤죠. 마지막으로 본 건 에브의 목에 걸려 있을 때였어요. 그래서 전 아빠가 에브에게 그 목걸이를 준 줄 알았는데요." 그러니까 아빠가 이러는 거예요. "아니야. 난 그럴 마음이 전혀 없어. 에브에게는 잠깐 빌려준 것뿐이야. 그 목걸이는 너한테 선물하려고 했단 말이야. 에브가 요전날 아침에 자기 집에서 나한테 그걸 돌려줬어. 그리고 난 그걸 집에 가져오려고 주머니에 넣어뒀고. 확실한 건 집에 들어올 땐 분명히 있었다는 거야. 근데 그 뒤로는 기억이 안 나…" 아빠 설명으로는, 아빠는 열쇠를 넣어둔 바지 주머니에 목걸이를 같이 넣어뒀대요. 그래서 문을 열려고 주머니 속에서 열쇠 꾸러미를 집었을 때 분명 주머니 바닥에 목걸이가 있는 게 느껴졌다는 거예요. 그리고 들어가자마자 가장 먼저 목걸이를 원래 있던 함에 넣어야겠다고 생각했대요.

그런데 그때 전화가 울렸고,
아빠는 전화를 받으러 갔다가
그만 목걸이 생각은 까맣게
잊고서 옷만 갈아입은 거죠.

잔
목걸이가 바지 주머니에
있었다면 바닥으로 떨어졌을
텐데.

나타샤
당연히 그런 줄 알았어요.
그런데 황당하게도 옷장 바닥에
목걸이가 보이지 않더라고요.
아무 데서도 찾을 수 없었어요.
옷장에서도, 방에서도,
다른 어디서도요.

잔
아버지가 사실대로 말한 게
확실해요?

나타샤
이 세상에 확실한 게
어딨겠어요. 하지만 아빠가
그런 이상한 얘기를 뭐 하러
지어냈겠으며, 그 여자한테
목걸이를 주고 싶었으면서
나한테 주고 싶었다는 얘길
뭐 하러 했겠어요? 좀 더
그럴듯한 설명이 있어요.
그 일이 있기 며칠 전, 내가 집에
돌아오니 에브가 와 있더라고요.
아빠한테 옛날 옷들을 입혀보고

있었죠. 아빠한텐 모든 물건을
안 버리고 간직하는 습관이
있거든요. 그리고 에브는
그런 아빠를 도와서 물건
정리를 하고 있었어요. 그런
점은 그 여자의 몇 안 되는
장점이라고 생각해요. 어쨌든
그때 에브가 옷장을 뒤지면서
바닥이나 바지 주머니 속에서
목걸이를 발견하고는 몰래
훔쳤을 가능성이 충분해요.
집에 돌아가면 그 장소를
보여줄게요.

저녁, 나타샤와 잔은 퐁텐블로 숲을
거쳐 파리로 돌아간다.

---

이고르의 아파트, 저녁.
잔과 나타샤는 옷장 앞에 서서
그날 아침 이고르가 입었던
바지 주머니에서 물건이 떨어질 수
있었을지 확인해본다.

나타샤
보세요. 아빠는 이렇게
주머니가 딱 붙은 이런 바지를
입고 있었어요. 그럼 쉽게
떨어졌을 거예요.

잔
좋아요, 그럼 내 목걸이로 한번
시험을 해보자고요.

나타샤
자, 아빠는 바지를 이렇게
반으로 접어서 걸어뒀어요…

둘은 함께 시험해본다. 목걸이가
바닥으로 떨어진다.

잔
하지만 떨어지면 이렇게
소리가 나는데.

나타샤
맞아요. 근데 그때 내가
집에 있었다는 걸 깜박하고
말 안 했네요.

잔
집에요? 어디에? 언제?

나타샤
아빠가 들어올 때 난 거실에
있었어요. 피아노를 치고
있었는데, 그래서 떨어지는
소리가 안 들렸던 것 같아요.
아빠가 문을 열었을 때 제가
전화를 받았어요. 에브였는데
아빠한테 얘기할 게 있다고
했어요. 아빠는 짧게 통화를
했고, 전 다시 피아노를
연주하기 시작했죠…
내일 정말 갈 거예요?

잔
여기 더 있을 이유가
하나도 없으니까. 사촌은

내일 떠날 테고.

나타샤
하나는 있어요. 제가
좋아하잖아요. 이틀 동안 정말
즐거웠단 말이에요.

잔
원한다면 다음 주 토요일에
또 이렇게 만나서 지내요.

나타샤
그럼 그때까지는?

잔
그때까지? 글쎄…
저녁에 시간 되죠? 나도 돼요.
그럼 월요일에 저녁 살게요.

나타샤
댁에 가서 간단히 먹는 건
안 돼요?

잔
집에 오는 건 다른 날에요.
집을 좀 치울 시간이 필요해.

---

월요일
잔의 아파트, 아침.
잔은 가방을 들고 문앞에 도착한다.
열쇠를 넣고 문을 열려다가,
안에서 들려오는 소리를 듣고는
생각을 바꿔 벨을 누른다.

가엘
안에서
잔? 너야?

잔
응.

가엘
잠깐만! 지금 나가!

잔
그래, 기다릴게.

문이 열린다.

가엘
아, 잔!
이틀 동안 너한테 몇 번이나
전화했는지 알아?
다른 데 있던 거야?

잔
시골에 갔었어.

가엘
이제 여기 왔으니 됐어.
나한테 무슨 일이 있었게?

잔
글쎄, 모르겠는데.

가엘
내가 선발 명단에 들었어.

잔
정말 축하해.

가엘
저번에 네가 나가고 나서
5분 뒤에 알았지 뭐야.
난 당연히 안 될 줄 알고
결과를 기다리지도 않았거든.
그런데 친구가 명단에서
내 이름을 보고 전화했더라고.
그래서 일주일 더 여기 있게
생겼는데. 괜찮을까?

잔
그럼, 괜찮지.

가엘
내가 호텔로 가도 돼.

잔
무슨 소리야!
정말 괜찮다니까.
말했지만 난 이제 별로
이 집에서 지내지 않아.
선반에서 책을 고르며
책 몇 권 가지러 온 것뿐이야.

가엘
정말 미안해.
너무 큰 신세를 지네.
토요일에 질다가 오면,
일요일 아침에 같이 떠날 거야.
토요일에 너한테 꼭
저녁을 사고 싶어.

잔
그때 시간이 될지 모르겠어.

가엘
아, 부탁이야. 같이 가자.
꼭 그러고 싶어.

잔
전화할게. 여기 언제 있어?

가엘
보통 저녁 6시 반에서
7시 반 사이에.

잔
알겠어. 나한테 전화하려고
너무 시간 쓰지 마.
나 그 집에 잘 안 있거든.

---

이고르의 아파트, 늦은 오후.
나타샤는 피아노를 치고 있다.
벨이 울린다. 나타샤는 문을 열러 간다.
잔이 여전히 짐이 한가득 든
가방을 들고 서 있다. 나타샤는
놀라서 잔을 바라본다.

나타샤
안녕!

잔
안녕. 나한테 무슨 일 있었는지
맞혀볼래요?

나타샤
음…
사촌이 아직 안 갔나요?

잔
정확히 맞혔네.

나타샤
말도 안 돼!
잔의 품에 뛰어가 안긴다.
와, 정말 기뻐요.
이제 안 놔줄 거예요!

잔
연수가 연장됐대요.
그래서 사촌과 당신 둘 다를
기쁘게 해주기로 했죠.
물론 나도 기쁘고.

나타샤
동시에
기쁜 거 맞죠?

둘은 거실로 가서 앉는다.

잔
한 가지 마음에 걸리는 건,
사촌한테 마티유 집에서
지내지 않는다고 도저히
말할 수 없었다는 거예요.
그럼 걔가 호텔로 간다고
할까 봐서. 그리고 걔한테
그런 얘기까지 구구절절
늘어놓고 싶지는 않았거든요.
내가 잘못하는 건지도 몰라,
하지만… 그 애는 꽤
예리한데, 사람을 곤란하게
만드는 예리함이랄까.

내가 밖에 나와 있는 걸
이미 의심하는 건 확실해.
사실 별로 틀리지 않았지.
지금 그러고 있으니까.

나타샤
돌아보며
정말이에요?

잔
어떻게 생각해요?
내가 남자친구 집에서 지내기
싫어하는 게 이상하지 않아요?

나타샤
솔직히 말하면 생각
안 해봤어요. 그분이
출장 중인 건 맞죠?

잔
그럼. 거짓말은 아니에요.

나타샤
내 집이 아닌 곳에서는
혼자 있고 싶지 않다고
했잖아요. 그런 사람인 걸
아니까 전혀 이상하지 않은데요.

잔
단지 '내 집'이 아니라서가
아니라, 그 공간이 정말
싫어요. 세상에 거기보다 더
싫은 곳은 없어. 부수거나
폭파해버리고 싶다니까.
불을 지르고 싶은 충동이 들

정도예요…
우편물과 전화응답기를
확인하러 이번 주에 어쩔 수
없이 거길 두세 번은 들러야
하는데, 생각만으로도 벌써
내 가출 생활의 기쁨이
사그라드는 것 같아요.
난 차분해 보여도 가끔 폭력적인
생각이 들 때가 있어서 스스로
좀 무서워요. 마티유가
자기 집이랑 똑같은 존재라는
생각이 들면 마티유도 내가
세상에서 가장 싫어하는
사람이 되어버린다니까.
잔은 웃는다.
끔찍한 얘기죠?

나타샤
네, 정말 심각한 얘기네요.
특히나 공간에 그토록
민감한 분이니.

잔
항상 그런 건 아니에요. 하지만
난 누군가를 사랑하게 되면
그 사람에게 어떤 식으로든
자기만의 공간을 마련해줘야
한다고 생각해요. 대개 그
공간은 무엇보다 일하는 공간일
테죠. 대부분의 커플들은 각자
일하는 곳이 다르잖아요. 하지만
우리는 둘 다 보통 집에서
일하거든요… 사실은 간단한

문제예요. 더 큰 집으로 이사를
가면 되는. 우리도 그러긴
할 건데, 당장은 어려워요.
난 작년에 교원자격시험에
합격했는데, 올해는 지방으로
발령받기 전 실습 단계거든요.
그 사람이랑 같은 도시이거나,
적어도 가까운 곳으로 발령지를
신청해둔 상태예요. 지금
마티유는 국립과학연구소
소속으로 일하는데 내년에
그르노블에 조교로 가고요.
그럼 우린 그때 결혼만 하면
되는 거지.

나타샤
피아노를 뚜껑을 닫으며
정말이에요?

잔
그럼, 정말이지.
못 믿겠어요?

나타샤
믿어요…
그렇다는데요, 뭘.
그런데 별로
기뻐 보이지가 않아서요.

잔
가방을 들고 침실로 향한다.
나타샤가 뒤따른다.
그 반대예요. 나를 가장
괴롭히는 건, 결혼도 하지

않고 결혼 생활을 하는 거예요.
예전엔 이런 걸 타락한
삶이라고 불렀으니까.
뭐 딱 맞는 말이지.

나타샤
내일은 제가 일이 있어요.
수요일도요. 그러니
자유를 드릴게요. 하지만
목요일엔 꼭 우리랑 같이
저녁을 드셨으면 해요.
아빠가 계실 거예요.
거절하시면 안 돼요!

———————————————

목요일
이고르의 아파트, 늦은 오후.
손에 짐가방을 든 이고르는
짧게 벨을 두 번 누른 뒤 열쇠로
문을 열고 들어온다. 문이 열리자
나타샤가 뛰어온다. 나타샤는
이고르에게 뛰어가 안긴다.

나타샤
아빠, 안녕!

이고르
안녕.

나타샤
잘 지냈어요?

이고르
그래.

나타샤
잔!

그는 안으로 들어와
잔에게 다가간다.

나타샤
우리 아빠예요.
이쪽은 잔이고요.

이고르
저번에 마주쳤는데,
이름도 몰랐네요.

나타샤
잔은 자기 아파트를
사촌에게 빌려줬는데 그 사촌이
거기 눌어붙는 바람에
여기서 지내고 있어요.

잔
하여튼 재밌게 얘기하는
재주가 있다니까! 걱정 마세요.
무슨 일이 있어도 주말 전에는
여기서 나갈 거예요.

이고르
계속 계셔도 돼요. 전 여기 잘
안 온다고 말씀드렸잖아요.

나타샤
지금 와 있잖아요!

이고르
짐가방을 두러 온 거야.

나타샤
해명할 필요 없어요.
우리랑 저녁 먹고 갈 거죠?

이고르
오늘 저녁? 다른 날이 좋겠어.

나타샤
안 돼요. 내가 이렇게 아빠를
잡았으니 절대 그냥 가게는
안 둘 거예요.

이고르
그럼 먼저 전화를 해봐야겠는데.

이고르는 전화를 하러 가고,
나타샤가 그의 가방을 뺏어들고
그 뒤를 따른다. 나타샤는 가방을
침실에 두고 나와 아빠 앞을
조심스럽게 서성인다.

나타샤
주방 문턱에서
전화 안 받으면 어쩔 수 없죠.
그냥 여기 계세요!

이고르
수화기를 내려놓고
나타샤와 잔에게 걸어오며
그래. 그럼 가서 장 좀 봐올게.

잔
아뇨. 제가 갔다 올게요.

나타샤
아뇨. 내가 갈래요.

이고르
아니, 내가 간다니까.

나타샤
밖으로 나가며
아니요. 내가 갈 거예요.
차라리 잔을 좀 도와주세요.
금방 다녀올게요.
빵만 사오면 돼요.

이고르와 잔은 채소를 다듬고
소시지를 자르려고 한다.

이고르
그럼. 자, 여기 칼이요…

잔
고맙습니다… 토마토랑 소시지
중에 뭐 자르시겠어요?

이고르
아무거나 상관없어요…
둘이 알고 지낸 지 오래됐나요?

잔
아니요. 지난 금요일에
알았어요. 우연히 간 파티에서
만났죠. 나타샤가 정말 잘
대해줬어요. 제가 그때 묵을
곳이 마땅치 않았거든요.

이고르
그래도 참 좋은 분이네요.
다른 사람에게 아파트를
빌려주다니. 그럼 그동안은…

여행 중이셨던 건가요?

잔
그런 건 아니에요.
보통은 남자친구 집에서
지내는데…

이고르
저도 여자친구 집에
살고 있어요. 함께 지내지
않을 이유가 없죠.

잔
저도 그래요. 다만 지금은
남자친구가 출장 중이어서요.
설명하긴 어려워요. 제가 좀
강박적인 구석이 있어서.

이고르
강박적이라니요?

전화벨이 울린다. 이고르가 전화를
받으러 간다.

이고르
에브…? 한 10분 전쯤에…
여기서 저녁 먹고 갈 거야…
그럼 어떡해! 아까 당신이랑
연락이 안 됐었어.
그리고 당신은 오늘 저녁에
일이 있을 것 같댔잖아…!
그럼 여기로 와…
그 애가 무슨 말을 하든
무슨 상관이야. 이 상황이
제발 끝났으면 좋겠어…

지금 나타샤 친구도 와
있는데 아주 괜찮은 사람이야.
당신은 모르는 사람.
그동안 나타샤가 돌아온다.
…잠깐만
이고르는 수화기를 손으로 막는다.
나타샤?

나타샤
에브예요…?
뭐, 오라고 해요.

이고르
여기로 와. 나타샤가 당신 보고
오래. 바꿔줄까?
나타샤는 싫다는 신호를 보낸다.
…이런, 주방으로 가버렸네…
어쨌든 와. 관계를 풀 기회가
될 거야. 나타샤가 먼저 손을
내밀었잖아. 당신이 거절하면
안 되지… 그래, 좀 이따 봐.

───────────────

이고르의 아파트, 저녁.
에브가 와 있다. 모두 식탁 앞에 앉았다.

에브
잔에게
계속 교직에 계실
필요는 없잖아요.

잔
5년 계약이 끝나면
그만둬도 돼요. 그런데 사실 전

이 일이 좋아요.
교직이 적성인가 봐요.

에브
저처럼 일하는 게 낫지
않아요? 그러니까 더 능동적인
일을 하는 거죠. 전시회를
준비한다거나 언론이나 출판,
시청각 분야에서 일하면서요.

잔
아뇨. 그런 일은 저랑은
안 맞아요. 당신의 기질에는
맞을지 몰라도 전 아니죠.
그리고 무엇보다 그런 일을
하면 늘 어딘가에 의존적일
수밖에 없잖아요. 그게 사람이든
일이든. 가장 높은 자리에
올라가도 마찬가지죠. 물론
올라가는 것도 쉽지 않고요.
하지만 교실에선 제게
절대적인 권한이 주어지죠.

에브
그건 학생들이
따라줄 때 얘기죠.

잔
맞아요. 하지만 그렇게
만드는 게 바로 제 일인걸요.

에브
애들이 말을 듣는단 말이에요?
대단하네요!

잔
제 말을 안 듣는다면,
그건 제 잘못이죠.

에브
문제는 그게 다가 아니죠.
학생들이 그쪽 말을 듣는다
쳐요. 하지만 어떻게 듣는지가
중요하죠. 뭐가 문젠지 알고
하는 말이에요. 전 지금
철학 석사논문을 준비하고
있는데, 저의 철학은 저만을
위해 간직해요. 그런 것에
전혀 관심도 없는 사람들과
공유하고 싶지는 않거든요.
그게 제 철학이든, 플라톤이나
스피노자의 철학이든 말이에요.

잔
그건 잘못된 생각이에요.
저도 처음엔 그렇게 생각했죠.
하지만 틀렸어요. 제 학생들은
지식인 계층의 자녀들이
아니에요. 소위 말해 교외의
'노동자' 계층이죠. 그런데
이 아이들이 철학에 흥미를
느낀답니다. 심지어는 푹
빠져 있죠.

에브
모든 학생들이요?

잔
학생들 상당수가 그래요.

확실한 건 문학이나 역사보다
철학을 좋아한다는 거예요.
이상해 보이겠지만 이건
아이들에게 자존심의
문제라고요. 철학에서 나쁜
점수를 받으면 창피한 일로
여겨요.

이고르
설마요?

잔
정말이에요. 사고하는
존재로서 스스로가
부족하다고 느끼듯이요.
수학 못하는 건 떳떳하게
말해도, 철학으론 못 그래요…
모두가 자기 자신의
철학이 타인의 철학보다
낫다고 생각하죠.

이고르
그렇다면 학생들의 기분을
상하게 해서는 안 되겠네요.
그건 교사의 잘못이에요.

잔
네, 맞아요. 수학에서는
잘한다, 못한다 딱 떨어지게
얘기할 수 있죠. 하지만
철학이라면 얘기가 달라요.
우리의 철학이나 학교에서
가르치는 철학으로 그들의
철학을 갈아치우려는 게

아니라, 보완하고 확장해줄 수
있다는 걸 학생들에게
보여주면 돼요. 어렵지만
흥미로운 일이죠. 하지만 이때
흔히들 생각하는 것처럼,
요즘 유행하는 쓸데없는 것들로
학생들을 현혹해선 안 돼요.
신문에 매일 나오는 진부한
것들 있잖아요. 정신분석이나
사회과학, 이런 모든 것들이요.
맞든 틀리든, 애들은 그런 건
우리들만큼 자기들도 잘 안다고
생각해요. 전 진짜 철학에
접근해요. 정면으로요.
아이들은 잘 몰랐던 만큼 더
흥미를 느끼죠.

에브
진짜 철학이라니요?
형이상학을 말하는 거예요?

잔
꼭 그런 건 아니에요.
신, 우주, 자유…
이런 '대주제'에 대해서도
아이들은 이미 자기 생각을
지니고 있어요. 소박하긴 해도
자기만의 답을 갖고 있죠.
제가 말씀드리는 건
선험적 철학에 가까워요.

이고르
선험적?

에브
칸트 말이군요. 학생들한테
칸트를 읽히세요?

잔
아니요. 꼭 그렇진 않아요.
관련 철학자들을 굳이
언급하지는 않아요. 특히나
처음에는 더욱요. 저는 학생들이
사고 그 자체, 즉 생각을
하는 순수한 행위를 곰곰이
성찰하도록 해요. 그러니까
선험적이라는 단어를 넓은
의미로 사용하는 셈이죠.

에브
후설이 말한 의미도
포함되겠네요.

잔
그럴 수 있죠.

에브
나타샤에게
넌 어떻게 생각해?

나타샤
뭘요?

에브
선험적이라는 게
무슨 의미 같아?

나타샤
뭐… 잔이 말한 대로죠.

가장 높은 곳에 있는 철학,
그러니까 모든 관점을 뛰어넘고
초월하는 철학이요.

에브

전혀 아니야.
넌 지금 '선험적'과 '초월적'을
혼동하고 있어.
99%의 사람들이 그러듯.

나타샤

이런 문제라면 난 부끄러울 거
하나 없어요. 이래 봬도 내가…

에브

대입시험 철학 1등급
받았다는 거지. 그래, 알아.
난 그 점수 못 받았어.
겨우 3등급이었거든.

나타샤는 자리에서 일어난다.

화내지 마. 난 그저 잔에게
우리가 보통 철학시간에
배우는 건 꼭 그런 것들이
아니라는 걸 말해주고
싶었던 거야.

나타샤

화난 거 아니에요.
음식 가지러 가는 거지.

잔

이고르에게

전문용어를 써서 미안해요.
다르게 설명할 수도 있었는데.

이고르

용어가 중요한 게 아니죠.
학생들이 철학시간에
잘 따라온다고 했죠?

잔

잘 따라오기만 하는 정도가
아니라 절 앞서나가요.

잔은 웃는다.

나타샤

주방에서

아빠, 저 좀 도와줘요.

이고르는 일어나 주방으로 간다.

에브

앞서나간다고요?

잔

네. 얼마 전에 학생
대여섯 명을 데리고,
소크라테스의 대화법을
시도한 적이 있어요.
『테아이테토스(Theaitetos)』에
나오는 산파술이요.
과학은 지각인가?
우리는 눈을 '통해' 보는가,
눈'으로' 보는가?
이런 질문들을 던졌는데…
사실 전 깊게 들어가려고
하지 않았죠. 그런데 아이들이
어느 순간 자연스럽게
'선험적 종합판단'의 가능성에

질문을 던지더라니까요.
칸트의 『순수이성비판』 초반에
나오는 내용을요.

*이고르와 나타샤가 음식을 들고 돌아와
자리에 앉는다.*

이고르
학생들이 뭘 어쩐다고요?

에브
선험적 종합판단의 가능성에
흥미를 느낀다고 하네.

잔
네, 그러니까…

이고르
정말이에요?

에브
*이고르에게*
선험적 종합판단이 뭔지
알아요?

이고르
알았어도 다 잊어버렸지.
당신은?

에브
난 알아. 선험적 종합판단이란,
말 그대로 선험적이면서,
분석적이 아닌 판단을 말해.

*모든 사람이 웃는다.
나타샤는 더 크게 웃는다.*

에브
*웃음을 잠재우며*
그러니까 더 정확히 말하면,
전문용어를 쓸 테니 이해해줘요,
술어가 주어에 포함되어 있지
않은 판단이죠.

이고르
이를테면?

에브
이를테면? 음…
칸트의 예로 설명해볼게요.
"모든 물체는 연장적이다."라는
건 분석판단이에요. 하지만
"모든 물체는 무게를
지닌다."라는 건 종합판단이죠.
하지만 '경험적'이에요.
왜냐하면 무게라는 개념은
정의에 포함되어 있지 않고,
경험을 통해 아는 거니까요.

이고르
그럼 선험적 종합판단은 뭔데?

에브
어… 모든 물체는…
*잔에게*
칸트가 말한 예가 뭐였죠?

잔
칸트요? 그 예라면 "일어나는
모든 일에는 원인이 있다."죠.
하지만 수학적 판단에서도

예를 들 수 있어요. "곧은 선은
두 점 사이의 최단 거리다."는
직선 개념에서 도출한 것도
아니고, 경험을 통해 아는 것도
아니죠.

이고르
그렇죠. 공간은 지각의
선험적인 형태니까요.

에브
훌륭해!
하나도 잊어버리지 않았네.
나타샤에게
넌 이런 거 배웠니?

나타샤
모른다고 했잖아요.
배웠을 수도 있지만,
수업을 빼먹었거나 수업 중에
딴청을 피웠겠죠.
빈정거리는 표정으로 에브의 얼굴을
뚫어지게 바라보면서
그래도 전 철학 1등급을
받았네요.

이고르
나타샤!

그들은 차를 마시러 모두 거실로 간다.

나타샤
참, 아빠, 저번에 잔이랑 같이
시골집에 갔었어요.

이고르
그랬구나.

잔
정말 멋진 곳이던데요!

이고르
맞아요. 아름다운 동네죠.

나타샤
정원을 손보기 시작했어요.
하지만 지지대를 새로
칠하지는 못했어요.
비가 왔거든요. 그래도 살충제는
여기저기 다 뿌리고 왔어요.
근데 다 젖어 있어서
얼마나 효과가 있을진
모르겠어요.

이고르
그럼 다음에 가서
다시 해야겠네.

잔
게다가 살충제를
저한테 뿌리던데요!

나타샤
거기 언제 갈 생각이에요?
알려주세요. 못 가시면
친구들한테 도움을 청하려고요.

이고르
최대한 빨리 갈 거야.
괜히 친구들 귀찮게 하지 마.

잔을 바라보며
친구들이 가고 싶다면 모를까.

나타샤
오는 토요일?

이고르
안 될 거 없지.
에브를 바라본다.
어때?

에브
난 못 가. 기사 마감해야 돼.

이고르
거기 가서 해도 되잖아.

에브
잘 안 될 거야.
그냥 혼자 가요.

이고르
나타샤에게
나타샤, 넌 올 거니?

나타샤
원래 갈 생각이었는데
토요일에 일이 생겼어요.
잔에게
저 없다고 못 갈 건 없잖아요.

잔
고맙지만 나도 일이 있어.
사실 내키지는 않는데
피하기도 어려워서. 사촌이
저녁을 산다고 했거든.

나타샤
그럼 결국 아무도 못 가겠네요.

이고르
난 간다니까. 혼자 가지, 뭐.
처음 있는 일도 아닌데.

에브
막을 생각 없어요.

나타샤
나야말로 그래요!

나타샤
일어나 아빠를 자기 방으로 데려가며
보여드릴 게 있어요.
잠깐 실례할게요, 에브.

이고르
무슨 일인데?

잔과 에브만 남는다.

잔
석사논문 주제는 어떤 거예요?

에브
필리프 드 샹파뉴에 대해
쓰고 있어요… 맞아요.
장세니슴과 관련해서요. 제가
관심 있어 하는 건…

이고르의 아파트, 아침.
잔은 발코니의 화분에 물을 준 뒤
주방으로 돌아온다.

잔
발코니 화분에
물을 주고 왔어요.

나타샤
욕실에서 나오며
내가 했어도 됐는데.

둘은 아침 식사를 준비한다.

잔
그렇긴 하지만 바빠 보여서.

나타샤
저보다 잔이 더 바쁜 것
같은데요. 철학자들이 이렇게
꼼꼼한 줄 몰랐어요…

잔
강박적인 거지.

나타샤
…일상적인 면에 있어서.

잔
왜, 그럼 안 돼? 그리고 난
철학자가 아니고 교사예요.

나타샤
에브보다 더한 것 같아요.
에브는 자기가 집의 모든 일을
도맡아야 한다고 생각하죠.
식탁 차리는 거나 의자 정리하는
거나. 여기가 그 여자 집이
아닌 게 그나마 다행이죠. 봤죠?
기회만 되면 어떻게든 본인

지식을 과시하려고 애쓰는 거.

잔
어쨌든 시작은 내가 했는걸.

나타샤
그건 자연스러운 일이었죠.
자기 직업을 설명하다 질문에
응한 거니까요. 하지만
그 여잔 순전히 과시용이었어요.
아빠도 놀란 눈치던데요.
그때 아빠가 제 방에 남동생
사진을 보러 온 참에 아빠랑
당신 얘기를 좀 했어요…
아빠 말로는 잔이 전혀
선생님처럼 안 보인대요.

잔
또 교사에 대한
선입견이구나!

나타샤
어쨌든 아빠가 모든 면에서
엄청 좋게 보셨어요.
또 엄청 예쁘다고 생각하고요.
아빠한테 깊은 인상을
남겼다니까.

잔
아버지가 그러셨어요?

나타샤
그건 아니지만, 아빠가 당신을
바라보는 걸 보면 알 수 있어요.
아빠는 못생긴 여잔 쳐다도

안 봐요. 돈 후안 같은 습성이죠.
그리고 아빠 애인은 그런 아빠를
힐끔힐끔 감시하더라니까요!
잔은 분명 그 여자한테
미운 털이 박혔을 거예요.

**잔**
근데 난 당신이 에브에게 좀
너무하다는 생각이 들어요. 아주
아름답고 똑똑한 여자던데.
당신 속을 좀 긁어놓긴 해도,
살짝이잖아. 짓궂지 않게.

**나타샤**
짓궂지 않다고요?
당신은 늘 모난 일들을 원만히
수습하네요. 좋은 면이죠…
나타샤와 잔은 식사를 마치고
방으로 들어간다.
그러니까 우리 아빠한텐
잔 같은 여자가 필요해요.
차분한 사람이 필요하다는
말이에요. 아빠를 정신없게
만드는 우리 같은 여자들이
아니라. 무엇보다 저번에
말씀드렸던 것처럼, 아빠가 잔을
마음에 들어 하고요!

**잔**
아니에요. 당신 아버지에겐
난 나이가 많아.

**나타샤**
우리 또래처럼 보이는데요!

**잔**
어쨌든, 내게도 당신 아버진
나이가 많고.

**나타샤**
어머! 우리 아빠 늙어 보여요?

**잔**
그리고 또
당신의 아버지잖아.

**나타샤**
만약 우리 아빠가
아니었다면요? 나랑 상관없이
알게 된 사람이었다면요?

**잔**
그건 사실이 아니잖아.
난 추상적으로 생각하는 걸
별로 안 좋아해요. 게다가
당신 아버지에게도 애인이 있고,
내게도 애인이 있지.

**나타샤**
아빠랑 그 여잔 진지한
관계가 아니에요. 확신하는데
그 여자랑은 곧 끝날 거예요.
그리고 내 추측으론 당신도
남자친구랑 그런 사이는
아닌 것 같은데요.

**잔**
나타샤! 무슨 소릴
하는 거예요? 어떤 추측이죠?
내가 도대체 뭐랬길래?

**나타샤**
남자친구 얘기할 때 보면
별로 열정적이지가 않아요.

**잔**
미안하지만 그런 열정이라면
난 밖으로 드러내는 사람이
아니에요. 그건 나만을 위해
간직하지.

**나타샤**
내가 틀린 건지 모르겠지만,
추상적인 얘길 계속해본다면,
본인이 첫눈에 반하는 사랑을
할 수 있는 사람이란 건
인정하죠?

**잔**
다른 사람들과 별반 다르지
않아요. 글쎄… 하지만
그렇다면 벌써 첫눈에 반하는
사랑을 해봤겠지. 이제 이런
'만약'에 대한 얘긴 그만해요.
도대체 무슨 의도로 그런 얘길
하는 건지 모르겠어.

**나타샤**
아무 의도 없어요. 난 그냥
공상을 좋아하는 거예요.

**잔**
난 별로 안 좋아해요.

**나타샤**
참, 결국 저 내일 시간이 돼요.

같이 시골에 갈래요? 심지어
아침에 출발할 수 있어요.
이번 주는 수업이 없거든요.

**잔**
내가 시간이 안 돼.
사촌이 저녁을 산다고 해서.

**나타샤**
가기 싫댔잖아요.

**잔**
맞아, 그렇긴 해도…
어쨌든 당신은 아버지 차를
타고 가면 되잖아요.

**나타샤**
아빠는 안 갈 거예요.

**잔**
당신한테 그렇게 말했어요?

**나타샤**
그건 아니지만, 절대 올 리가
없어요. 잡초나 뽑자고 애인을
두고 올 분이 아니니까.

**잔**
하지만 어제 분명 갈 거라고
그러셨잖아. 체면 때문에라도
가실 것 같은데.

**나타샤**
체면 문제라면, 전 그렇게
생각 안 해요. 아빠 그런 걸로
체면 차리는 사람이 아니에요.

잔
난 내가 들은 그대로 믿어요.

나타샤
난 내가 읽은 행간을 믿어요.

잔
간결하고 단호하게 말하셨어.
행간 같은 건 없었다고요.

나타샤
아, 그럼 누가 맞나 두고 보조.

잔
사실 약속을 취소할 수는
있어요. 나한테도 고역이면
내 사촌에게도 마찬가지겠지.
그런데 문제는 당신 아버지가…

나타샤
아빠가 무서워요?

잔
무슨 소리야! 그게 아니라
다른 사람들 문제에 끼어들기
싫은 것뿐이야.

나타샤
무슨 문제요? 문제는 없어요.
적어도 에브가 없다면요.
에브는 안 올 거고요. 아빠도
마찬가지죠. 아! 전 정말 가고
싶어요! 아빠가 가든 말든
그게 저랑 무슨 상관이에요?
당신은 더욱더 그렇고요. 그러고

보니 저번에 우리 일주일 뒤에
다시 가기로 약속했잖아요.

---

토요일
시골 별장, 늦은 아침.
정원으로 들어가기 전 나타샤는
집 앞에 주차된 아빠의 차를 발견한다.

나타샤
아, 아빠 차예요! 당신이
맞았어요. 아빠가 왔어요.

나타샤는 문을 열고 정원 쪽을
바라본다. 이고르는 잔디를 깎고,
에브가 그를 도와서 깎인 풀들을
긁어모은다.

나타샤
젠장! 그 여자도 왔어요.

이고르는 에브와 함께
나타샤와 잔에게 걸어온다.

나타샤
인사를 나눈 후
좀 우습네요. 다들 못 온다더니,
결국 이렇게 다 모였잖아요.

이고르
난 올 거라고 했잖니.

이고르는 지지대의 녹을 닦아낸다.
나타샤는 가치 쳐내기를 끝낸다.

이고르
나 혼자 끝낼 수 있어.
가서 주방 일을 돕지 그러니.

나타샤
사다리에서 내려오며
알겠어요. 근데 아빠 그거
알아요? 일부러 주방에
안 간 거예요. 아빠랑 같이 있고
싶었거든요. 정원에 이렇게
같이 있는 거 너무
오랜만이잖아요.

주방에서 에브는 담배를 물고 잔과
함께 감자껍질을 벗긴다. 잔은 에브와
함께 학창 시절 이야기를 나눈다.

잔
에브에게
전 엄청 독창적이라고
자신하면서 모나리자에 대한
과제물을 완성해서 냈어요…
근데 선생님이 과제물을
돌려주면서 말씀하시는 거예요.
"모두 모나리자를 주제로
숙제를 냈더구나." 그걸 듣고
정말 화가 났었죠.

에브와 잔은 웃는다.
주방으로 들어오던 나타샤는 담배를
피우는 에브를 보고 소스라치게
놀라는데, 에브는 그런 나타샤를
알아채지 못한다.

나타샤
에브에게
내가 할게요.

에브
아니, 괜찮아.
나 감자 깎는 거 좋아해.

나타샤
담배를 피우고 싶으면 정원에
나가는 편이 훨씬 좋을 텐데요.

에브
특별히 담배를 피우고 싶은 건
아니야. 그냥 난 이런 손으로
하는 일을 할 때 담배 피우는 걸
좋아해.

나타샤
주방에선 안 되죠!

에브
안 될 게 뭐 있어! 담배 연기가
거슬리면 말해. 끌 테니까.

나타샤
거슬린다는 거 잘 알잖아요.
난 여기 안 있을래요…
혹시 잔이 나랑 교대하고
싶은 게 아니라면.

잔
아냐. 난 괜찮아.

나타샤
도저히 한마디를 안 할 수가

없네요. 요리하면서 담배 피우는
사람은 난생처음 봐요.

에브

적절한 행동은 아니라는 거
알아. 하지만 아주 조심하고
있다고. 진정해. 냄비에
담뱃재는 안 빠트릴 테니까!

이 말이 끝나기가 무섭게 에브가 들고
있던 담배에서 재가 조금 떨어지더니
둥글게 썰어둔 감자 조각 위에 묻는다.

그럼 그렇지! 뭘 자신 있게
말하기만 하면, 짜잔!
이렇게 되고 만다니까.

에브는 담배를 탁자 한구석에
올려두고는, 재가 묻은 감자조각을
집어서 감자껍질 더미에 버린다.

미안. 감자 한 조각쯤은
개의치 않았으면 좋겠네.

나타샤

그럼 당신도 담배 한 개비쯤
개의치 않았으면 좋겠네요!

나타샤는 에브의 담배를 집어 들더니
껍질 더미에 던진다.

에브

이런!

차분하게

맞는 말이야.
좀 전에 막 뜯은 담배
한 갑이 있으니까.

에브는 주머니에서 담뱃갑을 꺼내
새 담배를 입에 문다. 나타샤가
달려들자, 잔이 말린다.

잔

나타샤, 그만!

에브

일어서며

걱정 마. 저쪽으로 가서
조용히 피울 거야.
감자 깎는 거 지겨워졌어.

나타샤는 한마디도 않고 감자 깎는
일을 시작한다. 에브는 담배에 불을
붙이더니, 책 한 권과 재떨이 삼아
접시 하나를 집어 든다.

나타샤

달려들어 접시를 낚아채며

이 접시는 안 돼!

에브는 재빠르게 반응하여
나타샤가 접시를 멀리 가져가기 전에
그녀의 손목을 잡는다.

나타샤

소리 지르며

이거 놔요! 이러다 접시
깨겠어… 놓으라고요! 놔!

에브는 잡았던 손을 놓는다.
나타샤는 조심스럽게 접시를
찬장에 두려고 한다.

딱 봐도 오래된 접시라는
걸 모르겠어요?

우리 가족한테 있는 가장 오래된
물건일 거라고!

에브
그래서 뭐? 그러다 접시가
혹시 깨지기라도 했으면
네 잘못이었어. 꼭 그렇게
달려들어야 했어? 좋게
부탁할 수도 있었잖아.

나타샤
접시를 제대로 잡고 있지도
않았잖아요. 금방 바닥으로
떨어졌을 거라고요.

에브
억지 좀 부리지마! 살면서
너보다는 접시를 덜 깰 거야.

나타샤
어쨌든 접시는 재떨이가
아니에요.

에브
여기 재떨이가 없는 게
내 잘못은 아니지.

나타샤
재떨이가 없으면 담배를
참아야죠.

에브
세상에. 독재자 나셨네!
여기 온 손님들은 도대체
여기서 뭘 어떻게 하고 있었나
모르겠군. 사실 오는 손님이
없긴 하지. 이런 다 무너져가는
집은 파는 게 나을 거야.
이고르가 사람이 좋아서 순전히
너 좋으라고 이 집을 두고두고
관리하면서 저런 고철덩어리에
새로 페인트칠하느라
생고생하는 거라고. 너랑
친구분이 왔으니 네 아빠가
계속 여기 있을 필요는 없겠지.
우리는 파리로 돌아갈게.

에브는 밖으로 나가
정원 안쪽으로 뛰어간다.

나타샤
여태껏 한 말 중에 제일 듣기
좋은 소리네! 간다니까 속이
다 후련해! 둘 다 필요 없어.
잔을 바라보며
왜요? 또 내 잘못이에요?

잔
당신이 좀 심했어요.
저 두 사람이 오늘 아침에
먼저 왔잖아. 저 사람들은
오겠다고 했지만,
우린 그것도 아니었고.

나타샤
저 여잔 온다는 말 없었어요!

잔
이어서

그렇다고 우리가
마음대로 할 입장은 아니죠.
적어도 오늘은 그래요.

나타샤
지금 저쪽 편을 드는 거면…

잔
난 누구의 편도 아니에요.
그쪽들 싸움에 끼어들고 싶은
마음 없어요. 단지 당신이
아빠랑 좋은 관계를 계속
유지하고 싶다면, 저들끼리 있게
두는 게 낫다는 얘기예요.
글쎄, 우린 숲에 산책을 하러
가거나 해요. 근사한 식당도
하나 아니까…

나타샤
내가 양보할 이유가 하나도
없어요. 오겠다는 말은 하지
않았지만, 그건 에브도
마찬가지잖아요. 그리고 좀 전에
말씀하신 아빠와의 좋은
관계라면, 그건 다행히도
저 여자랑 상관없는 일이고요.
내가 에브랑 사이가
안 좋은 걸 아빠는 당연하게
여기죠. 아빠한텐 안된
일이지만, 스스로를 탓해야죠.
내가 아니라요…
내다보며
뭐 하는 거지?

에브가 뛰어 들어와 소파 위에
놓인 가방을 챙기더니 그 길로
떠날 채비를 한다.

에브
그럼 전 가볼게요.

잔
서둘러 자리에서 일어나며
에브, 잠깐만요!

에브
난 기차 타러 갈 거예요.
나타샤에게
너희 아빠 안 갈 거야.

에브는 밖으로 나간다.

잔
에브, 기다려요!

나타샤
잔을 막으며
그냥 둬요.
신경 쓰지 말아요.

잔
몸을 빼며
나도 상관있는 일이에요.

잔은 밖으로 나간다.

___

안마당 입구.
에브는 빠르게 걸어 나가다 입구에
다다르자 발걸음을 늦춘다.

그 덕에 잔이 에브를 쉽게 따라잡는다.
에브는 잔이 다가오는 소리를 듣고
뒤를 돌아본다.

잔
에브!

에브
무슨 일이에요?
제가 뭘 두고 왔나요?

잔
아니요. 나랑 나타샤가
떠나겠다고 말하려고요.
그러니 여기 있어도 돼요.

에브
그렇게 말해주시니
고맙네요. 하지만 당신이 내게
양보할 이유는 없어요.

잔
그렇지 않아요.
원래 전 여기 안 올 거라고
했잖아요.

에브
그건 나도 마찬가지죠.
그치만 나에게 꼭 뭔가를
해주고 싶다면, 역까지 좀
태워다주실래요…

이고르
뛰어오면서
에브!

에브
아, 저이도 오네!

이고르
제정신이야?
지금 기차도 없다고!

에브
아니에요.
1시 30분 기차가
분명 있어요. 그런데
둘이서 날 이렇게 붙잡으면
기차 놓치겠어.

이고르
하던 칠만 좀 끝낼게.
그런 다음 같이 가자.

에브
두 시간은 더 걸리잖아.

이고르
아니야. 30분이면 돼.

잔
아니에요.
나타샤와 제가 갈게요.

이고르
그건 말도 안 돼요!

잔
그렇지 않아요.
먼저 오셨잖아요. 우리가
들이닥친 거예요.

이고르
농담하지 마세요!

마지막으로 도착한 나타샤가
직전의 대화를 듣는다.

나타샤
아니에요, 잔.
우린 안 가요.
내가 뭘 할지 알아서
결정하시면 안 되죠.

잔
그럼 내 스스로 뭘 할지는
결정할 수 있겠지.
난 가방 챙겨서 갈 거예요.

나타샤
잔! 화내지 마요!
당신까지 이 싸움에 끼면
어떡해요. 침착함을
유지하는 사람이 적어도
한 명은 있어야죠!

자신의 차로 향하던 잔은
걸음을 멈춘다. 모두가 잠시 서로의
얼굴을 바라본다.

에브
상황이 꼬여만 가네요.
그럼 난 갈게요.

이고르
안 돼! 결단을 내려야
한다면, 그래. 좋아, 지금 바로

파리로 가자. 같이 갈 거지?
잔과 나타샤에게
페인트칠 마무리 좀 부탁할게.

───────────

별장, 이른 오후.
잔과 나타샤는 정원을 산책 중이다.

나타샤
라일락이 참 예쁘죠?
아쉽게도 사다리를 타고
올라가도 딸 수는 없어요.
사과나무꽃은 아직이네요.

잔
가을에 사과도 열리나요?

나타샤
네, 잔뜩 열리죠. 하지만
들쥐가 거진 먹어버려요.
정원 입구에서 들어오는
이고르를 발견하고는
저기 아빠가 오네!
휴, 아빠 혼자잖아!

이고르가 나타샤와 잔에게 다가온다.

이고르
기차가 있더라고.
잔에게
에브 걱정은 안 해도 돼요.
파리에서 끝낼 일이 있거든요.
여기도 억지로 온 거였고요.
나타샤에게

이 문제에 대해 얘기를 좀
해야 될 것 같다. 오늘은 말고
다음에. 점심 먹었니?

나타샤
먹었죠. 아빠가 올 줄
몰랐으니까요. 그래도 먹을 건
많이 남아 있어요.

이고르
그래.

나타샤
그런데 지금 몇 시예요?
나타샤가 이고르의 손목을 잡아
그의 시계를 본다.
지금 꼭 전화할 데가 있어요.
실례할게요!

나타샤는 집으로 들어가고,
아빠가 그 뒤를 따른다.
잠시 후 이고르와 두 여자는 집 앞에서
마른 나뭇가지들을 모아 정리한다.
함께 나뭇단을 만든다. 지난번 저녁
파티에 잠깐 등장했던 나타샤의
남자친구 윌리암이 대문에 들어선다.

이고르
아, 윌리암이 왔구나!

나타샤는 아빠와 잔이 나뭇단을
정리하도록 두고 윌리암에게 달려간다.
그들은 서로 꼭 껴안더니
잔과 이고르에게로 다가온다.
나타샤는 잔에게 윌리암을 소개한다.

나타샤
윌리암에게
정원을 손보고 있었어.
같이할래요?

윌리암
난 정원 일엔 소질 없는데.

이고르
지저분한 일인 데다가,
거의 다 끝났어요.

나타샤
윌리암에게
숲으로 가서 같이 산책할래요?
아직 내가 경치 감상하는 데
못 가봤잖아.
잔에게
저녁 먹기 전에는 돌아올게요.
쉬고 싶으면 제 방에서
잠깐 눈 좀 붙여요.

잔
아냐, 괜찮아. 정원에 있을래요.
책 좀 보면서.

잔은 천으로 된 긴 의자에 앉으면서,
의자 위에 놓여 있던 책을 집어 든다.

이고르
계속 나뭇가지들을 주우며
커피 드릴까요?

잔
아뇨, 괜찮아요.

별장, 늦은 오후.
이고르와 잔은 정원에서 서로
거리를 두고 앉아 책을 읽고 있다.
전화벨이 울린다. 이고르가
집 안으로 전화를 받으러 간다.

이고르의 목소리
나타샤? 너 기다린 지
한 시간이 넘었어…
그래… 알겠어, 바꿔줄게.
잔!

잔은 달려가고 이고르는 정원으로
다시 나온다. 잔이 전화를 받는 동안
이고르는 잔이 탁자에 올려두고 간
책의 책장을 넘겨본다.

잔의 목소리
여보세요! 나타샤?
아, 못 온다고… 그래, 이해해요.
그럼 내일 집으로 올 건가요?
가기 전에 얼굴은 보고
가고 싶어서. 그래요, 안녕.

잔은 정원으로 돌아온다.

이고르
안 온대요?

잔
그렇다네요.

이고르
그럴 줄 알았어요.

둘은 자주 못 보거든요.
이럴 때 같이 있어야죠.
그리고 이유는 잘 모르겠지만,
뭐 사실 모를 것도 없죠.
그 둘은 나랑 같이 있는 게
불편한 모양이에요.

잔
그럼 저도 이만 가봐야겠네요.

이고르
뭐라고요?

잔
나타샤를 기다리고 있던 건데,
안 온다니 저도 가야죠.

이고르
절 혼자 두고 가려는 건
아니죠? 오늘 오후에만
세 명의 여자에게 버림받다니!

잔
그중에 중요한 여자는
한 명뿐이잖아요. 그런데도
그냥 가게 두셨고요.

이고르
왜냐하면 에브에게는
파리로 돌아가야 할 중요한
이유가 있었으니까요. 그런데
지금 당신에게는 없죠.

잔
제게도 있어요. 전 친구랑

함께 있으려고 여기 왔던
거예요. 그런데 그 친구가 이제
없어졌잖아요. 게다가 오늘 저녁
식사 초대를 거절했었는데,
지금 다시 연락해보면…

이고르
그러기엔 늦었어요.
저녁 식사 하고 가세요.
이 시간에 운전하는 건 정말
별로니까요. 저녁 9시 이후에
가는 게 훨씬 나아요.
찻주전자를 치워 잔에게 건네며
자, 이거 받아요.

---

별장, 저녁.
저녁 식사가 끝났다.
이고르와 잔은 차를 마신다.
이고르는 1인용 안락의자에 앉고
잔은 소파에 앉는다.

이고르
둘이 정말 왜 그러는지
모르겠어요. 언젠가 한번
터질 줄은 알았는데 마침 당신이
그 자리에 있었네요…
각각 놓고 보자면 둘 다 정말
사랑스럽죠… 가장 심각한
문제는, 아마 나타샤가 이미
말했겠지만 황당한 일로
에브를 의심한다는 거예요.

잔
네, 알아요.
목걸이 말씀이군요.

이고르
맞아요. 정말 말도 안 되는
얘기지요. 도대체 에브가
뭐 하러 하지도 못하고 팔지도
못할 목걸이를 가져가겠어요.
돈이 필요한 사람도 아니고,
도둑일 리도 없죠. 에브를
모함하려고 나타샤가 그걸
몰래 감췄다고도 생각하지
않아요. 그럴 리가 없어요.
그 목걸이를 무척 하고 다니고
싶어 했거든요. 그런 일을
꾸밀 만한 애가 못 돼요. 엄밀히
따지면 도벽이 있다는 편이
어울리죠. 하지만 자기 물건을
훔치는 사람이 어딨겠어요!
내가 그 목걸이를 주머니
속에 넣어뒀었죠. 적어도
내 기억엔 그래요. 아니면
그냥 길에 떨어졌을 수도
있고요. 뭐가 됐든… 우리
가족사의 미스터리라고 해두죠.
처음 있는 일도 아니고요.
그건 그렇다 치고, 오늘 아침
일로 돌아가보자면, 내가 정말
안타까운 건 평범한 증오가
아니라는 점이에요. 딸과 아빠의
애인 사이에 있는 관습적인

증오라는 거죠. 이혼 후에 난 한동안 혼자 지냈어요. 이혼의 원인이 됐다고 할 만한 여자와는 즉시 헤어졌거든요. 그러고 나서는 꽤 많은 여자들을 만났죠. 그땐 나타샤가 별로 싫어하지 않았어요. 그런데 에브와는 그 어떤 여자보다 더 오래 사귀고 있어요. 나타샤는 내가 이대로 에브와 쭉 함께할 거라고 생각하지만, 그렇지 않아요. 우리가 불같이 사랑에 빠진 건 이 관계가 오래가지 않을 걸 알았기 때문이기도 해요. 난 언제든 에브가 날 떠날 수 있다고 생각해요. 오늘 아침 일은 좋은 핑곗거리가 되겠죠. 나타샤는 모르고 있지만, 에브에게 다른 남자가 있어요. 그러니까 나타샤 걱정만큼 에브가 큰 위협은 아니라는 거죠.

잔

아마 나이 문제도 있을 거예요. 나타샤는 아빠가 자기 또래의 젊은 여자랑 만나는 걸 불편해하는 거겠죠.

이고르

걔는 거의 내 또래랑 만나는걸요!

잔

사실 저도 그게 더 불편해요. 당신과 에브가 사귀는 건 크게 놀랍지 않아요. 하지만 난 애인과 조금만 나이 차이가 나도 견딜 수가 없어요. 저랑 마티유는 세 달 정도밖에 차이가 안 나죠.

이고르

재밌네요. 난 당신이 나이 많은 사람과 잘 어울릴 거라고 생각했거든요. 그건 내가 당신을 아주 젊게 보고 있다는 뜻이죠. 난 대비되는 걸 좋아하거든요. 그리고 생각하시는 것과 달리, 난 당신이 나에게 나이 많은 상대라고 보지 않아요.

이고르는 웃는다.

잔

저도 제가 말씀드렸던 것과 달리, 당신이 제게 그렇게 나이 많은 상대라고 보지 않아요. 문제가 되는 건 당신이 나타샤의 아버지라는 사실이죠. 잘된 일이에요. 마음 깊은 곳에서 서로가 유혹의 대상이라고 여기지 않고 대화할 수 있잖아요. 아주 편히요.

이고르
어쨌든 난 당신이 참 편안하게
느껴져요. 내가 만났던 여자들은
모두 까탈스러운 구석이
있었거든요. 물론 내 딸까지
포함해서요.

잔
저도 나타샤와 별다를 거
없어요. 화내는 걸 못 보셔서
그래요.

이고르
화도 내세요?

잔
오늘 아침에 거의 그럴 뻔했죠.

이고르
그럴 뻔했다는 건 어쨌든
자제했다는 뜻이잖아요.

잔
나타샤 덕분이었죠.
하지만 나타샤가 계속
고집을 부렸다면 나도
에브처럼 바로 짐을 싸서
떠나버렸을 거예요.

이고르
잘 이해가 안 되네요.
왜 욱한 거죠?
사실 당신과 상관없는
일이었잖아요.

잔
바로 그게 이유예요. 나에게
아주 중요한 일이라면 난
자제해요. 하지만 제 강박관념이
저지당하는 건 참을 수 없어요.
사실 오늘 아침 화가 난 건 바로
이 강박관념에서였어요.
제겐 강박적으로 타인의 자유를
염려하는 마음이 있거든요.
가끔 포악해질 정도로요.

잔은 웃는다.

가뜩이나 난 지금
강박적으로 집을 어지르는
남자와 살고 있죠.

이고르
그럼 무슨 일이 일어나는데요?

잔
가끔 사소한 싸움이 일어나지만
심한 정도는 아니에요.
이번 주에 마티유 집에서 지내지
않은 건, 그 사람 집에 있으면
혼자 외롭기 때문이 아니에요.
그의 무질서를 견디지 못할
뿐이죠. 그 무질서는 그 사람이
거기 있을 때만 견딜 수 있어요.

이고르
그를 사랑하기 때문이겠죠.

잔
그럼요. 정말 많이
사랑해야만 하죠.

이고르
정말이에요? 그 사람을
미치도록 사랑한다면 자신의
질서는 잊고 그 사람만의 질서를
받아들일 수 있을 텐데요.

잔
전 그 누구도 '미치도록'
사랑할 일은 없어요. 미치지
않았으니까요. 말씀처럼
까탈스러운 성격도 아니죠.

이고르
불행히도 내가 지금껏 만났던
여자들은 그렇지 않았죠.
언제나 당신 같은 사람이 날
사랑해주길 원했어요.

잔
제 진짜 생각을 알고
싶으세요? 이런 얘길 해도
되는지 모르겠지만. 뭐, 그냥
뱉어볼게요. 나이만 차치하면
결국 당신은 마티유와
별다를 게 없는 사람 같아요.

이고르
강박관념 면에서요?

잔
꼭 그런 점 때문은 아니에요.
당신은 매우 깔끔한 사람이에요.
마티유는 그만큼 지저분한
사람이고요. 수학광들이 그러는

것처럼요. 우스꽝스러운
캐릭터예요. 쥘 베른 소설에
나오는 과학자 같죠. 그 사람
별명을 제피랭이라고 지었어요.
방에 물건을 뒤죽박죽
산더미처럼 쌓아두는 바람에,
가정부가 빗질할 공간은 오직
바닥 1평방미터뿐이었다는
그 인물이요! 농담이고요,
둘의 공통점은… 뭐랄까,
둘 다 시적인 방식으로 삶을
살아간다는 데 있어요. 당신에
관해선 추측일 뿐이죠. 보통
나타샤의 눈을 통해서 당신을
보니까요. 하지만 내 남자친구는
확실해요. 과학자이긴 하지만,
아무리 사소한 것이라도
그가 하는 모든 일에 있어서
그 사람은 시인이에요.
그 사람의 지저분함을 용서하게
되는 이유죠. 물론 가끔씩
살인충동이 들긴 하지만요.
잔은 웃는다.
당신의 경우는 완전히 달라요.
당신의 시는… 시가 정말
있다면, 당신이 질서정연하고
매우 정확한 사람인 걸 막지
못해요. 예를 들어 나타샤는
아니라고 했지만 난 오늘
아침 당신이 여기 올 거라고
확신했죠.

이고르
네, 제가 올 거라고 분명 말했죠.
심지어 나타샤에게 금요일
오후에 전화로 다시 한 번
얘기했어요. 하지만 에브가
오고 싶어 할지는 몰랐었고요.
내가 그렇다고 하면,
난 정말 그런 거예요.

잔
저도 마찬가지예요.
난 그렇게 말하는 사람을
믿어요. 나타샤의 그런 고집은
정말 이해가 안 돼요…

이고르
어떤 고집이요? 나타샤가
무슨 말을 하던가요?

잔
아무것도 아녜요…
제가 잘못 이해했을 수도 있죠.

이고르는 잔을 바라본다.
잔은 미소 짓는다.

이고르
옆에 앉아도 될까요?

잔
네.

이고르는 소파에 앉는다.
이고르는 잔을 바라보고,
잔은 미소 짓는다.

이고르
손을 잡아도 될까요?

잔
네.

그들은 말없이 손을 잡고 있다.
그들은 서로를 바라본다. 잔은 또 다른
질문을 기다리듯 이고르를 보며
미소 짓는다.

이고르
키스해도 될까요?

잔
당연한 대답이라는 듯
네.

이고르는 잔의 손에 입 맞춘 뒤
입술에 키스한다. 그는 잔을 품에
안으려 하지만, 잔은 그를 밀치고
일어나 맞은편 안락의자로 가서
앉는다. 이고르는 잔을 붙잡으려
하지만 소용없다.

이고르
잔, 가지 마요!

잔
싫어요…
"네."라고 했잖아요.
그걸로 부족한가요?

이고르
그러니까 더욱
가서는 안 되죠!

잔
그렇지 않아요.
요구한 것을 모두 얻었잖아요.
그럼 끝난 거죠.

이고르
다른 건 더 요구하면
안 되는 건가요?

잔
안 돼요. 세 가지 요구를
들어줬고 그건 이미 많은
거예요. 「세 가지 소원」이라는
이야기 아세요? 한 부부에게
세 가지 소원을 들어주기로
했죠. 딱 세 가지만요.
남편이 소시지를 달라고
빌자, 화가 머리끝까지 난
부인은 그 소시지를 남편 코에
매달아달라고 했어요.
마지막 소원은 그걸 다시
떼어내는 데 쓸 수밖에 없었죠.
그래도 당신은 그 정도면
잘 고른 거예요.

이고르
더 요구할 수도 있었는데.

잔
그랬겠죠.
하지만 이미 늦었어요.

이고르
그럼 들어줬을 건가요?

잔
그럼요. 내가 놀란 건
당신이 나에게 뭘 요구했는지
때문이 아니라, 나에게
요구를 했다는 그 사실
때문이에요.

이고르
충격받았나요?

잔
그냥 좀 놀랐어요.
난 원래 잘 놀라는 편이에요.
이런 쪽으로 당신은 꽤
능숙한 것 같네요.

이고르
아니요. 늘 그러진 않아요.
그냥 본능을 따르는 거예요.
그게 늘 효과가 있죠.

잔
진지한 상황에서도요?
그러니까 만약 당신이 나에게
진지하게 사랑을 느꼈다면,
아까처럼 행동했을 건가요?
모든 위험을 무릅쓰고?

이고르
당연하죠. 그리고 내가 당신에게
진지하게 사랑을 느끼지
않았다는 증거가 있나요?

잔
조금 전 행동이 증명하죠.

이고르
아니에요!

잔
맞아요!

이고르
지금 당신과 사랑에 빠진 건
아니지만, 충분히 그럴 수
있어요. 어떤 면에선 정말
그러고 싶고요. 내가 좀 전에
성급하게 행동한 건 당신의
전략에 말려들고 싶지 않았기
때문이에요.

잔
내 전략이라니?
무슨 전략이요?

이고르
우리 사이를 평범하고
무미건조하게, 또 어떤 성적
긴장감도 무화시키려는
전략이요. 난 당신 친구의
아빠이니 금기의 대상이라는
거잖아요. 당신이 말했던
것처럼 마음속에서 서로를
유혹의 대상으로 여기지 않는
거죠. 그건 싫어요. 편안하게
만들기는커녕 날 얼어붙게 하죠.
어색하고 부자연스럽다고요.
난 누군가를 갈망하고 또
갈망의 대상이 되길 원해요.
바로 그렇게 마음 깊은 곳에서

은밀하게요. 결국 아무 일도
생기지 않는다고 해도 말이죠.
에브를 향한 열광적이고
배타적인 사랑이 나의 이런
취향을 사그라들게 했었죠.
하지만 당신을 만났을 때
다시 돌아왔어요. 욕실에서
나왔을 때가 아니라, 함께
저녁을 먹었던 날에요…
지금 내 말을 듣지 않는군요.
지금 무슨 생각 하는지 알아요.

잔
정말요?
제가 뭘 생각하는데요?

이고르
'어디서 많이 들어본 얘기네.'
뭐, 그런 거겠죠.

잔
지금 제가 생각하는 건
그런 게 아니에요.

이고르
그럼 뭔데요?

잔
월요일 오후 수업에 대해
생각하고 있었어요.

이고르
당신은 지금 상황에
정말 관심이 없군요!

잔

그렇지 않아요. 지금 이 상황
때문에 그 생각을 하게 된
거예요. 좀 전에 제가 "네."라고
답할 때 무슨 생각을 했었는지
기억해내던 중이었어요.

이고르

선험적 생각인가요?

잔

아니요. 심리적인 거예요.

이고르

그래서요?

잔

아주 짧았던 숙고의 현재
단계에서, 난 그때 아무 생각도
하지 않았다고 생각하고 있어요.
그러니까 인간들 사이에서
서로의 행동을 통제하는 매력,
반감, 지배, 복종, 사랑, 미움과
같은 동기들 중에서 그 어떤
것도요. 당신을 생각하지도
않았고, 마티유 생각도 하지
않았고, 내 생각을 한 것도
아니에요.

이고르

그럼 그냥 기계적으로
행동했다는 건가요?

잔

그런 건 아니에요.

난 논리적으로 행동한 거예요.
수(數)의 논리에 따라서요.
숫자 3의 논리요.

이고르

두 번 일어난 일이
세 번 일어나지 말라는 법
없다는 거죠.

잔

맞아요. 숫자 3의 전통이 있죠.
삼각형, 삼단논법, 헤겔의
변증법, 삼위일체…
닫힌 세계를 구성하면서
최종적인 것을 도출해내고
의혹에 열쇠를 제공하는
모든 것이 그렇잖아요.
하지만 외부의 힘에 이끌려가는
느낌은 아니었어요.
자유로운 선택에 따른 거였죠.
논리에 따라 솔직하게
행동한 거예요. "아니요."라고
말할 수도 있었지만, 속이는
일 같았어요. 어렸을 때
"그건 반칙이야."라고
말하던 것처럼요.

이고르

나에게도 약간은
그런 이유였어요.

잔

약간이요?

이고르
네… 그 이유가 전부는
아니니까요…

잔
이고르의 말을 자르며
내가 그런 선택을 결심한 건
어떤 사람 때문에,
더 정확히 말하면 어떤 사람에
반대하기 위해서였어요.
누군지 아시겠죠.

이고르
당신도, 나도 아닐 테고.
당신 약혼자도 아니라고 했고.
그럼 에브 말인가요?

잔
아니요! 나타샤요.
좀 전에 나타샤 얘길 했잖아요.
내가 오늘 좀 매섭게 굴었죠.
날 용서해주면 좋겠는데.

이고르
하지만 그건 나타샤에
반대하는 행동이 아니었어요.
나타샤는 오히려 당신이
내 품에 안기길 바랐을걸요?

잔
나타샤가 그런 말을 했어요?

이고르
내가 걜 잘 알죠.
하다못해 에브가 싫어서라도

그랬을 거예요.

잔
바로 그거죠.
그 애가 바라는 쪽으로
행동하면서 그게 얼마나
말도 안 되는 일인지
보여 주고 싶었던 거라고요.
당신 둘이 꾸미는 음모를
멈추려고 말이에요.

이고르
웃으며
음모라…
그런 게 있다면, 순전히
나타샤 단독으로 꾸민 일이에요.
얼마나 허술한 음모인지!
제 말 믿어주면 좋겠네요.

잔
물론이죠… 이제 이런 얘긴
그만해도 될 것 같네요.
음악을 좀 틀면 어때요?

이고르
뭐 듣고 싶으세요?

잔
당신이 고르세요.

이고르
이거 어때요?
이고르는 카세트를 넣고 음악을
재생한 뒤, 소파로 가서 앉는다.
이 곡 알아요?

잔
아, 슈만이네요.
「크라이슬레리아나」.
아니, 「교향적 연습곡」이군요.
나타샤가 친 건가요?
정말 훌륭한 연주네요.

이고르
4년 전 연주예요.
아직 기교가 많이 서툴 때였죠.
여기 소파로 와서
앉지 않을래요?

잔
지금 이 의자도 편하고 좋아요.

이고르
원하시면 내가 일어날게요.

잔
아니에요. 그냥 계세요.
전 음악 좀 들을게요.

전화벨이 울린다.
이고르가 전화를 받는다.

이고르
에브…! 응 아직 여기 있어.
자리에서 일어나려는 잔에게 자리에
그대로 있으라는 제스처를 한다.
…내일 갈 거야. 아침에.
오늘은 여기 있을래…
응, 그 둘은 아까 오후에 갔어…
아니, 지금은 너무 늦었잖아.
졸음을 참으면서 힘들게

운전하고 싶지는 않아…
막 자려고 했다니까…
싫어, 안 된다고…!
오늘 날 충분히 힘들게 한 것
같은데…! 화 좀 내지 마…
내 얘기를 좀 들어…
에브! 에브?

그는 수화기를 내려놓는다. 잔이
일어나 가방을 챙기는 것을 본다.

이고르
지금 가려는 건 아니죠?

잔
너무 늦었어요.

이고르
그러니까 지금 더 가면 안 되죠.
나타샤 방에서 자고 가요.
내일 아침에 돌아가요.

잔
내일 아침에 할 일이 너무
많아서 안 돼요. 당신 집에서도
나가야 하고, 우리 집에 가서
청소도 해야 하고, 수업 준비도
해야 해요…

이고르
내일 아침 일찍 떠나면
다 할 수 있어요.

잔
그리고 미안하지만…

이고르
네?

잔
당신이 거짓말하게끔 만드는
상황에 있고 싶지 않아요.

이고르
거짓말이요?

잔
엿들어서 미안해요.
하지만 안 들을 수 없었어요.
내가 여기 없다고 말했잖아요.
그럼 난 여기 없어야죠.
갈게요.

이고르
설명하기 복잡해서
그런 거예요! 나타샤와 당신을
내세워 얘기하고, 또 윌리암이
왔다는 것까지 다
설명해야 하니까요…
이고르는 자리에서 일어나
잔에게 다가간다.
그리고 혹시 아는지 모르겠지만
에브가 당신을 무척 질투하고
있어요. 그 얘길 다 했으면
여기가 걱정돼서 한숨도
못 잤을 거라고요.

잔
방금 당신이 한 말을 듣고도
에브가 잘 수 있을지

모르겠네요. 내가 사랑하는
남자가 전화로 나에게 그렇게
말했다면 난 한숨도
못 잤을 거예요.

이고르
잔, 갑자기 왜 이렇게
화를 내는 거예요?

잔
내 자신에게 화가 나는 거예요.
나타샤를 믿었고, 그래서
여길 왔고, 아침에 여길 떠나지
못했고, 나타샤에게 전화가
왔을 때 저녁을 먹기 전이라도
떠났어야 했는데 그러지 않은
나 자신 때문에요. 내가 여기
없었다면 당신은 돌아갔을
거예요.

이고르
아마 그랬겠죠. 하지만 지금은
너무 늦었어요.

잔
그렇지 않아요. 에브가 당신이
돌아오길 원하잖아요.

이고르
난 에브 맘대로 하는 사람이
아니에요.

잔
그럼 원하는 대로 하세요.
어떤 구애도 받지 말고

자유롭게, 어떤 영향도
받지 말고요. 하지만 내가 여기
있는 건 지금으로선 영향을
미치는 것 같네요. 그럼 갈게요.

이고르
잔을 붙잡으며
잔! 그렇게 가버리면
난 정말 불쾌해요.

잔
절 좀 놔주세요.

이고르
잔, 내 말 좀 들어봐요!
나타샤와 내가 뭔지 모를
우스꽝스러운 음모를 꾸몄다고
생각하는 것 같은데요…
내 딸의 어린애 같은 희망은
그 아이의 일일 뿐이에요.
난 그것과 전혀 상관이 없어요.
오늘 일을 그저 당하기만 한
사람이 있다면 바로 나라고요!
내 말을 좀 믿어줬으면
좋겠어요.

잔
당연히 믿어요. 하지만 계속
그렇게 강조하시면, 결국
제가 아무것도 믿지 못하게
될 거예요.

이고르
아무것도?

잔
말하자면 그렇다는 거예요.
잔은 웃는다.
농담이에요.
그럼 정말 갈게요.

잔은 그의 볼에 입 맞추고 떠난다.

---

일요일
이고르의 아파트, 아침.
잔은 침실에서 짐을 싸고 있다.
현관문이 열리는 소리가 들린다.
나타샤가 방으로 들어온다.

나타샤
잔! 지금 가려고요?

잔
그래요!
가서 집 좀 치워야지.

나타샤
사촌은 정말 간 거예요?

잔
응. 좀 전에 통화했어요.
지금쯤 기차 탔을 거예요.

나타샤
우리 내일 꼭 만나요.

잔
내일은 마티유가 돌아와요.
다른 날 봐요.

73

나타샤
이렇게 안 좋은 감정을 남기고
헤어지는 건 정말 싫어요!

잔
안 좋은 감정 같은 건 없어요.
적어도 난 그래요. 그저
어제 좀… 사건이 많았다고
생각할 뿐이에요.

나타샤
언제 돌아왔어요?

잔
어젯밤에. 당신 아버지랑
저녁 먹었어요. 당신에 대해
좋은 얘길 많이 하셨고, 또
당신을 전혀 원망하지 않아요.
나타샤가 연주한 슈만을
들었어요. 정말 훌륭하던데!
열네 살 때 친 거라면서요?

나타샤
아, 「교향적 연습곡」이요?
그때보다 많이 늘었어야 하는데.
거기서 자고 올 수도
있었을 텐데요.

잔
그렇긴 하지만 할 일이
너무 많아서. 머물렀다면
늦어졌을 거야.

나타샤
거기 혼자 두고 왔다고 절 너무
원망하지 않으면 좋겠어요.

잔
원래 애인을 위해서라면
가장 친한 친구도 제쳐둘 수
있는 거예요.

나타샤
윌리암이 아빠랑 나이가
비슷해서 그런지 둘을 같이
보는 게 좀 불편해요. 둘 다
붙임성 있는 성격도 전혀
못 되고요. 그 사람이 와서
정말 당황했어요. 올 거라고
생각도 못 했거든요.

잔
정말 전혀 몰랐어요?

나타샤
그럼요.
놀라서 잔을 바라본다.
오는 줄 알았다면
얘기했을 거예요.

잔
아버지가 올 거라는 얘기도
하지 않았잖아요.

나타샤
아빠요? 그거랑은 다른 얘기죠!
그것 때문에 화가 난 거라면
내 잘못이에요. 내가 말했던 건
아빠는 혼자 올 리 없다는
거였죠. 그런데 아빠가 오긴

했지만 에브랑 함께였잖아요.
내 말 믿어줘요. 아빠는 절대
혼자 오지 않았을 거예요.

잔
난 그렇게 생각 안 하는데.

나타샤
그렇게 생각한다면 혼자
그렇게 생각하세요! 제가 뭘
어쩌겠어요. 우리 단둘이 지내고
싶었다고요. 아빠랑 에브가
오는 줄 알았다면 왜 거길
갔겠어요. 그리고 왜 그렇게
그 일을 중요하게 생각하는지
모르겠네요. 그래요, 내가
틀렸어요. 내가 원하는 대로
생각해버린 거예요.

잔
그 말을 믿고 싶어요.

나타샤
믿고 싶다고요? 왜 날 그냥
믿지 못하는 거예요?

잔
당신을 믿어요!

나타샤
아, 알겠다. 아빠가 나한테
전화해서 거기 올 거라고 확실히
얘기했다는 걸 들었군요. 하지만
그렇다고 해서 내가 아빠 말을
믿을 이유는 없었어요.

잔
나 역시도 당신을 믿을
이유는 없어요. 하지만 난
당신을 믿어요.

나타샤
또 말하고 싶은 게 뭐예요?
도대체 뭘 어디까지 생각하고
있는 건지 알고 싶네요.
우리 아빠랑 둘만 있게 하려고
내가 모든 걸 꾸몄다고
생각하는 거겠죠. 그건 날
과대평가한 거예요. 난 단순한
애라고요.

잔
나도 마찬가지예요.

나타샤
아니요. 그렇지 않아요.
그런 일로 날 의심하는 모습만
봐도 알 수 있어요.

잔
당신은 목걸이 일로 에브를
의심하고 있잖아요.

나타샤
도대체 지금 그 얘기가
무슨 상관이에요?
내가 그 목걸이를
숨겼다거나, 뭐 그래서
그 일을 꾸몄다고 의심하는
거예요?

잔
무슨 말도 안 되는 소리예요!

나타샤
흥분해서
이왕 시작했으니 계속
얘기해봐요! 친구인 척하더니
날 적으로 보고 있었군요.
내 진짜 이유는 제대로
알려고 하지도 않잖아요.
정말 그런 게 아닌데…
나도 내 문제가 있어요.
당신에게도 당신의 문제가
있는 것처럼요. 난 그때 당신도
우리 아빠도 생각할 겨를이
없었다고요. 당신은 사생활에
민감한 편이잖아요. 그러니 나도
그럴 수 있다는 걸 이해해줘요.
말은 안 했지만 나도 그런
부분이 있어요. 그때 윌리암이
온 건 우리 사이의 어떤 일
때문이었어요. 음모 같은 걸
꾸미느라 그런 게 아니라고요.
지금 우리에게 여러 문제가
있어요. 나라고 모든 일이 다
쉬운 줄 알아요? 우리 아빤
망상증이 좀 있어요. 그런데
당신까지 그러면!
나타샤는 흐느낀다.
…난 생각한 걸 그대로
말해요. 그런데 아무도 날
믿지 않으니 이제 말하지

않는 편이 좋겠네요. 아빠는 날
안 믿어요. 지금 보니 당신도
날 믿지 않는 게 확실하고요.
마음 깊은 곳에서는 내가
목걸이를 훔쳤다고 생각하는 게
틀림없어요.

잔
나타샤, 제발 이제 그
목걸이 얘긴 그만해요.
그리고 설령 당신이 아버지랑
나를 가깝게 만들려고
꾸민 일이라 해도,
난 당신을 전혀 원망하지
않아요. 그 일은 좋게
생각하고 있어.

나타샤
갑자기 화를 내며
난 아무것도 꾸미지
않았다니까요!
아, 정말 모두들 단단히
꼬였군요!

나타샤는 제 방으로 들어가 문을
닫아버린다. 잔이 문 앞으로 뛰어간다.

잔
나타샤! 나타샤!
왜 그렇게 받아들이는 거야!
아무 말도 못 하겠네.

잔은 두어 차례 문을 두드리고는,
귀를 기울인다. 반응이 없자

다시 옷장으로 향한다. 위 칸에
놓인 바지를 집으려다 신발 상자를
떨어트린다… 구두 한 짝이 삐져나온다.
잔이 구두를 뒤집어 들어올리자,
안에 있던 목걸이가 바닥으로
떨어진다. 잔은 목걸이를 주워들고
나타샤의 방 앞으로 달려간다.

잔
나타샤!
내 얘기 듣고 있어요? 나타샤?
목걸이를 찾았어!

잔은 문을 열고 들어간다.

잔
나타샤 옆에 앉으며
나타샤!
목걸이를 찾았다니까!

나타샤
일어나며
무슨 소리예요?

잔
자, 여기 좀 봐요.
이거 맞죠?

나타샤
목걸이를 건네받으며
맞아요. 어디서 찾았어요?

잔
손짓으로 설명하며
구두 속에서.

나타샤
구두 속이요?

잔
이리 와봐요! 보여줄게!
둘은 아빠의 침실로 돌아온다.
구두 한 짝을 다시 챙겨
넣으려고 잡아서 뒤집었더니
안에서 이게 떨어졌어요.

나타샤
상자는 어디 있었는데요?

잔
상자는 저 위에. 내 바지를
꺼내려다 상자를 떨어트렸어요.
그랬더니… 이것 봐,
조심성 없는 내 성격이 도움이
될 때도 있다니까.

나타샤
그렇다면 도대체 누가 이걸
상자 안에 넣어둔 걸까요?
어쨌든 난 아니에요. 믿어줄지
모르겠지만.

잔
나타샤, 당연히 믿어요!
에브일 수도 있고. 당신을
골탕 먹이려고 그랬든 다른
어떤 이유로든 간에 말야.
아니면 당신 아버지가 우선
잘 보관해두려고 그랬다가
잊어버렸을 수도 있죠.

나타샤
아빠가 건망증이 있는
사람은 아니에요.
나타샤는 생각에 잠긴다.
실은 우리 셋 중 아무도
아닐지도 몰라요.

잔
그럼 누구죠?

나타샤
아무도 아니라니까요.

잔
목걸이가 거길 혼자
들어갔다고?

나타샤
아니죠. 자, 이 미스터리의
전말은 바로 이거예요.
아주 간단해요. 아빠가
처음으로 들었던 생각은
바지를 걸어두었을 때 거기서
목걸이가 떨어졌다는 거였어요.
그래서 아래에 있던 구두 속을
살펴봤지만, 저 위의 상자 속에
있던 신발 속은 살펴보지
못했던 거죠. 무슨 말인지
알겠어요?

잔
그럼 당신 말은 아버지가
바지를 걸어두고 난 뒤 신발을
다시 상자 안에 넣었고,

그 뒤에야 목걸이가 없어진 걸
알아챘다는 건가요?

나타샤
바로 그거예요. 이건 아빠가
거의 신지 않는 낡은
구두거든요… 그렇게 된 게
틀림없어요. 잘됐어요!
믿지 않겠지만 난 다른 사람을
의심하고 싶지 않거든요.
그리고 어쨌거나 내 목걸이를
찾게 돼서 너무 기뻐요.
나타샤는 목걸이를 목에 걸고
거울 앞으로 가서는, 제 모습을
감탄하며 바라본다.
이 목걸이 정말
아름답지 않나요?
나타샤는 잔을 향해 몸을 돌린다.
나타샤는 잔의 눈에 눈물이
고인 것을 본다.
잔! 왜 그래요?
지금 우는 거예요?

잔
아무것도 아녜요.
정말 아무것도. 좀 전 일은 정말
미안해요. 내가 바보 같았어.
가끔 그렇게 내 상상력이
날 애먹이면서 완전히 헛다리를
짚게 만든다니까.

나타샤
저도 마찬가지예요.

잔
내가 여기 있다 가는 게
내 걱정처럼 나쁜 일만 몰고
오진 않았네요. 불청객이 된
느낌이었거든.

나타샤
무슨 말도 안 되는 소리죠!

잔
적어도 쓸모 있는 일을
하게 됐어요.

나타샤
우리 말을 믿어줄까요?

잔
에브는 잘 모르겠지만,
아빠라면 분명 믿으실 거예요.

나타샤
그 둘이 아직도 같이 있는지
모르겠네요. 어쨌든 둘 사이는
곧 끝날 거니까요.
어제 봤죠? 아빠가 혼자서
다시 돌아오는 거.
인생은 참 아름다워요!

나타샤와 잔은 웃는다.

———————————

잔의 아파트.
잔이 들어온다. 비어 있는 집은 말끔히
정돈되어 있다. 탁자 위에는
비닐에 싸인 꽃다발이 줄기 아랫부분을
양동이 물에 담근 채 놓여 있다.
종이에 이렇게 쓰여 있다.

"일요일 아침 9시.
우린 지금 떠나. 기다렸다 네 얼굴
보고 갈 시간이 없네. 모든 일이
잘 끝났어. 다시 연락할게. 안녕.
—가엘

꽃다발은 풀지 않았어. 혹시 네가
그대로 들고 나갈까 싶어서."

잔은 꽃다발을 꺼내 비닐을 벗기려다
생각을 바꾼다.

———————————

마티유의 아파트.
잔이 여행 가방과 꽃다발을 들고
들어온다. 방은 여전히 지저분하다.
유일하게 달라진 게 있다면, 튤립의
꽃잎이 떨어져 꽃병 주변 탁자 위에
널려 있다는 점이다. 잔은 떨어진
꽃잎들을 조심스럽게 휴지통에
쓸어 담는다. 그러고는 새 꽃을 꽂기
위해 꽃병을 씻으러 주방으로 향한다.
잔은 꽃병을 탁자 위에 다시금
올려두고, 청소를 시작한다.

●

겨울 이야기

# Conte d'hiver

개봉 ☞ 1992년 1월 29일
러닝타임 ☞ 1시간 54분

펠리시 ☞ 샤를로트 베리
샤를 ☞ 프레데리크 반 덴 드리에스셰
막상스 ☞ 미셸 볼레티
로이크 ☞ 에르베 퓌리크
엘리즈 ☞ 아바 로라시
어머니 ☞ 크리스티안 데부아
아멜리 ☞ 로제트
형부 ☞ 장뤼크 르볼
에드비주 ☞ 아이데 카요
캉탕 ☞ 장클로드 비에트
도라 ☞ 마리 리비에르
손님 ☞ 클로딘 파랭고

제작 ☞ 마르가레트 메네고즈
  (레필름뒤로장주)
촬영 ☞ 뤼크 파제스
촬영보조 ☞ 필리프 르노
음향 ☞ 파스칼 리비에
음향보조 ☞ 뤼도비크 에노
사운드믹싱 ☞ 장피에르 라포르스
편집 ☞ 마리 스테판
음악 ☞ 세바스티앙 에름
프로덕션매니징 ☞ 프랑수아즈
  에셰가레
프로덕션매니징보조 ☞ 장뤼크 르볼

셰익스피어의 「겨울 이야기」
레온테스 ☞ 로제 뒤마
파울리나 ☞ 다니엘 르브룅
헤르미오네 ☞ 디안 레브리에
페르디타 ☞ 에드비주 나바로
플로리젤 ☞ 프랑수아 로셰
폴릭세네스 ☞ 다니엘 타라르
귀족1 ☞ 에리크 와플레
귀족2 ☞ 가스통 리샤르

플루트 연주자 ☞ 마리아 쿠앵
촬영 ☞ 모리스 지로
의상 ☞ 피에르장 라로크

이 이야기를 들려드리면,
여러분 모두 옛날 동화에나 나오는
일이라며 호통을 치실 것입니다…
—윌리엄 셰익스피어

프롤로그
여름, 모르비앙 만.
샤를은 배 위에서 잡아 올린 물고기를
손질한다. 펠리시가 그를 돕는다.
어느 레스토랑의 주방에서 그들은
음식을 만든다. 그들은 함께 섬을
산책한다. 울퉁불퉁한 길을 함께
걷고, 오솔길에서 함께 자전거를
탄다. 그들은 물놀이를 한다. 그들은
일광욕을 즐긴다. 그들은 해변에서
장난을 친다. 그들은 서로 사진을
찍어준다. 기타 등등.

이제 그들이 반 역에서 헤어지는
모습이 보인다. 펠리시는 파리행
기차에 오르기 전 샤를에게 다음과

같이 주소를 남긴다.
"쿠르브부아 시,
빅토르위고 거리 36번지"

몽파르나스 역에 도착한 펠리시는
버스를 탄다. 마지막 장면에서
그녀는 버스에서 내리고, 그 뒤로
다음과 같은 공사 알림판이 보인다.
"르발루아 시,
빅토르위고 지역 재개발"

---

5년 뒤
12월 14일 금요일
메종라피트의 한 단독 주택,
로이크의 집, 오전 8시.
펠리시는 아직 잠들어 있다.
로이크는 방으로 들어와, 선반 위에서
책 한 권을 집어 가방에 넣는다.

로이크
펠리시를 깨우려고
펠리시! 아침 8시야!

그는 침대 쪽으로 다가온다.

펠리시
아, 벌써? 잘 잤어?

펠리시는 몸을 일으킨다. 로이크가
그녀에게 몸을 숙여 입 맞춘다.

로이크
오늘 저녁에 니콜라네 집에
갈 거야. 너도 올래?

**펠리시**
아니. 오늘은 엄마 집에 가서
저녁 먹으려고. 그리고 내일은,
잘 모르겠는데 아마 언니네 집에
가서 월요일까지 지낼 것 같아.

**로이크**
알겠어. 그럼 좋은 하루 보내!

**펠리시**
고마워. 너도.

그는 밖으로 나간다.
펠리시는 그 집을 나와
RER(광역급행철도) 역으로 향한다.
흐리고 안개 낀 겨울날, 열차는
음울한 풍경의 파리 외곽 지역을
가로지른다. 파리에 도착한 펠리시는
지하철을 갈아타고 벨빌 역으로
향한다.

파리, 벨빌 역 출구, 9시 45분.
펠리시가 계단 위로 모습을 나타낸다.
그녀는 반대편 인도를 잠시 바라본다.
그러더니 아는 사람을 발견하기라도
한 듯 갑자기 뛰기 시작한다.
그녀는 교차로를 돌아 시장의 인파를
헤치고 나아간다. 하지만 이내
뒤따르기를 포기하고 가던 길로
되돌아온다. 펠리시는 미용실로
향한다.

미용실 셰막상스.
가게 안에 혼자 있는 막상스는
통화 중이다. 펠리시는 안으로
들어가 코트를 걸고 니트를 벗는다.
펠리시가 막상스 쪽으로 걸음을
옮기는데, 막상스도 이제 막 통화를
끝내려는 참이다. 기쁨에 찬 막상스는
펠리시에게로 다가가 그녀에게 있는
힘껏 입 맞춘다.

**펠리시**
왜 그래? 무슨 일인데?

**막상스**
됐어, 됐다고!

**펠리시**
뭐가 됐다는 거야?
쥘리에트가 떠났어?

**막상스**
아니 그거보다 더 좋은 일.
내가 떠날 거야. 차 타고
곧 출발해. 가게 확인하려면
2시까지는 거기
도착해야 하거든.

**펠리시**
벌써? 아무 말 없었잖아!

**막상스**
나도 어제 저녁에야 알게
됐어. 그리고 이런 일을
전화로 얘기할 수는 없잖아.
게다가 당신은 그 녀석 집에

있을 게 뻔했고. 올해가
가기 전에 결정될 거라고는
이야기했었잖아.
그렇게 된 거야.

펠리시
언제 돌아오는데?

막상스
거기서 지내야지. 바로
개업할 거거든. 크리스마스 연휴
내내 미용실을 닫아둘 수는
없으니.

펠리시
그럼 나는 어떻게 해?

막상스
당신은 우선 여기 남아서
오늘과 내일 예약 손님들을
받아줘. 새 매니저가
화요일에야 오니까 당신이 여길
맡아줘야 해. 그다음에는 최대한
빨리 나한테 와.

펠리시
내 딸은?

막상스
거기도 유치원이 있잖아.
등록시킬 시간은 충분할 거야.
이제 크리스마스 연휴잖아.

펠리시
쥘리에트는? 알고 있어?

막상스
어제 저녁에 얘기했어.

펠리시
혹시 쥘리에트가 엄청…

막상스
아니. 난리를 칠 줄 알았는데
그 반대였어. 그냥 쫓아버리고
말더라.

펠리시
잘됐네.

막상스
사실 그 편이 나도 속 편해.
그러고 나서 짐을 차에 싣고
그대로 호텔로 갔지.

막상스는 거울 쪽으로 몸을 돌린다.
침묵이 흐른다.
펠리시는 거리를 내다본다.

펠리시
내가 안 가면 어떻게 돼?
그럼 당신은 혼자겠지?

막상스
올 거잖아.

펠리시
아직 간다는 말 안 했는데.

막상스
파리를 떠나고 싶어
했던 건 바로 당신이야.

내가 여길 떠나는 건 일부분
당신 때문이기도 해.

펠리시
그래, 일부는 그렇지.
아주 작은 부분.
그러니 꾸며서 말하지는 마.

펠리시가 막상스에게 다가간다.
둘은 손을 잡는다.

막상스
내가 당신을 사랑하는 걸
믿지 않는구나.

펠리시
당신이야말로 내가 당신을
사랑하는 걸 믿지 않고 있어.
당신은 나를 믿지 않아.
그러니까 이렇게 이미 일을 다
벌이고 나서야 얘길 하는 거지.

막상스
펠리시의 손을 놓으며
우리가 석 달 전부터 나누던
이야기야.

펠리시
하지만 막연하게 나눈
얘기였지!

막상스
전혀 막연하지 않았어.

펠리시
당신은 그랬을지 몰라도

난 아니었어.
그녀는 잠시 생각에 잠긴다.
겁나는 거야?
웃음 짓는다.
그래. 내가 간다고 말한 적은
없지만, 그렇다고 안 간다고
말한 적도 없지. 그렇다면
결정을 내려야겠네…
갈게!

막상스는 펠리시를 품에 안고
키스 세례를 한다.

막상스
미안해. 나도 일이 이렇게
빨리 진전될 줄은 몰랐어.
같이 출발할 수 있다면 정말
좋을 텐데.

펠리시
그런데 나 크리스마스
전에는 못 가는 거 알지.
엘리즈 때문에. 그리고 우리
엄마랑 언니들이랑 또…
아, 이럼 어때?
내가 일요일에 한번 둘러보러
가는 거야. 어떤 곳인지
한번 볼 겸. 여기서 멀어?

막상스
아니, 기차 타면 금방이야!
두 시간 정도밖에 안 걸려.
토요일 저녁에 도착해서
월요일 오후 늦게 올라가면

되겠다. 좋은 생각이야!
미처 그 생각을 못 했네!

막상스는 가게 문 쪽으로 가서
목도리를 두르고 코트를 챙겨 밖으로
나간다. 펠리시는 문앞까지 그를
배웅하며 그에게 입 맞춘다.

막상스
멀어지며
갈게! 토요일에 봐!

펠리시
빙판길 조심해!

펠리시는 가게 안으로 다시
들어가려다 손님이 오는 것을 본다.
손님을 먼저 들이고, 뒤따라 들어가
벽장에서 가운을 꺼낸다.

펠리시
손님에게 가운을 건네고
코트는 받으면서
잘 지내셨어요?

손님
네. 잘 지냈죠?

펠리시
네. 덕분에요.

손님
제가 너무 일찍 왔나요?

펠리시
아니요, 전혀요. 5분 전에

가게 문을 열었어야 했는데 오늘
동료가 좀 늦네요.
아, 저기 아르멜이 오네요.

펠리시는 가게로 들어오는
아르멜에게 다가간다.

아르멜
안녕.

펠리시
아르멜에게
안녕.
막상스는 느베르로 떠났어.

아르멜
떠나다니…?

펠리시
그렇게 됐어. 거기에
가게를 얻었대. 화요일에
개업할 예정이라고.

아르멜
그럼 너는?

펠리시
우선은 여기 있을 거야.
나중에 자세히 말해줄게.

펠리시는 손님에게 돌아온다.

손님
막상스 씨가 떠났어요?

펠리시
네, 느베르로요. 하지만

걱정 마세요. 여기 미용실 문은
닫지 않을 거예요.

**손님**
당신도 여기 남나요?

**펠리시**
아니요. 저도 떠나요.

---

벨빌 역, 저녁 7시.
펠리시는 지하철을 탄다.
그녀는 근교로 나가는 버스를 탄다.

---

빌쥐프.
펠리시는 버스에서 내린다. 거리에
눈이 쌓여 있다. 펠리시는 어둡고
인적 드문 길로 멀어져간다. 작은 건물
안으로 들어간다.

---

어머니의 집.
펠리시의 어머니는 엘리즈의 방에서
나오다 딸이 들어오는 소리를 듣는다.

**펠리시**
안녕, 엄마.

그들은 서로의 뺨에 입 맞추며
인사한다.

**어머니**
안녕, 우리 딸.

**펠리시**
엘리즈 자요?

**어머니**
좀 전에 막 누웠어.
빨리 들어가봐.
아직 방에 불 안 껐어.

펠리시는 비좁은 방으로 들어간다.
그곳에는 일인용 침대와 아기 침대가
놓여 있다. 엘리즈는 침대에 누워 있다.
펠리시는 엘리즈를 품에 안는다.

**엘리즈**
안녕(Bonsoir), 엄마.

**펠리시**
엘리즈에게 입 맞추며
엄마한테 뽀뽀해줘야지.

**엘리즈**
안녕(Bonjour),
나 이제 잠 다 잤어.

**펠리시**
오늘 뭐 했어?

**엘리즈**
아나랑 같이 놀았어.
엄마 아빠 놀이랑
노란쥐와 초록쥐 놀이 했어.
손수건 돌리기도 하고
술래잡기도 하고.

**펠리시**
잘했네. 이제 코 자자.

자, 어서 누워.

엘리즈
불이 꺼졌으면 좋겠어.

펠리시
그래, 눕고 나서 불 꺼줄게.
얼른…

엘리즈
뭐라구우?

펠리시는 엘리즈를 다시 눕힌다.
둘은 서로 장난을 친다.

펠리시
엘리즈, 어서!

엘리즈
뭐? 간질간질!

펠리시
안 돼, 간지럼 태우기
안 할 거야. 어서 자!

엘리즈
싫어, 간질간질.
내 토끼를 놔줘.

펠리시
알았어.

엘리즈
안 그럼 토끼가 때려줄 거야.

펠리시
알겠다고요.

펠리시는 침대에서 그림책 한 권을
치워 서랍장 위에 올려둔다. 거기에는
확대한 샤를의 사진이 액자에 끼워져
잘 보이게 놓여 있다.

엘리즈
야옹이, 야옹이,
나는 야옹이가 좋아.

펠리시
쉿. 얼른 자.

펠리시는 불을 끈다.

엘리즈
네.

펠리시
잘 자렴.

펠리시는 주방으로 가서
식탁을 차리는 엄마를 돕는다.

펠리시
오늘 도대체 무슨 일인지
모르겠어. 아직 크리스마스
연휴도 아니잖아요. 버스 타고
오는 데 몇 시간이나 걸렸어.
포르트도를레앙에서 길이 꽉
막혔다니까요.

어머니
그럴 수도 있지. 이제 막
그라탱을 데우고 있는데,
5분 정도 걸릴 거야.
그런데 혹시…

로이크네 집으로 갈
생각이었니?

펠리시
오늘 저녁에?
아니요. 그리고 사실…
엄마는 놀라서 펠리시를 쳐다본다.
펠리시 역시 엄마가 물어봐주길
기다리는 눈치다. 질문이 나오지 않자
말을 잇는다.
결정을 내렸어요. 막상스가
느베르로 가서 자리 잡을 거라고
했었잖아. 막상스가
오늘 아침 떠났는데, 나도 곧
그이를 따라가려고요.

어머니
당장 말이니?

펠리시
응. 우선 일요일에 가서
어떤 곳인지 한번 보려고.
돌아와서 크리스마스 연휴는
여기서 보내고 난 뒤에,
엘리즈를 데리고
아주 갈 거예요.

어머니
그렇게 빨리! 난 너희들 사이가
틀어진 줄 알았는데.

펠리시
아니에요. 그 사람이 애인과
헤어지길 기다리고 있던 거지.

막상스가 그 여자 집에서
나오기만 하면 되는 거였다고요.

어머니
하지만 넌 지금 로이크네 집에서
잘 지내고 있잖니!

펠리시
그건 계속 압력을 주기
위해서였어요. 될 대로 되도록
내버려둘 순 없으니까.

어머니
펠리시! 그런 말 하면 못써!
그렇게 생각하고 있지 않다는 거
안다. 그건 로이크에게 아주
나쁘게 구는 거야. 로이크는 너
떠나는 거 아니?

펠리시
아직 아무 말도 못 했어. 나도
오늘 아침에야 알았는데요.
로이크에게 얘기하려면
최소한의 준비가 필요해요.

어머니
충격이 클 거야.

펠리시
그렇지 않을 거예요. 우리가
알고 지낸 이후로 로이크는 내가
언제든 떠날 수 있다는 걸 알고
있었어. 그러니 새삼스러울
것도 없다고요. 하지만 이건
나에게도 전혀 기쁜 일은

아니에요. 로이크를 떠나게 돼서
나도 너무 슬퍼…
어떤 면에서는 막상스보다
로이크를 더 좋아하니까. 그리고
내가 파리에 계속 남는다면
로이크와 계속 친구로 남고
싶었을 거고. 하지만 로이크가
받아들이지 않겠죠.

어머니
난 그런 로이크 맘이 이해돼.
남편감으로 어때서?
네가 그 아이보다 나은 사람을
찾을 것 같지 않아. 널 정말
사랑하잖니. 그리고 어쨌든
난 그 미용사보단 로이크가
훨씬 좋다.

펠리시
엄마는 그럴지 몰라도,
신체적으로나 정신적으로나
로이크는 내 타입과 거리가
멀어요.

어머니
정신적으로라니? 도대체 뭐가
맘에 안 드는데?

펠리시
맘에 안 드는 건 없어. 그냥
그 사람은 지극히 인텔리지.
친구로서는 좋지만,
결국 위축되는 기분이 들어요.
모르겠어. 로이크는

지나치게 다정해…

어머니
그게 좋은 거야. 다정한 남자는
정말 드물어.

펠리시
요즘 시대엔 엄마 생각만큼
드물지 않을걸.

어머니
하지만 네 성격상
상대방에게 지배당하고 싶어
하진 않을 것 같은데.

펠리시
그렇지 않아요. 난 내 맘대로
되는 사람은 싫어.
웃는다.
지적으로 지배당하는 건 싫지만,
신체적으로 지배당하는 건 좋아.
난 힘으로 나를 압도하는
남자가 좋아요. 매일 책에 코를
박고 있는 남자가 아니라.

어머니
둘 다 훌륭한 남자도 있어.

펠리시
나도 알아요. 샤를은 아는 게
정말 많았어요. 어떤 면에서는
로이크보다 더. 하지만 책을
통해서 아는 게 아니라 자기
스스로 아는 거였어. 삶에서
직접 얻은 지식들이었죠.

어머니
하지만 막상스는
그런 남자가 아니잖니.

펠리시
막상스요? 음, 그 사람에겐
세련된 취향이 있어요.
아름다운 것을 좋아하죠.
막상스는 아름다운 여자들을
좋아해요. 나는 잘생긴
남자들을 좋아하고요.

어머니
잘생긴 남자라니!
남자의 아름다움이란 바로
지성에 있는 거야.

펠리시
도대체 막상스를 어떻게 보고
있는 거예요? 엄마 생각만큼
아둔한 사람은 아냐.
지적인 측면에서 샤를과 크게
다를 바가 없다고요. 다만 좀 더
토박할 뿐이지.

어머니
'투'박한 거겠지.

펠리시
투박이었나?
봐. 내가 그 사람보다 나은 게
없을지도 모른다니까.

---

12월 15일 토요일
느베르 역, 저녁 8시.
역으로 펠리시를 마중 나온 막상스는
그녀를 차에 태우고 자기 집으로
데려간다. 차는 크리스마스 장식으로
밝혀진 도시를 가로지른다.

---

막상스의 미용실과 아파트.
새 미용실은 파리에서보다 더 넓고
장비가 잘 갖춰져 있다.
펠리시는 1900년대 스타일의
인테리어에 감탄한다.
그들은 2층의 아파트로 올라간다.
그곳엔 전에 살던 사람이 두고 간
몇몇 가구들이 남아 있다. 펠리시는
이 가구들을 그대로 사용하는 게
좋겠다고 말한다. 그녀는 소파를 맘에
들어 하면서, 막상스에게 짓궂은
표정으로 선반을 채울 책들이 충분한지
묻는다. 하지만 침실의 벽지와
커튼은 마음에 들지 않는다. 그녀는
침실을 가장 먼저 손봐야겠다고 한다.
막상스는 그녀에게 침대 위에 붙어
있는 '아기 천사' 먼저 손보자고 말한다.

펠리시
이건 큐피드 아니야?

---

12월 16일 일요일
느베르.

막상스와 펠리시는 정답게 느베르 구시가지를 산책한다. 그들은 옛 자기를 전시한 진열장 앞에 걸음을 멈춘다. 막상스는 펠리시에게 아는 척을 하면서, 함께 보고 있는 접시 위에 그려진 활과 화살이 있는 천사가 큐피드라고 알려준다. 그들은 고고학 박물관을 방문한다. 펠리시는 뒤틀린 형태의 병에 감탄한다. 막상스는 향수병 같다고 말한다. 둘은 성녀 베르나데트의 성골함을 보러 발걸음을 옮긴다.

**펠리시**
성골함이라는 게 뭐야?

**막상스**
성골함은 시신을 보관하는 유리 관이야.

둘은 예배당 안으로 들어간다. 펠리시는 성녀의 오똑한 코를 유심히 본다. 그들은 계속해서 구시가지를 돌아본다.

**막상스**
자, 이제 벨뤼네트 거리를 지날 거야.

**펠리시**
노랫가락을 붙여서
벨뤼네트 거리에…

**막상스**
예쁜 새끼고양이가 있네.

펠리시가 웃는다.

**펠리시**
여기 고양이는 없는데.

**막상스**
그래, 하지만 난 여기 있는 나의 귀여운 고양이를 사랑하지.

**펠리시**
난 나의 힘 좋고 덩치 큰 고양이를 사랑하고.

**막상스**
사랑해.

**펠리시**
웃으며
벨뤼네트 거리에…

**막상스**
이 아름다운 벽들 좀 봐!

**펠리시**
응, 너무 맘에 들어.
올라갈까?

펠리시는 막상스의 손을 잡고 카스쿠 거리의 가파른 계단을 오른다.

**막상스**
뛰지 마!

**펠리시**
뛰면서
뛰는 거 아닌데!

막상스
더는 못 쫓아가겠어!

펠리시
얼른 와!
둘은 함께 풍경을 바라본다.
와, 정말 아름답다!
저게 루아르 강이야?

막상스
펠리시를 품에 안으며
맞아.

그들은 강 건너편으로 가서
도시의 전경을 바라본다.

막상스
저기 보이지, 다리 있는 데.
전에는 얕은 여울이었어.
그래서 순례자들이 거길 지나서
루아르 강을 건넜지.

펠리시
걸어서 건넜다고?

막상스
그래.

펠리시
멀리 있는 탑을 가리키며
저쪽에 보이는 탑은 뭐야?

막상스
저건 옛 성벽 탑이야.
보고 싶으면 가보자.

펠리시
응, 좋아!

그들은 다시 강의 반대편으로 건너가
옛 성벽 터로 향한다.

———————————

성벽.

막상스
당신 이야기에 정말 이상한
점이 있어. 그 남자가
자기 주소를 안 줬다는 거 말야.

펠리시
이상할 거 없어. 그때 그 사람은
여러 식당에서 제의를 받고
있었는데, 결정하기 위해서 직접
살펴보러 다녀야 했거든.

막상스
하지만 그때까지 어딘가에는
살았을 거 아냐.

펠리시
글쎄, 잘 모르겠어.

막상스
어디로 갈 건지 너한테 얘기를
안 했단 말이야? 어느 도시로
간다는 말도 없었다고?

펠리시
아마 얘기했을 거야. 하지만
기억이 안 나. 유명한 곳은

아니었어. 내가 아는 거라곤,
아메리카였다는 것뿐이야.

막상스
북아메리카?

펠리시
그렇겠지? 아니, 아마
남아메리카였을 거야!
모르겠어, 어쨌든 미국이었어.
사실 그때 난 북미든 남미든
아무래도 상관없었어. 그가
어디로 가든 따라갈 준비가
돼 있었거든. 내가 내 주소를
헷갈리리라고는 전혀 생각
못 했지. 바로 알아차렸어야
했는데. 정말 바보 같았어.

막상스
네가 어디 사는지도
몰랐던 거야?

펠리시
당연히 알았지. 근데 단어
하나를 잘못 말했어. 내가
자주 그러는 거 알잖아.
그러니까 그건… 아, 그런 걸
뭐라고 하더라?

막상스
헛말?

펠리시
그래, 바로 그거. 헛나온 말.
르발루아(Levallois)라고

하려고 했는데,
쿠르브부아(Courbevoie)라고
뱉어버린 거야. 왜였냐고?
그냥 그렇게 돼버렸어.

막상스
확실해?

펠리시
응, 지금은 그렇지.
하지만 그 사실을 6개월이
지난 뒤에서야 깨달았어.
산부인과 서류를 작성하다가
똑같은 실수를 저질렀거든.
주소를 그렇게 똑같이
착각해서 알려줬다는 걸
그때 안 거야.

막상스
그럼 그 사실을 깨닫기
전에는 그 사람이 널 잊었다고
생각했겠네?

펠리시
아니. 난 오히려 그 사람이
죽었을 거라 생각했어.

막상스
그럼 아이는? 포기할 생각은
안 해봤어?

펠리시
그런 생각은 해본 적도 없어.
내 신념에 어긋나는 일이거든.
그런데 종교적인 신념은 아니야.

나랑 종교는 잘 안 맞거든.
그러니까 이건 어떤 신념일까…

막상스
개인적인 신념?

펠리시
내면의 신념이라고 할래.
그러니까 난 자연에 반하는 건
싫어… 샤를은 사라졌지만
적어도 그 사람 아이를 갖게
됐지. 알겠어? 아이와 사진
몇 장. 그 사람은 그 어느 것도
갖지 못했지.

막상스
그 사람은 너한테 차였다고
생각할 거야.

펠리시
아닐 거야.

막상스
정말 그렇게 생각해?
넌 그 사람한테 주소를 다르게
알려줬잖아. 그게 아니면
그 사람이 어떻게 생각하길
바라는 거야?

펠리시
난 그 사람이 무슨 생각을
했을지 알아. 물론 짐작이긴
하지만, 당신 얘기만큼
그럴듯하다고.

막상스
무슨 생각인데?

펠리시
잠깐만. 순서대로 정리 좀
해보고. 그러니까 6개월이
지나서 내 실수를 깨달았을 때,
난 임신 중이었는데 아직
일을 하고 있었어. 그리고
집이 철거에 들어가서
르발루아를 떠나 엄마 집으로
갔지. 그 뒤에 최대한 빨리
쿠르브부아 우체국에 가봤어.
사람들이 친절하긴 했는데,
당연히 그 일에 대해 아무것도
모르더라고. 기록이 남아 있지
않았어. 보낸 사람 주소가
적혀 있으면 편지는 반송이
되고, 그렇지 않으면
폐기가 된대.

막상스
유치 우편은?
뭔지 알지?

펠리시
응, 알지. 그것도 확인해봤는데,
아무것도 없더라고. 그런데
쿠르브부아에도 빅토르위고
거리가 있다는 걸 알게 된 거야.
혹시 몰라서 거기도 가봤어.
거기 사는 누군가가 편지를
받았을 수도 있으니까. 그런데

있잖아, 갔는데
어떻게 돼 있었는지 알아?

막상스
글쎄, 나야 모르지.
그 번지가 없었어?

펠리시
아니, 36번지가 있었어.
그런데 그 자리에 아무것도
남아 있지 않았어. 거기도
철거 중이었던 거지. 그래서 난
샤를이 그 주소로 날 찾으러
왔다면, 내가 아는
그 사람이라면 확실히 왔을
거야. 어쨌든 그럼 철거가
돼서 편지가 반송된 거라고
생각했겠지. 그러니까 결국
내 잘못이 아닌 거야.
무슨 말인지 알겠어?

막상스
추측이 좀 지나친데?

펠리시
아냐, 완전히 논리적이야.
어쨌든 그래서 난 용기를
얻었어. 그다음 해 로이크를
만났는데, 로이크가 나를 정말
많이 도와줬어. 수많은 기관에
편지를 써줬지. 그런데 문제가
있었어. 아주 큰 문제. 바로
내가 그 사람의 이름을 정확히
모른다는 거야.

막상스
그 사람 성이 뭔지 몰랐어?

펠리시
몰랐어. 거기서는 식당에서
모든 사람이 그를 그냥
샤를이라고 불렀거든. 그리고
정식으로 취직을 한 상태가
아니라 급여명세서 같은 것도
없었어. 나한테 이름을 말해줬던
것 같긴 한데, 기억이 안 나.
덴마크나 네덜란드 쪽 성이었어.
'에르'나 '엔'으로 끝났던 것
같은데 말이야.

막상스
그래도 그 사람이 네 성은
알았을 거 아냐.

펠리시
그걸 말이라고! 하지만 난
늘 다른 사람 집에 살았잖아.
한 번도 전화번호부에 올라간
적이 없었어. 우리 엄마는
다시 처녀 때 성을 썼고, 언니
둘은 결혼했고. 그러니까 난
찾을 수가 없는 사람인 셈이지.

막상스
딱할 만큼 운이 없었구나.

펠리시
난 정말 바보였어. 바보.
단단히 바보였지.

막상스
"단단히 미쳤었지."겠지.
"단단히 바보"라고는 안 해.
단단히 미쳤다고 해야지.

펠리시
거봐. 난 우리말도 잘
못한다니까.

막상스
누구나 그럴 수 있어.

펠리시
아니야! 그리고 이제 더는
그 생각 하기 싫어.
다 지나간 일이잖아.
그때 일을 다시 생각하고
싶지 않아. 이제 그 얘긴
그만하자. 알았지?
난 이제 당신 생각만
하고 싶어. 당신만 사랑하고
싶단 말이야.

펠리시는 막상스에게 다가가
그의 품에 폭 안긴다.

막상스
날 사랑하고 '싶다'고?

펠리시
그래. 지금은 나에게 너무
많은 걸 요구하지 마.
당신을 사랑해. 하지만 좀 더
사랑하고 싶어. 조금만 더.

막상스
조금만?

펠리시
그래. 오래 걸리진
않을 거야. 하지만 당장
그렇게 될 순 없어.

막상스
날 믿어. 난 인내심이 강해.
기다릴 수 있어.
당신 마음 이해해. 서두르지
않을게. 나 믿지?

펠리시
응. 그러지 않았다면
난 지금 여기 있지도
않았을 거야.

둘은 입 맞춘다.

---

12월 17일 월요일
펠리시는 파리로 돌아가는
기차를 탔다.

---

펠리시 어머니의 집.
엘리즈는 할머니가 지켜보는 가운데
작은 탁자에서 그림을 그리고 있다.
펠리시가 들어온다.

펠리시
나 왔어요!

어머니
아, 그래!
자, 엄마가 왔네.

펠리시
딸에게 입 맞추며
안녕, 우리 딸.

엘리즈
안녕, 엄마.

펠리시
어머니에게 입 맞추며
안녕, 엄마.
펠리시는 엘리즈가 그린
그림을 바라본다.
어머나, 꽃이네! 정말 예쁘다.
엄마 주려고 그린 거야?

어머니
이거 엄마 거니?

엘리즈
우리 모두를 위해
그린 거예요.

어머니
우리 모두를 위한 거란다.

엘리즈
다른 그림들을 보이며
이거랑 이거, 그리고 이거 다
우리 모두를 위해 그린 거야.

펠리시
어머, 이건 공주를 그린 거야?

엘리즈
아니. 여자애가 머리에
왕관을 쓴 거야.

펠리시
아, 그렇구나.
여기 왕관이 보이네.

어머니
그래, 결심은 여전하고?

펠리시
그 어느 때보다 확고해요.
거기도 아주 괜찮은 곳이더라고.
분명 엘리즈 맘에도 들 거예요.

어머니
언제 떠날 거니?

펠리시
크리스마스 끝나고 바로.
우선 파리에 남아서
일을 넘겨줘야 해요.
엄청 바쁠 거야. 그리고
로이크네 집에 꼭 가야 해.
늦어도 내일 저녁에는.
그게 가장 급한 일이죠.

---

12월 18일 화요일
로이크의 집.
펠리시는 벨을 누르지 않고 문을 열고
들어와, 복도에 겉옷을 벗어둔다.
밤에는 침실로, 낮에는 거실로 쓰이는

방에서 로이크와 손님들은 문학 토론
중이다. 펠리시는 멀리서 그들을 한번
쓱 바라본 뒤 그쪽으로 다가간다.

펠리시
안녕하세요.

펠리시는 로이크와 가볍게 입 맞추고,
에드비주와 인사한다. 로이크는
펠리시에게 캉탱을 소개한다.

에드비주
펠리시에게
『기나긴 여행』읽어봤어요?

펠리시
아니요.

로이크
신경 쓸 것 없어. 나도 읽은
지가 너무 오래돼서 안 읽은
거나 마찬가지야.

에드비주
무슨 소리야. 우리 조금 전까지
그 소설 초반에 등장하는 토론에
대해 이야기하고 있었잖아.
소(牛)에 빗대서 세상의 현실에
대해 벌인 토론 말이야.

캉탱
그러니까 그가 성냥을 긋자,
그들은 모두 케임브리지의 방에
있지. 그리고 한 인물이 소를
언급하는데…

에드비주
말을 자르며
아, 그래. 하지만 그건
철학적인 거지. 이 책에 담긴 건
그게 전부가 아니야.

캉탱
맞아. 하지만 그래도 세상에
현실이 실재하는지 질문을
던지는 건 아주 중요한 일이야.

펠리시는 지루해하고,
로이크는 이를 눈치챈다.

에드비주
아, 그럼 넌 그걸 이해했어?

캉탱
뭐, 그가 1장에서 말하는 게
바로 그거잖아.

에드비주
그렇지. 하지만, 그럼
리키는 어떻게 보는데?
그가 세상의 현실을
경험하게 될까?

캉탱
응. 하지만 리키라는
인물은 소설 속에서
서서히 드러나지. 그는
책 도입부에 나오는
이 철학적 이야기에 등장하잖아.

펠리시가 일어나 주방으로 향하자

로이크가 뒤따른다. 멀리서 친구들이
계속 대화하는 소리가 들린다.

**로이크**
그냥 둬, 펠리시.
내가 할게. 둬도 돼.
너 괜찮아?

**펠리시**
응, 괜찮아.

**에드비주**
거실에서
우리도 도울까?

**로이크**
아니. 괜찮아, 에드비주.
이제 식탁으로 와서 앉아도 돼.

네 명의 친구가 식탁에 앉아 있다.
저녁 식사가 끝나간다.

**에드비주**
뭐라고? 도대체 무슨 생각을
하는 거야? 우리 모두는
셀 수 없이 많은 생을 거쳐 지금
이 자리에 있는 거야.

**캉탱**
진짜 그렇게 생각해?

**에드비주**
응, 난 확신해.
이를테면 캉탱 너는 지금
적어도 500번째 삶일 거야.

**캉탱**
500번째라니, 말도 안 돼.

**에드비주**
네가 어떻게 알아? 정확히
셀 수는 없지만, 넌 그냥 단순한
무기질의 조합이 아니야.
네 수준, 그러니까
너의 정신적인 수준을 볼 때
그건 단 몇 년 만에 이루어진 게
아니라고. 세 번째
혹은 네 번째 삶이나…

**캉탱**
그렇지 않아.
자, 고양이에게는 일곱 번의
생이 있다고 하지.

**에드비주**
바로 그러니까 너는…

**캉탱**
인간에게도 그게 최대치야.

**에드비주**
그렇담 네가 고양이였나 봐?
로이크가 일어나 거실로 간다.
안 그래, 로이크?

**로이크**
그래. 물론 우리가 그런 것들을
믿을 수 있다면 말이야.

에드비주와 캉탱도 자리에서 일어나
거실의 소파에 앉는다.

캉탱
에드비주는 늘 과장이 심해.

에드비주
어쨌든 로이크 너는 가톨릭
신자니까 초자연적인 것에는
완전히 부정적이겠네.

펠리시는 안락의자에 앉는다.

로이크
난 그런 걸 초자연적이라고
보지 않아. 나에겐
그저 미신일 뿐이야.

에드비주
이건 미신이 아니야.
네가 생각하는 초자연적인 것과
내가 생각하는 초자연적인 것
사이에는 차이가 없어.

로이크
네가 그 차이를 드러내고 있어.
하지만 반대로 말이야.
넌 기독교의 초자연적인
일은 부정하지만, 온갖
별난 일들은 맹렬히 파고들잖아.
사람들한테 매번 그렇게
걸려드는 거야.

에드비주
'사람들'이라니?

로이크
사기꾼들 말이야.

에드비주
난 어떤 사기꾼에게도
속은 적 없어. 이단에
속해 있지도 않고, 따르는
교주도 없다니까. 누구한테
돈을 준 적도 없어. 책
몇 권 산 것뿐이야. 그것도
할인받아서. 너야말로 교회의
속임수에 걸려든 거지.
넌 루르드의 기적은 믿지만
내 얘기는 믿지 않잖아.

로이크
내가 신앙을 갖는 건 그런
기적들 때문이 아니야. 아마도
내가 완벽한 가톨릭 신자가
아니라 그럴지도 모르지만,
난 그런 건 좀 믿기가 힘들어.

에드비주
그래놓고 네가 지금 신자라고?

로이크
당연하지!

에드비주
초자연적인 것이 없다면,
종교도 더는 존재할 수
없는 거야.

로이크
하지만 네가 말하는
초자연적인 것은 진짜
초자연적인 게 아냐.

에드비주
'진짜 초자연적인' 게 뭔데?

로이크
네가 말하는 초자연적인 건,
종교적인 게 아니라
마법 같은 거지.

에드비주
마법이라고? 모든 종교는
환생을 믿어. 그건 네가
믿는 기독교와도 모순되지
않는 거잖아.

로이크
내 생각은 그렇지 않아.

에드비주
왜 그렇지?

로이크
그건 도덕적인 생각이
아니니까. 인간을 무책임하게
만들잖아. 우리는 오직
하나의 생에 책임을 질 수
있어. 여러 인생에 대해서가
아니라.

에드비주
네가 그 도덕주의를
떨쳐버리지 못할까 봐 겁난다.

로이크
떨쳐야 할 이유를
잘 모르겠는데.

펠리시
로이크에게
난 생각이 달라. 오히려,
영혼이 여러 개의 몸을 거쳐
살게 된다면, 음, 그렇게
된다면 그 영혼은 점차 더
완벽해지겠지. 그럼 책임감을
저버리지 않는 셈이야.

로이크
멋진 생각이긴 한데,
그래도 나에겐 허황된
말일 뿐이야.

펠리시
그래, 알아. 나 무식해.

에드비주
무슨 소리예요? 무식한 건
로이크 쪽이죠. 자기가 배운
교리에서 조금도 벗어나질
못하잖아. 모든 위대한
사상가들은 윤회를 믿었어.
펠리시에게
환생과 같은 말이에요.

로이크
그래, 시인들.
빅토르 위고도 그랬지.
로이크는 빅토르 위고의 시를
암송한다.
그렇게 야수는 가고, 오고,
포효하고, 절규하고,
물어뜯는다.

나무 한 그루가 거기 서 있네,
가지를 곤두세운 채로.
포석 하나가 도로
한가운데서 부서진다,
수레가 짓누르고
겨울이 파괴하여.
그리고 물질과 밤의
이 두께 아래,
그 어떤 것도 들어올리지 못하는
나무, 야수, 포석, 무게,
바로 이 끔찍이도 깊은 곳에서,
한 영혼이 꿈을 꾼다.
이 영혼은 무얼 하나?
신을 생각한다네…

현관에서 에드비주와 캉탱은
돌아갈 채비를 한다.

에드비주
로이크, 그럼 우리
언제 또 보지?

로이크
성탄절 연휴 지나고
보지 않겠어?

에드비주
그러자. 자, 그럼 좋은 환생의
해가 되길 바랄게!

로이크
그래, 너도 좋은 환생의 해 맞길!

캉탱
갈게. 새해 복 많이 받아!

로이크
캉탱 너도 새해 복 많이 받고!

캉탱
환생이든 아니든!

그들은 웃음을 터트린다.

로이크
틀림없이 환생일 거야.

펠리시
조심히 가요.

모두가 서로 입 맞추며 인사한다.

에드비주
둘이 좋은 시간 보내!

둘은 떠난다.

로이크
오늘 집에 손님들이
오는 걸 몰랐을 텐데.
너무 따분했던 건 아닌지
모르겠네.

펠리시
아냐, 괜찮아.

그들은 거실로 간다.

로이크
오늘 오후에 너한테
전화로 손님들이 올 거라고
얘기하려고 했는데, 네가
바로 끊어버리는 바람에.

펠리시
미안. 그때 손님이 있어서.
어쨌든 난 오늘 여기 왔을 거야.
긴히 할 얘기가 있거든.
정말 중요한 얘기야.

로이크
무슨 얘길 하려고?

펠리시
더 미룰 수 없는 이야기.

로이크
그런 거라면 얘기해.

펠리시
그래, 난 결정을 내렸어.

로이크
그런데? 무슨 결정이길래?

펠리시
잠깐만. 결정을 내리는 건
늘 쉽지 않은 일이라고.
결정에는 좋은 점도 있고 나쁜
점도 있지. 하지만 결단을
내려야 한다면 내려야겠지.

로이크
말해봐…

펠리시
나 막상스와 함께 떠날 거야.

로이크
어디로? 그 촌구석으로?

펠리시
그 사람, 거기에 자기
미용실을 열었어. 그리고
그렇게 시골은 아니야.
나름 큰 도시라고.
느베르 알아?

로이크
그래, 알아. 네가 얘기했었어.
그 사람이 거기 출신이라고.
그래서 그 여자하고는 끝냈대?

펠리시
그랬길 바라지.

로이크
바란다고?

펠리시
말하자면 그렇다는 거야.
오래전부터 끝난 사이였단 거
너도 잘 알잖아.

로이크
그럼 엘리즈는?

펠리시
데려갈 거야.

로이크
언제 떠나는데?

펠리시
일주일 뒤에.
그 사람은 먼저 가 있어.

로이크
뭐? 그렇게나 빨리?
그런데 그걸 지금에서야
얘기하는 거야? 넌 항상 이렇게
일을 다 벌이고 나서야
나한테 얘기하지. 나한테
말하러 올 필요도 없었어.
뭐 하러 굳이
번거롭게 온 거야?

로이크가 등을 돌린다.
펠리시가 그에게 다가간다.

펠리시
들어봐. 나도 금요일 아침에야
들은 얘기야. 그 사람은
그러고서 바로 떠났고.
그리고 나는 토요일 오후에
기차를 타고 내려가서 미용실과
아파트를 살펴봤어.
돌아온 건 어젯밤이고.

로이크
네가 나한테 메시지를 남겼을 때
뭔가 있다고 생각했어.
넌 거짓말을 못 하니까.

펠리시
너에게 거짓말한 적 없어.
금요일에 너한테 시간이
안 될 것 같다고 말했잖아.

로이크
하지만 그 이유는 아니었지.

어쨌든 네가 그 사실을 안 지
닷새나 됐잖아.

펠리시
이런 얘길 너한테 전화로
할 순 없었어. 네가 마음의
준비를 할 시간을 그래도 조금은
줄 수 있을 줄 알았는데.
결국 네가 잠자리에 들기 전에
이렇게 갑작스럽게 꺼내게
됐네. 정말 미안해. 더 엉망이
되게 할 수는 없었어! 침착한
상태에서 좋게 헤어졌으면
했는데. 자주는 못 보겠지만,
전처럼 계속 친구로 지낼 수
있을 테니까. 네가 그러지
않으리란 거 알아. 하지만 나도
널 떠나는 게 너무 힘들어.
그렇지만 떠나야 해.

로이크
그렇지 않아. 그 무엇도
너한테 사랑하지도 않는 남자랑
함께하라고 강요하지 않아.

펠리시
난 막상스를 사랑한다고!
그 사람을 사랑한다고
너한테 늘 말했잖아.
또 그 사람이 자기 여자친구랑
아무리 끝난 사이라고 말해도
그 여자랑 같이 있는 걸
나는 받아들이지 못할 것도.

로이크
너가 그 사람을 사랑한다고
나한테 말한 적은 없어.

펠리시
그래? 그럼 지금 말할게.

로이크
그것참 신선한 얘기네.
넌 항상 네가 사랑하는 남자는
평생 엘리즈의 아빠,
그 남자 하나뿐일 거라고
말했잖아.

펠리시
맞아. 하지만 사랑에는
여러 종류가 있는 거야.
난 샤를을 사랑했어.
물론 지금도 너무나 사랑하지.
막상스는 다른 방식으로
사랑해. 너도 사랑하고.

로이크
그건 진정한 사랑이 아니잖아.

펠리시
그건 막상스에게도 마찬가지야.
그에게도 진정한 사랑은
아닌 거야. 내가 그 사람이랑
함께 잔다고 해서 내가 그를
진정으로 사랑하는 건 아니야.
내 말이 무슨 뜻인지 이해하는지
모르겠네. 나는 막상스를
같이 살고 싶은 남자로서

사랑하는 거야. 다른 남자랑
더 같이 살고 싶다는 생각을
하면서도 말이야. 하지만
그 사람은 여기 없지. 지금 같이
사는 남자 말고 다른 남자랑
살고 싶어 하는 여자는 수도
없이 많아. 하지만 그 사람은
존재하지 않지… 그건 꿈이니까.
그런데 나에게 이 꿈은
현실이야. 현실이지만 부재하는
현실이지. 그리고 한 가지만
더 말할게. 내가 떠나는 건
아마도 샤를 때문일 거야. 그럼
그는 이제 꿈에 지나지 않을
테니까. 그 편이 나을지도 몰라.
금요일에 파리 시내에서
무슨 일이 있었는지 알아?
길에서 샤를을 본 것 같았어.

로이크
같았다니?

펠리시
그 사람은 확실히 아니었지.
하지만 난 그런 환상을 가끔 봐.
내가 파리에 있으면 그를 다시
만날지도 모른다는 생각이
들거든. 그 생각이 내 머릿속을
떠나지 않아. 하지만 느베르에
있으면, 그럴 가능성은 제로라고
봐야지. 그럼 마음이 좀
편해질 것 같아.

로이크
누가 알아, 그 사람도 너처럼
우연히 그곳에 가게 될지.

펠리시
그만해! 그런 생각을
계속 품게 하지 마.

로이크
지방으로 가야 하는 거라면,
나도 그쪽으로
발령받을 수 있어.

펠리시
네가 나를 위해 희생하는 건
바라지 않아.

로이크
희생이 아니야. 왜냐면 난
너와 함께 있게 될 테니까.
나머진 중요하지 않아.

펠리시
넌 네가 사랑하는 만큼
똑같이 널 사랑하는 그런 여잘
만나야 해. 그리고 난
너를 그만큼 사랑해줄 수 없어.
너도 알잖아.

로이크
차갑지만 차분하게
그래. 너의 막상스와 떠나.
그는 널 사랑하고 너는
그를 사랑하지. 진심으로
네가 행복하길 바랄게.

펠리시
로이크!
로이크는 펠리시에게 등을 돌린다.
펠리시는 그의 곁으로 가 그를 껴안는다.
로이크…

로이크
멀어지며
그냥 둬. 동정받기 싫어.
좋아, 헤어져야 한다면
헤어지자. 최대한 빨리. 질질
끌면 난 헛된 희망을 품게 될 것
같아. 이제 끝난 거야.
깔끔히 헤어지는 게 낫지.

펠리시가 그를 붙잡는다.

펠리시
아니, 로이크. 내 얘기 좀
들어줘. 내가 정말 슬프다는 걸
알아줬으면 좋겠어. 아마
너보다 내가 더 슬플 거야.

로이크
다시 한 번 멀어지며
어련하시겠어!

펠리시
넌 친구로서 많이 그리워할
거야. 네 자릴 무엇으로도
대신할 수 없을 거야. 하지만
넌 날 여자로서 오랫동안
그리워하지 않길 바랄게.
내가 계속 여기 있으면, 네가

진정한 사랑을 찾는 데 방해가
될 거야. 진짜 상대는 분명 있어.
난 확신해. 내가 떠나는 게
너로서는 잘된 일인 거야. 그냥
하는 소리가 아니라 진심으로
하는 얘기야. 내 말을 믿어야 해.

로이크
널 믿어! 네가 진심으로
하는 얘기라는 걸 믿어. 널 왜
사랑하는지 알아? 예쁘니까.
하지만 그게 다가 아냐…

둘은 손을 잡는다.

펠리시
그럼 왜?

로이크
왜냐면 난 네 마음을 읽는다는
느낌이 들거든. 사람의 마음을
읽을 수 있다는 게
흔한 일은 아니잖아.

펠리시
하지만 나 가끔 거짓말도
하는데.

로이크
심각한 거짓말은 아니잖아.
이런 걸 다른 여자한테서도
느낄 수 있을지 잘 모르겠어.

펠리시
그런 말 하지 마!

*CONTE D'HIVER*

로이크
왜?

펠리시
다른 사람을 사랑하는 데
방해되잖아. 난 그건 싫어.

로이크
네 마음속 샤를처럼,
너도 내 마음에 남겠지.

펠리시
샤를 가지고 농담하지 마.
그건 전혀 다른 거야.
넌 내가 샤를을 사랑하던 것의
100분의 1도 날 사랑하지 않아.
그리고 난, 샤를이 날
사랑하던 것의 1000분의 1도
널 사랑하지 않는다고.
로이크는 말없이 펠리시를 바라본다.
침묵이 흐른다.
…오늘 집에 가기 싫어.
위층에서 자고 가면 안 돼?

로이크
아니, 내가 위로 갈게.
난방 안 켜뒀어. 여기서 자.

펠리시
아냐. 내가 올라갈게.
나 별로 추위 안 타. 그렇게까지
안 해도 돼.

로이크
그래. 좋을 대로 해.

**펠리시**
키스 안 해줘?

로이크는 펠리시를 안고
입술과 목에 입 맞춘다.

**펠리시**
잘 자.

**로이크**
노력해볼게.

---

12월 25일 화요일
펠리시 어머니의 집, 오후.
눈이 내린다.
사람들이 모여 성탄절을 축하한다.
펠리시의 언니 아멜리, 아멜리의
남편과 아이들이 와 있다.
식사 후 아이들은 받은 선물을 갖고
거실에서 놀고 있다.
아멜리의 어머니와 남편이
아이들을 돌본다. 펠리시는
챙겨 가지 않을 엘리즈의 물건을
주겠다며 아멜리에게 방으로
따라오라고 한다.

---

펠리시와 엘리즈의 방.
물건들이 침대 위에 놓여 있다.
그 옆에 놓인 가방에 펠리시가
계속 짐을 채우고 있다.
아멜리는 옷들을 살펴본다.

**펠리시**
작은 상의를 아멜리에게 건네며
이거 가져갈래?

**아멜리**
아니. 난 별로.
코랄리한테 주면 되겠다.

펠리시는 샤를의 사진을
가방에 넣는다.

**아멜리**
사진을 들어 유심히 바라보며
이걸 가져가게?

**펠리시**
그럴 거야. 뭐가 어때서?

**아멜리**
남자친구가 별로
안 좋아할 것 같은데.

**펠리시**
그건 본인 맘이지.
어쨌든 그가 상관할 일이
아니야. 엘리즈의 아빠라고.
내 딸은 방에 자기 아빠
사진을 둘 권리가 있어.

**아멜리**
이런 일은…
어쨌든 잘 모르겠네…

**펠리시**
뭐가?

아멜리
네가 지금처럼 엘리즈한테
이렇게 아빠 얘기를 계속
들려주는 게 맞는지 잘
모르겠어. 게다가 이제는
새아빠와 같이 살게 될 텐데.

펠리시
맞아. 하지만 엘리즈는
그 사람이 자기 진짜 아빠가
아니라는 걸 정확히 알고 있어.
이 사진이라도 남아 있는 게
얼마나 다행인데, 굳이 감춰야
할 이유를 모르겠네. 아이가
자기 아빠가 어떻게 생겼는지
아는 건 너무나 당연한 일이야.

아멜리
그래, 하지만 그 아빠는
사라졌잖아?

펠리시
다시 나타날 수도 있어.
사람 일은 모르는 거야.
아마 내가 죽고 나서 그런 일이
생길 수도 있지.

아멜리
아니, 냉정하게 보자고.
그런 일에 기대를 걸면 안 되지.
너도 잘 알잖아. 넌 엘리즈에게
헛된 희망을 심어준 거야.
나중에 분명 실망할 텐데.
아이한테 얼마나 끔찍한 일이니.

펠리시
그렇지만 아무것도 없는 것보다
그래도 희망이 있는 게 나아.
유치원에 가서 친구들한테
"내게도 아빠가 있어. 지금 여행
중이야. 그런데 이 세상에서
제일 잘생겼다니까!"라고
말할 수 있는 게 훨씬 낫지.

아멜리
지금 걔 나이에 남자가
잘생겼는지 못생겼는지 어떻게
안다고 그런 소릴 하니?

펠리시
아니야. 엘리즈는 잘 알고 있어.
로이크보다 샤를이
더 잘생겼다고 생각해.

아멜리
너한테 그런 말을 해?

펠리시
아니. 내가 말해줬고,
걔는 내 말을 믿으니까.
펠리시가 얄궂게 살짝 웃는다.

아멜리
펠리시, 너 정말 너무한다!

펠리시
엘리즈 스스로
잘 알고 있으니까 내 말을
믿는 거야.

아멜리
난 말이야, 로이크가
못생겼다고 생각하지 않아.
솔직히 그 사람이
샤를보다 낫다고 생각해.
아멜리는 사진을 가리킨다.

펠리시
취향의 문제라고 해두자.
잘생겼든 안 잘생겼든 로이크는
내 타입이 전혀 아냐. 정말
로이크한테는 내가 좋아하는
구석이 없어. 전체적으로 보나,
하나하나 뜯어서 보나…
코도, 눈도, 입도 맘에 안 들어.

아멜리
근데 너랑 로이크,
둘은 코가 닮았어.

펠리시
그래, 바로 그거야. 난 항상
내 코가 너무 싫었어…
난 이런 코가 정말 맘에 안 들어.
펠리시는 자기 코를 가리키는
동작을 취한다.
언니 코는 더 오뚝하잖아.
만약 나랑 로이크 사이에서
아기가 태어난다면,
우리 둘의 코가 합쳐져서
아주 볼만할 거야.
웃는다.
그리고 말이야. 내가 로이크를

사랑하지 않는다는 증거랄지,
아님 일종의 증상 같은 게
있는데. 그게 뭐냐면, 로이크의
아이를 갖고 싶지 않다는 거야.
하지만 막상스의 아이는
가질 수 있을 것 같아.
뭐 그건 두고 봐야겠지만.

아멜리
어머!

펠리시
그 반응은 뭔데?

아멜리
아무것도 아냐. 그저
"어머!"라고 한 것뿐이야.
뭐, 네 취향이 있는 거지.
그리고 어쨌든 난 그 미용사는
사실 제대로 본 적이 없으니까.

펠리시
알아, 그 사람 덩치가
너무 크다고 생각하는 거.
하지만 난 마른 남자가 싫어.
차라리 살집 있는 편이 좋아.

아멜리
다시 한 번 샤를의 사진을
유심히 바라보며
근데 이 사람은, 물론
나쁜 거라고 말은 못 하겠지만,
잘 모르지만 이 사람은
지나치게… 그러니까…

**펠리시**
뭐가 지나쳐?
지나치게 잘생겼다고?

**아멜리**
너무 잘생긴 남자야.

**펠리시**
그게 뭐 어때서.

**아멜리**
너무 조각 같은 미남은 좀 그래.

**펠리시**
난 안 그래. 난 이런
고전미가 좋아. 내 직업이
미용사라는 걸 잊지 마.
아름다움과 관련된 직업이라고.

**아멜리**
그래, 바로 그거야.
이 사람은 너무 이상적인
모델 같아.

**펠리시**
왜, 아예 향수 광고 모델
같다고 하지 그래!

**아멜리**
아니, 그런 게 아니라.
뭐랄까. 내가 꿈꾸던 마도로스
같은 느낌?

**펠리시**
배 타는 사람 아니야.
요리사라고.

**아멜리**
그렇다면 큰 호텔의 요리사.

**펠리시**
아니. 작고 멋진 레스토랑의
요리사지. 내 백마 탄
왕자님은 요리사라고.
나에게 모은 돈이 충분했다면,
아메리카 대륙의 모든
식당을 다 돌아보겠다고
마음먹었을 거야.

**아멜리**
이제는 안 그렇고?

**펠리시**
지금은 선택을 했잖아.
잘한 건지 아닌지는 모르겠지만,
선택을 해야만 했으니까.

**아멜리**
모르겠다니?

**펠리시**
원래 선택을 할 때 잘
모르는 거야. 그렇지 않다면
진정한 선택이 아니지. 선택에는
늘 위험이 따르는 법이니.

**아멜리**
그래. 그래서 시간을 갖고
신중히 선택하라는 거야.
넌 곧바로 결정을 내렸잖아…
그래서 그곳은 맘에 들어?

**펠리시**
응. 일요일이어서 아직 잘
모르겠지만. 그래도 느베르는
꽤 큰 도시야. 전혀 우울한
곳도 아니고.

**아멜리**
돌이키고 싶으면,
아직 시간이 있어.
아직 떠나기 전이잖아…

**펠리시**
왜 내가 마음을 바꾸길
바라는 거야?

**아멜리**
썩 내키는 것 같지 않아서.

**펠리시**
그 도시가?

**아멜리**
그 도시랑 그 남자가.

**펠리시**
남자한테 푹 빠진 적은 한 번
있었지. 그걸로 족해.

**아멜리**
이런 말 해서 미안한데,
난 네가 막상스를 선택한 게
그 사람이 좋아서가 아니라
로이크가 싫어서인 것 같아.

**펠리시**
그건 언니 생각이고.

난 샤를을 무척 사랑하고,
또 로이크를 떠나게 되어
무척 슬프긴 하지만, 그렇다고
막상스와 행복하지 않을
이유는 없어. 그 사람은 나에게
안정감을 줄 거야. 나한테
필요한 거지. 난 정말
그런 안정감이 필요해.
느베르는 파리에서
240킬로미터 떨어진 곳이야.
언니 보러 자주 올게.
언니도 우리 보러 놀러와.
같이 그쪽 지방을 둘러보자.

---

12월 26일 수요일
펠리시와 엘리즈는 파리발 느베르행
열차에 잠들어 있다.

---

느베르에 도착, 오후.

**펠리시**
아저씨가 안 나왔네.
택시 타고 가자.

둘은 택시에 올라탄다.

---

느베르의 미용실.
펠리시와 엘리즈가 가게 문을
열고 들어온다. 손님의 머리를
만지던 막상스는 펠리시에게 그 자리에

있으라는 신호를 보낸다.

**막상스**
펠리시에게
잠깐만…
손님에게
금방 올게요.

**손님**
네, 그러세요.

막상스는 펠리시에게 다가와
입 맞춘다.

**막상스**
펠리시에게
안녕. 오는 길 괜찮았어?

**펠리시**
응.

**막상스**
엘리즈 앞에 웅크려 앉으며
엘리즈, 잘 지냈니?
막상스 아저씨한테
뽀뽀 안 해줄 거야?

**펠리시**
우리 올라갈게.

**막상스**
미안한데, 아직 15분 정도
더 걸려. 역으로
마중 나갈 수도 있었지만…
화 안 났지?

**펠리시**
아냐. 괜찮아.
펠리시는 엘리즈를 데리고
계단으로 올라간다.
자, 올라가자, 엘리즈!

---

막상스의 아파트.
펠리시는 침실에 짐가방을 내려놓는다.
엘리즈가 뒤따른다.

**펠리시**
자, 여기가 막상스 아저씨랑
엄마 방이야. 네 방도 보여줄게.
이리 와봐.

펠리시는 딸의 손을 잡고,
옆방으로 건너간다. 침대로 공간이
거의 차버린 좁다란 방이다.

---

엘리즈의 침실.
엘리즈는 뾰로통하다.

**펠리시**
이 큰 침대 보여? 맘에 드니?
침묵이 흐른다.
왜 그러는데?

---

주방, 저녁 8시.
펠리시가 닭고기를 자르고 있다.
막상스는 응접실에서 초대한 친구들과

함께 있다. 그들은 담소를 나누며
즐겁게 웃는다. 엘리즈는 침대에
누워 있다가 무서움을 느끼고는
엄마를 부른다. 막상스가 주방으로
들어온다.

막상스
닭고기 자를 거면
부르지 그랬어.

펠리시
아냐, 괜찮아.
별로 어려운 일도 아닌데, 뭐.

막상스
괜찮아?

펠리시
음. 오늘 사람들이 오는 줄
몰랐어. 그게 다야.

막상스
내가 도와줄 수 있었는데.

펠리시
닭고기 한 조각을 떨어트리며
아, 이런!
막상스가 주우려고 한다.
아냐, 그냥 둬. 괜찮아.
막상스에게 접시를 건넨다.
자, 이거 가져가.

---

12월 27일 목요일
미용실, 9시.

아직 손님은 없다. 막상스는 펠리시와
다른 여자 직원과 함께 정리를 하고
있다. 펠리시는 손님 머리 감겨주는
직원에게 드라이기를 건네고, 그녀는
고맙다고 인사한다.

펠리시
자, 여기요, 미셸.

미셸
감사해요, 사모님.

펠리시
그냥 '펠리시'라고 부르세요.

막상스
아니, '사모님'이라고 불러야 해.
여기 사장님이거든.
펠리시에게
여긴 파리랑 달라.
위계질서를 중시하는 문화라고.

손님 한 명이 들어온다.
펠리시 쪽으로 다가온다.

손님
막상스에게
안녕하세요. 예약했는데요.
펠리시에게
안녕하세요.
미셸에게
안녕하세요, 미셸.

펠리시
안녕하세요…

미셸! 저 잠깐
올라갔다 올게요.

미셸은 손님을 맡는다.
펠리시는 막상스에게 위층에
올라간다는 신호를 한다.

펠리시
막상스에게
금방 내려올게.

───────────

막상스의 아파트.
들어서자, 카펫 위에 쓸쓸하게
앉아 있는 엘리즈가 펠리시 눈에
들어온다.

펠리시
괜찮니? 무슨 일 있어?

엘리즈
왜 여긴 정원이 없어?

펠리시
아냐, 있어. 테라스에
작은 정원이 있어.

엘리즈
그건 정원이 아니야.

펠리시
아, 물론 할머니네 집에
있는 거랑은 다르지.

엘리즈
로이크 아저씨네는

정원이 있었는데.

펠리시
맞아. 하지만 로이크
아저씨네 집은 아주 작았잖아.
여기는 큰 집이고.

엘리즈
왜?

펠리시
그냥 그런 거야.

엘리즈
창문을 가리키며
저쪽에서 나 정원 봤어.

펠리시
역에서 오다가 봤구나.
똑똑한 우리 딸, 잘도 봤네.
근데 오늘은 너무 춥잖아.

엘리즈
코트 입으면 돼.

펠리시
그래. 그런데 엄마는
같이 나갈 수가 없어.
여기 있어야 돼.

엘리즈
왜?

펠리시
왜냐면 엄마는 일해야
하니까…

아냐, 오늘 아침엔 별로
손님이 없대. 자, 이리 와!
얼른 코트 입어.
밖으로 나가자.

---

미용실.
여자 직원은 여전히 손님의 머리를
하고 있다. 막상스는 예약 현황을
살펴보고 있다.

펠리시
계단을 내려오며
엘리즈 데리고 잠깐만
나갔다 올게.

막상스
너무 늦게 오면 안 돼.
곧 손님들이 몰려올 거야.

---

공원.
펠리시와 엘리즈는
공놀이를 한다.

펠리시
가서 가져와…
자, 이리 와. 이제 돌아가자.
얼른 와. 가자.

엘리즈
대성당을 가리키며
저긴 성당이야?

펠리시
응. 근데 조금 달라. 저긴
대성당이야. 자, 어서 가자!
엘리즈는 펠리시의 소매를 잡아당긴다.
뭐야, 왜 그래?

엘리즈
나, 아기 예수 보러 갈래.

펠리시
엘리즈에게 끌려가며
안 돼. 지금은 시간이 없어!

엘리즈
있어.

펠리시
좋아. 잠깐만이야.

---

대성당.
펠리시와 엘리즈는 성당 안으로 들어가
아기 예수 쪽으로 걸어간다.

펠리시
아기 예수님이야… 보여?
자, 이제 가자.

엘리즈
싫어, 좀 더 있을래.

펠리시
보기만 해. 만지면 안 돼.

펠리시는 의자에 앉는다.
한곳을 응시하며 잠시 생각에 잠긴다.

미용실, 11시.
막상스와 직원은 각자 손님의
머리를 하고 있다.
펠리시와 엘리즈가 들어온다.
막상스가 펠리시에게 다가온다.

막상스
문가에서, 낮은 목소리로
도대체 어떻게 된 거야?
기다렸잖아.

펠리시
미안해.
그치만 엘리즈가 바람을
쐬고 싶어 해서.

막상스
잠깐이랬잖아. 벌써
두 시간이나 지났어.
좀 성실하게 임할 순 없어?

펠리시
느닷없이
내가 여기 사장이라며!
나도 내 책임을 다한다고!
펠리시는 엘리즈를 계단으로 떠민다.
얼른! 올라가!
네 방으로 올라가!

미용실, 12시.
펠리시는 손님의 머리 손질을 마쳤다.

펠리시
손님의 가운을 벗기고, 코트를 내밀며
손님 코트 맞으시죠?
막상스에게
막상스, 잠깐만.
애가 배고프겠어.
잠깐 올라갔다 올게.

주방.
펠리시는 엘리즈의 밥을 챙긴다.

펠리시
자, 얼른 먹어.
왜 그 마녀가 나쁜데?

엘리즈
왜냐면… 왜냐면 마녀가
그 꼬마아이를 데려가려고
했거든…

막상스
화면 밖에서 들려오는 목소리
펠리시! 펠리시!
어딨어?

펠리시
나 부엌이야.

엘리즈
마녀가 꼬마를 데려가려고 했어.
그러니까 곰이랑 꼬마랑.

펠리시
왜 데려가려고 했는데?

엘리즈
왜냐면 그 곰이랑 꼬마가,
문제가 생긴 모든 사람들을
도와줬거든.

막상스가 들어온다.

펠리시
아, 정말?
막상스에게
무슨 일이야?

막상스
아무 일도 없어. 음, 내가 생각을
좀 해봤는데. 지금 우리가
일하는 방식에 체계가 없는 것
같아서 말이야. 내가 직원 한
명을 충원해서 계속 쓰거나,
아님 당신이 베이비시터를 쓰는
게 좋겠어. 당신 생각은 어때?
딸 돌보는 일과 미용실 일을
같이 할 수는 없잖아. 특히나
연휴에는 더. 자, 당신이 결정해.

펠리시
문제는 그게 아냐.

막상스
그럼 도대체 뭔데?

펠리시
엘리즈에게
밥 먹고 있어.
막상스에게
저쪽으로 가자.

펠리시는 막상스를 데리고
옆방으로 간다.

막상스
좀 전 일은 미안해.
네가 사장이라고 말한 게 널
기분 상하게 할 줄 몰랐어.
나야말로 체계가 없던 거야.

펠리시
나 파리로 돌아갈래.

막상스
뭐라고?

펠리시
결심했어.
나 파리로 돌아갈래.

막상스
도대체 왜?
펠리시는 답이 없다.
…이유라도 좀 말해줘.
갑자기 내 뭐가
마음에 안 드는데?

펠리시
당신한테 특별히
불만인 거 없어.
펠리시는 멀어진다.
…바뀐 건 아무것도 없어.
정말이야.
전처럼 당신을 사랑해.
더도 덜도 아니고.

막상스
그런데?

펠리시
그 사랑이 같이 살 만큼
충분하지 않아.

막상스
'충분'?
도대체 충분한 게 뭔데?

펠리시
말 그대로 충분한 거.
난 내가 미치도록 사랑하는
남자하고만 같이 살 수 있나 봐.
그리고 난 당신을 미치도록
사랑하지 않아. 그게 다야.

막상스
정신 나간 소리야.

펠리시
나도 알아. 누군가를 미치도록
사랑한다는 건 정신 나간
일이지. 하지만 난 정신 나간
여자야. 날 있는 그대로
받아들여야 해. 당신의 평생을
이렇게 미친 여자한테 바쳐선
안 되겠지.

막상스
아니, 당신은 미치지 않았어.

펠리시
당신과 함께 떠나겠다며

순식간에 내린 결정 자체가
미친 짓이었어.

막상스
당신은 바로 지금도 순식간에
되돌아가겠다고 결정하는걸.

펠리시
그래, 하지만 둘은 다른 거야.

막상스
도대체 뭐가 다른데?

펠리시
달라! 내가 첫 번째
결정을 내렸을 때는, 결정을
위한 결정이었다고.
그때 난 확신이 없었어.

막상스
그런데 지금은?
확신이 있고?

펠리시
응, 아주 분명해.
내 인생에서 이렇게 뚜렷한
확신을 가졌던 적은 없어.
갑자기 모든 게 확실하게 보여.

막상스
도대체 뭐가 보이는데?

펠리시
말했잖아. 내가 미치도록
사랑하지 않는 사람과
함께할 수 없다는 것…

당신에겐 말장난 같겠지만,
내겐 아니야. 내가 '이해했다'고
말하지 않고, '보인다'고
하잖아. 따질 일이 아니야.
그냥 그런 거야.

막상스
당신 하는 말이
도대체 무슨 소린지 모르겠어.
하나도 이해가 안 가.

펠리시
당신은 이해할 수 없지.
그걸 본 건 나인데.
당신이 아니라.

막상스는 펠리시를 잡고 자기 쪽으로
가까이 당긴다.

펠리시
이거 놔!

막상스
내 말 잘 들어!

펠리시
이거 놓으라고! 아프단 말이야.

막상스
그렇다면 어쩔 수 없지.
난 화를 잘 안 내는데, 가끔 화를
내면 조심하는 게 좋아. 시작이
모두 다 그렇게 좋았는데
도대체 이게 뭐야. 다 엉망이
돼버리고 말 거야…

내 생각에 당신은 지금
많이 피곤한 것 같아. 우선
일주일 동안 사람 한 명을
추가로 쓸게. 당신이 원하면
더 오래 쓸 수 있어. 더는
미용실 일 신경 쓰지 않아도 돼.
천천히 시간을 갖고 여기서
편하게 정착하는 거야.

펠리시
난 파리로 돌아갈 거야…
이거 놔, 아님 때릴 거야!
막상스는 놀라서 펠리시를 놔주고
멀리 떨어진다.
미안해. 어쩔 수 없었어.
날 그렇게 힘으로 잡는 건
견딜 수 없어서. 특히나
오늘 같은 날은…
어쨌든 난 떠날 거니까,
적어도 우리 친구로 헤어지자.
당신을 사랑해. 하지만
이런 상황에서는 아니야.

막상스
도대체 무슨 상황인데?
상황은 바뀌는 거야.

펠리시
난 최종적인 상황을
말하는 거야.
막상스는 펠리시에게 다가간다.
아니, 안 돼…
제발 가까이 오지 마.

**막상스**
그럼 내 부탁 하나만 들어줘.
네 결심을 방해하지 않을게.
하지만 적어도 조금만
기다려줘… 신뢰의 표시로
그렇게 해줘. 난 우정을
말하는 게 아니야. 사랑은
더더욱 아니고.

**펠리시**
싫어. 이제 그 어떤 것도
소용없어. 내 말 믿어줘.
당신한테 이런 말 하는 게
정말 부끄러워. 당신은 무척
곤란해지겠지. 사람들이
질문을 쏟아낼 거 아냐.

**막상스**
그래서?

**펠리시**
당신은 그렇게나 체면을
중시하는 사람인데.

**막상스**
그럼 당신이 떠나지
않으면 되겠네.

**펠리시**
아니. 반대로 내가 빨리
떠날수록 사람들의 질문이
줄어들 거라고 생각해.

**막상스**
나 신경 쓸 필요 없어.

난 사실대로 말할 거야.
네가 우울증이 좀 왔는데 곧
괜찮아질 거라고 말할 거야.
일주일 후, 아니면 한 시간
후에라도 말이야.
막상스가 다시 펠리시를 안는다.
우울증이든 아니든 당신은
지금 지친 거야. 점심은 어떻게
할 생각이야? 나가자.
내가 맛있는 거 사줄게. 바로 앞
식당은 가지 말자. 거긴 너무
시끄러우니까. 그리뇨트로 가자.

**펠리시**
목소리를 높이지 않고
놔줘, 막상스.
더는 내 몸에 손대지 마.

**막상스**
펠리시를 갑자기 놓으며
좋아, 난 나갈 거야.
나도 바람 좀 쐐야겠어.
내가 당신 하고 싶은 대로
못 하게 했다고는 말 못 하겠지.
그리뇨트에 가 있을게.
그는 외투를 입는다.
좀 이따 봐.

막상스는 밖으로 나간다.
펠리시는 부엌으로 향한다. 엘리즈가
식사를 끝내가고 있다.

**펠리시**
다 먹었니? 닭고기는 남겼네?

엘리즈
나 이제 배불러.

펠리시
알았어. 그 치즈 다
먹고 나서, 우린 떠날 거야.
할머니네 집으로 돌아가자.

엘리즈
이제 여기 안 있어?

펠리시
응. 우리 기차 타러 갈 거야.

엘리즈
왜?

펠리시
그냥 그런 거야.
근본적으로 너도 기쁠 거야.
그치?

엘리즈
'근본적으로'가 뭐야?

펠리시
네 마음속 말이야.
무슨 말인지 알잖아.

엘리즈
알아.

둘은 함께 웃는다.

⎯⎯⎯⎯⎯⎯⎯⎯⎯⎯⎯

느베르발 파리행 열차.

엘리즈는 펠리시에게 기대어
동화책을 읽는다.

⎯⎯⎯⎯⎯⎯⎯⎯⎯⎯⎯

펠리시 어머니의 집, 늦은 오후.
펠리시와 엘리즈는
짐가방을 들고 들어온다.

어머니
어떻게 된 거니?

펠리시
잘 있었어요?
별일 아니야. 걱정 마세요.
그냥 마음이 바뀌었어요.

어머니
둘이 싸웠니?

펠리시
전혀. 아주 잘해줬어요.
날 붙잡으려고 하지도 않았고요.
내가 오히려 좀 죄책감이
들어요. 막상스가 날 자기
아내라고 소개해놨거든요.
그럼 그 사람 평판에 해가
되는 거잖아. 그래도 그 사람은
그런 거 신경 안 쓸 거예요.

어머니
네가 어떻게 아니?

펠리시
그 사람이 그렇게 말했으니까.

**어머니**
그럼 너는?
너도 신경 안 쓴대?

**펠리시**
아니. 그건 아니지만
그 사람도 이해했어요.

**어머니**
뭘 이해했다는 거니?

**펠리시**
자기를 사랑하지 않는 여자와
함께 살면 안 된다는 거요.

**어머니**
너 그 사람 사랑한다고
말했잖아.

**펠리시**
하지만 같이 살 정도로
사랑하는 건 아니었어.

**어머니**
그래. 그러고 보니
내가 왜 그 사람 편을 들고
있는지 모르겠네. 난 줄곧
네가 잘못된 선택을 했다고
생각했는데 말이지.

**펠리시**
좋은 선택도 나쁜 선택도
없어요. 중요한 건
선택의 문제가 생기지
않도록 하는 거지.

**어머니**
펠리시, 언젠가는
좋은 선택을 해야 해.

**펠리시**
난 선택을 했고, 그건
이제 지난 일이야.
지난 일이니까 이제 더 이상
그 얘긴 하지 마요…
이제 정신이 좀 맑아졌으면
좋겠어. 엘리즈랑 같이
살 만한 방 두 개짜리 집을
구해봐야겠어요.
일 구하는 것도 문제없고.
루시생클레르에서 나랑
같이 일하고 싶어 해요.
지금도 그래야겠지만.

**어머니**
그럼 로이크는?

**펠리시**
로이크는 뭐…

---

12월 28일 금요일
지하철 안, 오전 10시.
펠리시는 파리 시내로 간다.

---

파리, 한 미용실 체인의 본점.
펠리시가 안으로 들어간다.

---

지하철.
펠리시는 마르카데 역 출구로 나와
구립도서관으로 향한다.

---

구립도서관.
펠리시는 안으로 들어가
안내데스크로 향한다. 로이크가
그곳에서 서류를 살펴보고 있다.

로이크
펠리시! 아직 안 떠났어?

펠리시
떠났었지.
근데 다시 돌아왔어.

로이크
돌아오다니?

펠리시
지금 바빠?

로이크
아니, 괜찮아.
내 사무실로 가자.

그들은 좁은 사무실로 들어간다.

로이크
막상스는?

펠리시
거기 있지. 내가 그 사람을
떠나온 거야.

로이크
그래? 앉아.

펠리시
정말 이상한 건 우리가
다투지도 않았다는 거야.
뭐 물론, 그럴 뻔했지만.
그 사람이 나에게 상처되는
어떤 말을 했어. 그것 땜에
결국 터져버렸지.

로이크
그럼 그 전에는?
무슨 일이 있었는데?

펠리시
아무 일도. 잘 모르겠어.
그냥 삐걱인다는 느낌 정도.

로이크
뭐가 삐걱였는데?

펠리시
전부 다. 처음 느베르에
갔을 땐 모든 게 다 좋아 보였어.
도시, 집, 사람들 다.
그런데 다시 가보니 죄다
별로였어. 처음엔 좋은 점만
보였고, 그다음엔 나쁜 점만
보인 거지. 근데 그게 그렇게
분명하진 않았거든.
그러다 갑자기 분명해진 거야.
그렇게 됐어.

전화가 울린다. 로이크는 전화를 받아

짧게 답하고 바로 끊는다.

로이크
근데 그 사람이 네가
이렇게 떠나도록 그냥 두지는
않았을 거 아냐?

펠리시
아냐. 생각해보니 그게
제일 이상해. 몇 시간이고
실랑이를 할 줄 알았거든.
근데 그 사람이 "더 생각해봐.
시간을 좀 가져봐. 급할 것
없어…" 이런 말들을 먼저
하더라. 그러다 갑자기
휙 돌아서더니, 밥을 먹으러
식당에 가버렸어.

로이크
그래?

펠리시
근데 너도 그랬잖아.
너도 날 붙잡지 않았지.

로이크
널 억지로 붙잡을 순 없었어.
그리고 또 한편으로는 너랑
계속 논쟁해봤자 아무 소용이
없다는 걸 아니까.

펠리시
아니, 넌 원래 논쟁을
잘하잖아. 근데 그때 넌 평소에
비해 별로 그러지 않았지.

로이크
그땐 심각한 상황이니까,
고집부리지 않는 게 널
붙잡을 유일한 방법이라고
판단했기 때문이야.

펠리시
근데 통하지 않았지.

로이크
그래도 넌 이렇게 돌아왔잖아.

펠리시
너 때문에 돌아온 건 아니야…
뭐, 그래, 조금은
그런 것도 있지만.

로이크
도대체 네가 바라는 게 뭐야?
널 억지로 붙잡길 원해?
네 발밑에 엎드려 절절매길
원해? 죽어버리겠다고
협박하길 원해?

펠리시
그런 것들이 전혀 아니라는 거
알잖아. 오히려 그 반대라고.
난 너랑 막상스 둘 모두
나에게 너무 잘해줘서 정말
좋았어. 하지만 그게 이상하게
느껴지는 걸 어떡해.

로이크
왜 '이상한' 건데?

펠리시
이상하니까.
넌 소리를 지르다가
갑자기 차분해졌지.

로이크
원래 그런 거야.
사람은 자제를 하니까.

펠리시
그래. 하지만 나하고는 그게
너무 쉬웠지. 난 상대가 저항
없이 순순히 받아들이는 걸
보면, 뭐랄까… 무슨 느낌이라고
표현해야 되지…

로이크
당혹스럽다고.

펠리시
그래, 바로 그거야.
좀 벙찌는 기분이야. 진짜
이상한 느낌이라니까.

로이크
마음을 그렇게 수시로 바꾸는데,
그건 당연한 거야. 그래서 이제
어떻게 할 건데? 직장도 없잖아.

펠리시
다른 데서 일자리 찾았어.
오늘 아침에 다녀왔고, 결정해서
이따 오후 늦게 연락주기로
했어. 막상스네 미용실보다
급여도 더 많이 받을 거야.

그럼 방 두 개짜리 집을 구해서
딸이랑 같이 살 거고.

로이크
어디에?

펠리시
찾아봐야지.

로이크
우리 집으로 와.
위층 방 치워줄게.

펠리시
너한테 돌아가려고 막상스를
떠난 게 아냐.

로이크
난 그냥 친구로서 우리 집에
와서 살라는 얘기야.

펠리시
고맙지만 그게 네 진심이
아닌 거 너도 알잖아.

로이크
그렇지 않아. 진심이야. 하지만
네가 거절할 거라고는 생각했어.

펠리시
그럼 왜 나한테 그 얘길 한 거야?

로이크
널 설득시킬지도 모르니까.

펠리시
아냐, 난 다시 돌아가지

않을 거야. 내가 언젠가
남자랑 같이 살게 되더라도
그게 너는 아닐 거야.

펠리시는 로이크를 바라보며
미소 짓는다.

그런 얼굴 하지 마! 내가 왜
이러는 줄 알아? 너를 사랑하기
때문이야. 너와 평생 함께할
정도는 아니지만, 네 인생을
계속 망치고 싶지 않을 만큼은
사랑한다고.

**로이크**
넌 내 인생을 망치는 게 아니야.

**펠리시**
멀어지며
다시 돌아가면 안 돼.
내가 떠나면서 적어도
좋은 점이 있었지. 상황이
명확해졌다는 거. 이제 우리는
진정한 친구가 될 수 있을 거야.
넌 그러기 싫어?

**로이크**
잠시 생각한 후
좋아.

**펠리시**
정말 좋아?

**로이크**
정말 좋아.

로이크는 펠리시를 배웅한다.

**펠리시**
오늘 저녁은 너랑 같이
있고 싶어. 오늘 뭐 해?

**로이크**
이따 연극 보러 갈 거야.

**펠리시**
혼자?

**로이크**
응. 그런데 일찍 도착하면
네 표도 구할 수 있을지 몰라.
근데 네가 좋아할지
모르겠네.

**펠리시**
무슨 연극인데?

**로이크**
셰익스피어 작품이야.

**펠리시**
아, 나도 알아.
「로미오와 줄리엣」?

**로이크**
아니, 오늘 저녁 연극은
「겨울 이야기」야.

**펠리시**
무슨 내용인데?

**로이크**
예전에 읽어봤는데,
말도 안 되는 이야기야.

**펠리시**
어려운 거야?

**로이크**
그렇다기보다…
기상천외한 일들이 일어나.
죽은 줄로만 알았던 사람들이
알고 보니 추방된 거였고,
그러다 나중에 다시 돌아와서
되살아나는 그런 이야기들.
말로 설명하기 어려워.

**펠리시**
뺨에 입 맞추며
좋아, 「로미오와 줄리엣」
같은 거라면 재밌을 것 같아.
이따 저녁에 봐!

---

극장.
로이크와 펠리시는 「겨울 이야기」
공연을 보고 있다.
현재 5막 3장이 진행 중이다.

파울리나 저택의 예배당.
무대 안쪽에는 내실을 닫는 커튼이
쳐져 있다. 레온테스, 폴릭세네스,
플로리젤, 페르디타. 카밀로, 파울리나,
그리고 귀족들과 신하들이 등장한다.

**레온테스**
오, 파울리나, 명예는 또한
무거운 짐이라네… 하지만
우리는 헤르미오네의 조각상을
보러 왔소. 우리는 자네의
화랑을 둘러보며 진귀한
작품들에 감탄하였지. 그러나
우리는 나의 딸이 보기를
열망하는 바를 보지 못했다네.
바로 제 어머니의 모습이지.

**파울리나**
왕비마마께서는 살아생전
비할 데 없이 아름다우셨고,
생명 없는 조각상조차 전하께서
감탄하며 바라보는 그 모든
것과, 또 인간의 손이 빚을 수
있는 그 모든 것을 초월하기에,
저는 그것을 다른 작품들과
멀리하여 따로 모셔두고
있사옵니다. 자, 바로 여기에
있습니다. 생명을 볼 준비를
하시옵소서. 마치 죽음을 흉내
내는 잠처럼, 그대로 본떠져
경이감을 불러일으키는 참된
생명입니다. 보십시오.
왕비마마 모습 그대로라
말씀해주십시오.
그녀는 커튼을 걷어 조각상처럼
움직이지 않는 헤르미오네를 공개한다.
모두들 말이 없으시니 기쁩니다.
침묵은 찬사 이상이니까요.
하오나 말씀해주십시오.
폐하께서 먼저 운을
떼주시옵소서. 왕비마마를
닮지 않았습니까?

### 레온테스

그녀라네. 조각상이여, 과인을
꾸짖어주시오, 이것이 바로
나의 헤르미오네라고 말할 수
있도록. 아니지, 오히려 꾸짖지
못하니 그대가 바로 그녀라네.
그녀는 더없이 부드럽고,
어린아이보다 상냥하였으니…
그런데 파울리나, 나의
왕비에게는 이런 주름이
없었다네. 이 조각상처럼 나이
들어 보이지 않았다오.

### 폴릭세네스

그러합니다! 훨씬 나이가
들어 보입니다.

### 파울리나

그것은 당연합니다!
조각가의 재능이 워낙 뛰어나,
조각상에 16년의 세월이
흐르도록 만들어서 마치 지금
왕비마마께서 살아 계신 것처럼
우리에게 보여주는 게지요.

### 레온테스

이건 너무 진짜 같소. 나의
영혼을 괴롭히는 것이 아니라,
나에게 행복을 주었을 모습
그대로라네. 오! 내가 그녀에게
사랑을 구하던 시절의 그녀의
태도, 그녀의 기품, 그녀의
생명의 온기… 지금은 이토록

차갑지만. 부끄러움을 느끼네.
이 조각상은 내가 그녀보다 더
차가운 돌조각에 가까웠음을
꾸짖는 것만 같네. 오, 위대한
작품이로다! 그대의 기품
속에는 신비로운 힘이 있도다.
지난날 나의 과오를 생각나게
하는구나. 황홀한 당신의 모습이
당신 딸의 마음을 사로잡아
바로 당신 앞에서 돌처럼
서 있게 만드네.

### 페르디타

제가 미신을 믿는다 탓하지
마시고, 부디 무릎을 꿇고
그녀에게 축복을 간청할 수
있도록 하소서. 왕비마마,
오, 제가 삶을 시작할 때
삶을 끝내신 당신, 제게 손을
내어주시어 제가 입 맞출 수
있도록 해주소서.

### 파울리나

참아주십시오! 이 조각상은
만든 지 얼마 되지 않아, 아직
칠이 다 마르지 않았사옵니다.
이제 그만 보시는 것이
좋겠습니다. 폐하께서 조각상이
살아 움직인다 여기실까
두렵습니다.

### 레온테스

그대로 두시오! 과인은

이제 죽고 싶네. 이것은 마치…
이것은 도대체 누구의
작품이란 말이더냐?
폴릭세네스에게
오, 폐하, 이것 좀 보십시오!
이 조각상이 숨 쉬는 것 같지
않소? 혈관에는 정말 피가
흐르는 것 같지 않습니까?

폴릭세네스
맞소. 이것은 실로
장인의 작품입니다. 생명의
온기가 진실로 그녀의 입술에
흐르고 있소.

레온테스
눈동자가 고정되어 있지
않아, 움직이는 것을 보았네.
이 예술품이 우리를 얼마나
현혹하고 있는지! 방금도!
조각상에서 숨결이 느껴졌다네.
도대체 어떤 섬세한 도구가
숨결까지 조각해낼 수 있단
말인가? 오! 아무도 과인을
비웃지 마시오. 그녀에게
입을 맞추리니.

파울리나
폐하, 아니 되옵니다. 입술의
붉은 칠이 아직 마르지
않았습니다. 입을 맞추시면 칠이
망가집니다. 폐하의 입술 또한
기름으로 얼룩질 것입니다. 자,

이제 다시 덮어도 되겠습니까?

레온테스
아니 되오. 앞으로 20년간은.

페르디타
저도 그 세월 동안 이렇게
쭉 바라볼 것입니다.

파울리나
부디 그만하시옵소서.
이 예배당을 떠나주십시오.
그게 아니라면 더 크게
놀랄 준비를 하십시오.
괜찮으시다면 제가 이 조각상을
움직이게 하여, 내려와
폐하의 손을 잡도록
해보겠습니다. 그럼 제가
악마의 도움을 받았다고,
전혀 사실이 아니지만 그리
생각하시게 될 것이옵니다.

레온테스
그녀가 할 수 있는 모든 것,
나는 그것을 보고 싶다네.
그녀가 말할 수 있는 모든 것,
나는 그것을 듣고 싶다네.
그녀를 움직이게 하는 것만큼
말하게 하는 것도 쉬운
일일 터이니.

파울리나
여러분의 믿음을 깨워야
합니다. 자, 모두 움직이시면

안 됩니다. 제가 하려는 일이
금지된 행위라고 생각하는
분들은 여길 떠나주십시오!

레온테스
계속하라.

아무도 움직이지 않는다.

파울리나
음악이여, 그녀를 깨우라.
연주를 시작하라!
음악이 흐른다.
이제 시간이 되었습니다.
내려오소서. 더는 석상으로
머물지 마소서. 그리고 자신을
바라보는 모든 사람들을
경탄하게 만드십시오.
이리 오소서, 제가 마마의
무덤을 덮겠습니다.
네, 이리 오세요. 무감각은
죽음에게 넘겨버리세요.
생명이 당신을 살려 다시
갖고자 하기 때문입니다.
아, 소중한 생명이여! 보세요!
왕비마마께서 움직입니다!
헤르미오네는 초석에서 내려온다.

레온테스에게
물러서지 마소서. 저의 마법이
정당한 것처럼, 왕비마마의
행위는 성스럽습니다. 마마가
다시 죽는 것이 아니라면, 오!
왕비마마를 피하지 마소서.

이는 마마를 두 번 죽이는
일입니다. 왕비마마에게 손을
내밀어보십시오, 폐하. 어서요!
젊은 시절, 마마께 사랑을
간청했던 것은 폐하셨지
않습니까. 이제 세월이 흘렀다고
마마께서 간청해야 하나요?

헤르미오네는 레온테스를 껴안는다.

레온테스
오, 그녀에게서 온기가
느껴지는도다.
이것이 마법이라면, 이를
먹는 행위만큼이나 합법적인
행위로 인정하라!

폴릭세네스
왕비께서 전하를 안으셨다.

카밀로
마마께서 전하의 목을
끌어안고 계십니다. 그림자가
아니라면, 말도 해주소서!

폴릭세네스
그렇지, 그래서 도대체 그녀가
무슨 일을 겪었는지,
누가 죽음에서 꺼내준 것인지
알아야 한다네.

파울리나
왕비마마께서 살아 계시다는
얘기를 들으셨다면,
여러분 모두 옛날 동화에나

133

나오는 일이라며 호통을 치실
것입니다. 그런데 마마께서는
아직 말씀만 하지 않으셨지
살아 계신 게 분명합니다.
하지만 잠깐 기다려보세요.
　　　　페르디타에게
공주님, 이리 와서 말씀을
해보세요. 무릎을 꿇고
어머니께 애원해보세요.
　　　　헤르미오네에게
　　　　왕비마마,
되찾은 마마의 딸,
페르디타 공주이십니다.

　　　　헤르미오네
오, 신이시어, 굽어 살피시어
당신의 성스러운 단지에
든 은총을 제 딸의 이마에
부어주옵소서. 말해보거라,
딸아. 어떻게 살아남았고,
　　　어디에서 살았으며,
어떻게 네 아버지의 궁전으로
다시 돌아오게 되었는지.
파울리나가 나에게 네가 다시
　　　돌아온다는 신탁이
내려졌다고 말해주었기에,
나는 이를 보기 위하여
더 살고자 했느니라.

펠리시는 잡고 있던 로이크의 손을
　　　더 세게 잡는다.
로이크는 놀라서 펠리시를 바라보고,
그녀가 울고 있는 것을 본다.

---

극장 출구.
펠리시는 눈물을 닦고 있다.

　　　　로이크
뭐 마시러 갈래?

　　　　펠리시
글쎄.

　　　　로이크
그럼 집에 데려다줄까?

　　　　펠리시
지금 당장은 싫어.
우선 너희 집으로 가자.
난 이따 택시 타고
돌아가면 돼.

　　　　로이크
그럼 돈이 많이 나올걸.
그냥 내가 데려다줄게.

　　　　펠리시
아니, 그러지 마.

　　　　로이크
그래, 봐서 정하자.

로이크와 펠리시는 차로 향한다.
그들은 차에 올라타서 출발한다.

　　　　로이크
네가 그렇게까지
감동받을 줄 몰랐어.

**펠리시**
내 반응, 꼭 어린 여자애
같았다니까. 조각상이
움직일 땐 하마터면 소리를
지를 뻔했어. 정말이야.

**로이크**
나야말로 소리 지를 뻔했어.
네가 내 손을 너무 꽉 잡아서.

**펠리시**
난 그런 줄도 몰랐어.

**로이크**
어쨌든 말도 안 되는 이야기야.

**펠리시**
난 너무 말이 되는 얘긴 싫어.

**로이크**
그래. 근데 좀 신경 쓰이는
점이 있어. 조각상이 마법으로
살아 움직이게 된 건지, 아님
왕비는 애초에 죽은 적이 없었던
건지가 불분명해.

**펠리시**
뭐야, 너 전혀 이해를 못 했구나?
그건 아주 분명해. 그녀를
되살아나게 한 건 바로
믿음이라고. 내가 너보다 훨씬
더 종교적인가 봐.

**로이크**
어떤 점에서 보면 그럴 수 있지.

**펠리시**
너의 관점에서도 그럴걸.
네가 깜짝 놀랄 만한 얘기가
있어. 어제 나 대성당에 가서
기도를 했어.

**로이크**
어디서?

**펠리시**
느베르에서… 막상스랑
살짝 다퉜거든. 그 사람이 날
화나게 하는 말을 해서. 그래서
기분전환도 할 겸 엘리즈를
데리고 밖으로 나갔어.
대성당 앞을 지나는데, 엘리즈가
아기 예수를 보고 싶다는 거야.
우리 엄마가 걔한테 맨날 하나님
얘기를 하는 데다가, 집에
아기 예수를 만들어뒀거든.
그래서 엘리즈가 구경을 하는
동안 나는 의자에 앉아 있었지.

**로이크**
그러고는 기도를 했어?

**펠리시**
어렸을 때 배운 대로 한 건
아니고. 그냥 내 방식대로.
기도는 아니었어. 뭐랄까,
성찰에 가까웠어.

**로이크**
명상이라고 하지.

*CONTE D'HIVER*

135

**펠리시**
맞아, 바로 그거야. 그거 알아?
우리가 어떤 일로 마음이
복잡하거나 결정을 내려야
하거나 잠을 잘 자지 못하면,
갑자기 머릿속에 흥분상태가
되는데 그럼 갑자기 생각이
엄청 빨라지면서 모든 게
명확해져. 그때 내가 바로
그랬어. 그런데 수백 배는 더
강렬했지. 갑자기 모든 게
명확해진 거야. 마치 뭐랄까…

**로이크**
눈이 부시게.

**펠리시**
그건 아냐, 눈이 부시지 않았어.
반대로 아주 명확히 보았지.

**로이크**
뭘 봤는데?

**펠리시**
설명하기 어려워.
생각을 한 게 아니라, 본 거야.
내 생각을 본 거지. 내가
떠나야 하는지 머물러야
하는지 알기 위해 했던 모든
생각들을 순식간에 해버린 거야.
그러고 나서 보게 되었어.
내가 뭘 해야 하는지
'보았고', 내가 틀리지
않았다는 것을 '보았어'.

**로이크**
파리로 돌아오는 걸
말하는 거야?

**펠리시**
그 전에 난 선택을 하느라
머리가 터질 것 같았어. 그런데
그때 난 선택할 것이 없고,
내가 진정으로 원하지 않는
무언가를 위해 결심을 할 필요도
없다는 사실을 본 거야. 내가
하는 말이 하찮게 들리겠지.
그 전에 이미 그런 생각을
했었어. 하지만 그땐 확실하지
않았거든. 그런데 그렇게 갑자기
보인 거지. 그러니까,
설명하기 어렵네.

**로이크**
이해해. 난 그 정도로 강렬하게
경험한 적은 없지만, 나도
두세 번쯤 그렇게 정신이
명료해지던 순간이 있었어.
그거 알아? 개종하는 사람들이
그런 계시를 받는대.
종종 너처럼 성당 안에서.

**펠리시**
그래. 하지만 난
개종하지 않았어.

**로이크**
넌 이미 믿고 있으니까.
내가 만약 신이라면,

널 특별히 돌볼 거야.

펠리시
어째서지?

로이크
왜냐면 넌 매우 부당하게
불행을 겪었잖아. 또 존재하지
않는 어떤 사랑을 위해 모든 것,
네 인생과 네 행복을 전부
희생할 수 있는 사람이니까.

펠리시
신이 날 사랑하신다면
나에게 샤를을 돌려주시겠지.

로이크
너무 앞서 나가지 마.
난 신에게 그걸 간청해야 하는
건지 잘 모르겠어.

펠리시
난 신에게 아무것도 간청하지
않아! 가끔 생각하긴 하지만,
그때 난 결코 신을 생각한 게
아니었어. 뭔가로 가득 차
있던 그 순간, 나는 이 세상에
이 우주에 나 혼자라고, 이제는
내가 행동해야 한다고, 또
그 누구도 그 어떤 것도 나를
마음대로 하도록 내버려두면
안 되겠다고 생각했어.

로이크
하지만 그런다고 해서 샤를을

찾을 수 있는 건 아니잖아?

펠리시
내가 그 사람을 찾는 데
방해되는 일을 벌이는 걸 막을
수는 있지. 그리고 그때 난
또 다른 생각도 했어. 그래,
네 말이 맞을지도 몰라.
그 사람을 다시 만날 확률은
거의 없겠지. 또 그 사람이
결혼을 했거나 나를 더는
사랑하지 않을지도 모르지.
하지만 그게 내가 포기할 이유는
아니라는 거야.

로이크
하지만 네가 말한 대로 그를
찾을 확률은 제로에 가까운데,
네 인생을 낭비하면 안 되잖아…

펠리시
그렇지 않아. 내가 그를 다시
만난다는 건 너무나 멋진
일일 거고 너무나 큰 기쁨일
테니까, 그걸 위해서라면 기꺼이
내 인생을 바칠 수 있어.
내 인생을 망치는 일이 아니야.
희망을 갖고 사는 게 다른
어떤 삶보다 낫다고 봐, 나는.

로이크
네가 하는 말이 무슨 뜻인지
알고 하는 거야?

펠리시

그래. 그리고 난 정말
그렇게 생각해. 바보 같은
소리로 들릴지 몰라도.

로이크

별로 바보 같은 생각이 아니야.
아주 똑똑한 누군가도
예전에 그런 말을 했거든.
방금 네가 한 말이랑 거의
똑같이. 네가 그 사람 책을
읽었을 것 같지는 않지만.

펠리시

누군데? 셰익스피어?

로이크

아니. 파스칼.

펠리시

철학자야?

로이크

응, 그렇다고 볼 수 있지.
그는 그걸 '내기'라고
불렀어. 내세가 존재한다는
쪽에 걸면, 그게 맞았을 때
얻는 것이 너무나 크기 때문에
그 확률의 취약함을 상쇄할 수
있다는 거야. 또 결국 인간의
영혼이 불멸한 게 아니라
하더라도, 그것을 믿으면
믿지 않는 것보다 나은 삶을
살게 해준다는 거지.

펠리시

나도 영혼은 불멸하다고 생각해.
그건 오히려 내가 너보다
더 믿고 있을걸. 넌 죽음 이후의
불멸만 믿지만 난 태어나기
전부터 그렇다고 봐.

로이크

에드비주가 널 설득시켰나 본데
난 아니야.

펠리시

에드비주 때문에 믿는 게
아냐. 나한테는 너무 당연하게
생각되는걸. 영혼이
죽음 이후에도 계속 존재하는데,
그 전이라고 왜
존재하지 않겠어?

로이크

누구였는지도 모르는 영혼이
무슨 의미가 있지?
너에게 전생의 기억이 없다면,
그건 더는 네가 아닌 거야.

펠리시

그렇지 않아. 전생은 존재해.
난 느낄 수 있어. 희미하지만
존재해. 너에게도 전생이
있어. 다만 네가 깨닫지 못한
것뿐이야… 내가 샤를을
사랑하는 걸 왜 확신하겠어?
내가 어떻게 그렇게 확신할 수
있겠어? 그 사람을 처음

만났을 때, 이미 어디서 본 듯한
느낌을 받았기 때문이야. 우리가
전생에 만났던 게 아니라면,
이걸 어떻게 설명하겠어?

로이크
펠리시, 제발 그만해.

펠리시
이상한 소릴 하는 게 아니야.

로이크
지금 넌 또 이미 존재하는
이론을 꺼내고 있어.
파스칼은 아니고 다른 사람.

펠리시
빅토르 위고?

로이크
아니. 플라톤.

펠리시
아, 그래, 그 사람 얘기는
왜 안 하나 했네! 봐, 그 사람도
환생을 믿었잖아?

로이크
내가 볼 땐 그렇기도 하고
아니기도 해. 그건 좀 다른
이야기야. 재밌는 건 그가
영혼의 불멸을 증명하기
위해 좀 전의 너와 똑같은
생각을 말했다는 거야. 바로
'상기설'이라는 거지.

펠리시
그래서 너는 동의 안 해?

로이크
아, 나한테 그리스인들의
신앙은 없거든. 플라톤도
아마 그랬을걸.

---

로이크의 집.
로이크와 펠리시는 돌아왔다.
로이크는 『파이돈』을 찾으러 서가로
간다. 로이크는 책장을 넘긴다…

로이크
책의 한 구절을 읽는다.
"그의 말을 자르며 케베스가
말했다. 네가 자주 설명하는
내 이론이 맞다면, 그 의미가
바로 그것이다. 이 이론에
따르면 우리의 지식은 상기일
따름이고, 우리가 전생에서
배웠던 것을 현재 우리의 기억이
되찾는 것일 뿐이다. 그런데
이러한 상기는 만약 우리의
영혼이…"

펠리시
찻잔을 내려놓으며
조심해. 뜨거워!

로이크
고마워…
"태어나기 전 인간의 형태로

어딘가에 존재하지 않았다면
불가능한 것이다."
대학 수업 때 이 텍스트를
배웠는데, 아직도 기억이
나. 그런데 환생이란 건,
플라톤에게나 나에게나
오히려 신화 같은 거야.
알겠어?

펠리시
응, 그리스로마 신화 같은 거.

로이크
아니, 그런 의미가 아니라…
객관적인 진리로 받아들이기
어렵다는 뜻이야. 그건
그 당시의 신앙과 관련된,
상당히 편리한 설명방식이었던
거지. 영혼이 실체로서
불멸하다는 것은 결국
증명할 수 없지만, 그래도
경험 이전의 무언가를 우리가
인지할 수 있다는 사실을
확인시켜주니까. 그런 면에서
매우 현대적이라는 거야…
내 얘기 지루하구나.

펠리시
아니야, 재밌어… 넌 정말
나한테 많은 걸 가르쳐줬어.
정말이야. 무지가 덜해진
느낌이야. 네 덕분에 책을
읽고 싶어졌어. 그래도 난

절대 너와 같은 사고방식은
지닐 수 없을 거야.

로이크
사고방식이라니?

펠리시
글쎄. 넌 책 없이는 못 살잖아.
내가 널 사랑한다고 말하면,
넌 그게 셰익스피어 작품이나
아님 다른 책에 나오는 말인지
확인하러 갈걸. 너한테는
책에 쓰여 있는 것만이 진짜야.
그게 얼마나 우리 사이를
갈라놓는지 넌 모를걸.

로이크
난 그게 하나도 불편하지
않은데.

펠리시
난 불편해.

로이크
조금 전엔 나랑
있으면서 많은 걸 배워서
좋다고 말했잖아.

펠리시
그래, 하지만 난 절대 지식인은
못 될 거야. 지식인이 되고
싶지 않아. 나는 그냥 나이고
싶어. 어제 성당에서 난 온전히
나라고 느꼈어. 5년 전에도.
그때도 그랬어.

펠리시는 로이크에게 다가가
그의 어깨에 기댄다.
너랑 함께 있으면 기분이 좋아,
하지만 다른 느낌이야.
펠리시는 로이크의 손을 잡는다.

**로이크**
어쩌면 우리도 다른 생에서
이미 만났는지 모르지.

**펠리시**
그래. 하지만 너는 아마,
글쎄, 아마 내 오빠였을
거야. 애인이 아니라. 그래도
애정 어린 관계였을 거야.
어쩌면 내가 너의 강아지나
고양이었을 수도 있지.
아님 네가 그랬거나…
펠리시는 웃는다.
집에 가기 싫다!
너랑 같이 자고 갈래.
하지만 분명히 말해두는데…
난 바로 잘 거야.

**로이크**
알았어, 알았다고.

---

12월 29일 토요일
로이크의 집.
로이크와 펠리시는 집에서 나와
차로 향한다. 그들은 펠리시 어머니의
집으로 간다.

펠리시 어머니의 집, 아침 10시.
로이크, 펠리시, 엘리즈가
집에서 나와 차에 탄다.

---

파리 근교의 유원지.
셋은 형태를 왜곡해 보여주는
뒤틀린 거울 앞에서 장난을 친다.
동물을 구경하고 인형극을 관람한다.
엘리즈는 목마를 탄다.
저녁이 되었다. 그들은 샹젤리제
거리에 도착한다. 장난감을 진열해놓은
백화점의 쇼윈도를 구경한다.
돌아가는 길, 차 안에서 로이크는
펠리시에게 엘리즈와 함께 자기 집에서
자고 가라고 조른다.

---

12월 30일 일요일
로이크의 집, 아침.
엘리즈와 펠리시는 같은 침대에서
잤다. 다락방은 책으로 널려 있다.
펠리시는 그중 한 권을 집어 들어,
딸에게 그림을 보여준다.

**엘리즈**
이게 내 성이야!
얼마나 아름다운지 봐봐!

**펠리시**
와, 그러네! 정말 아름답네.

**엘리즈**
근데 사람들이 성을 다
무너뜨렸어. 나도 이런 성에
살고 싶은데.

**펠리시**
그래. 아마 언젠가 이런 성에
살 수 있을 거야.

**엘리즈**
아니. 난 절대 못 살 거야.

**펠리시**
왜?

**엘리즈**
모르겠어.

펠리시는 어머니와 통화 중이다.
로이크와 엘리즈는
아침 식사를 하고 있다.

**펠리시**
아니요, 괜찮아요.
좀 좁긴 했어도…
그렇다니까요! 엘리즈가
저보다 더 잘 잤다고요!
근데 엄마, 아마 오늘도
여기 있을 것 같아. 응.
애가 좀 피곤해해서.
나도 그렇고. 로이크랑
드라이브 나가려고요…
네… 고마워, 엄마.
엘리즈에게
엘리즈! 이리 와봐!

**엘리즈**
여보세요! 할머니, 잘 있어요?
네, 나도 잘 있어. 엄마랑
큰 침대에서 같이 잤어요…

---

로이크의 차.
그들은 파리 근교의 작은 마을에
도착한다.

**로이크**
저기 봐, 일요일에 서는 장이
있을 줄 알았다니까!

**펠리시**
근사하다! 여기 종종 왔었어?

**로이크**
아니, 안 온 지 10년은
족히 됐어. 새 건물들이 생기긴
했지만 별로 변한 게 없네.
손가락으로 가리키며
봐봐. 저쪽 나무들 뒤에
아담하고 예쁜 성당이 있어.

**펠리시**
성당?

**로이크**
저기, 나무 뒤편에. 보여?

**펠리시**
그러고 보니 오늘
일요일이잖아! 성당이라니!

로이크
아, 지금 나보고 미사 드리러
가라는 뜻이야? 아니, 싫어.
너랑 같이 있을 거야. 혹시
네가 나랑 같이 가보고 싶다면
모를까.

펠리시
난 절대 안 가.

로이크
하지만 저번에 갔었다며.

펠리시
그땐 주중이었어. 넌 가톨릭
신자잖아. 미사 드리러 가야지.

로이크
혼자 있었다면 그랬겠지.
그런데 난 이런 일로 널
번거롭게 하고 싶지 않아.

펠리시
번거롭긴. 네가 나 때문에
너의 신념을 희생하는 건 싫어.

로이크
알겠어. 그럼 같이 가자.

펠리시
아니. 너 때문에 내 신념을
희생하는 것도 싫어. 그러니까
내 신념이라는 건…
넌 기도할 줄 알잖아.
나를 위해 기도해줘.

로이크
그럼 너는 그동안 뭐 할 건데?

펠리시
쇼핑. 그러고 나서 공원에
산책하러 가지, 뭐.

로이크
다른 날 기도해줄게.

펠리시
아니, 아니, 안 돼. 오늘 해줘.
나를 위해 기도해줘.

로이크
난 항상 너를 위해 기도해.

펠리시
그래. 하지만 이번엔
정말로 나를 위해 기도하는
거야. 그러니까 나 대신
하는 거라고 여기고.

로이크
뭘 기도할까?

펠리시
내가 바라는 거.
네 맘에 들지 않는 거라도.
봐, 난 정말 까다로운
사람이라니까.

로이크
바로 그게 내가 하는 기도야.
난 너의 행복을 위해 기도해.
그게 꼭 나의 행복이 아니더라도

말이야.

펠리시
그래. 하지만 이번엔 정말
마음 깊은 곳에서 우러나오는
기도였으면 좋겠어.

로이크
마음 깊은 곳에서부터
해보려고 노력할게. 정말 넌
나한테 바라는 게 많구나.

그들은 헤어진다. 펠리시와 엘리즈는
시장 쪽으로 향한다.

---

차 안.
차는 시골길을 달린다.

---

로이크의 집, 저녁.
그들은 집으로 돌아왔다.
엘리즈는 그림을 그리고 있다.
펠리시와 로이크는 대화를 나눈다.

로이크
있잖아, 사실 나 내일 저녁에
낭트에 가지 않아도 돼.
가족들은 이미 크리스마스에
다 봤어. 우리 가족한테는
크리스마스가 더 중요한
날이거든. 새해 첫날은 별로
특별할 게 없어.

펠리시
그래서 안 가고 여기 있으면
뭘 할 건데?

로이크
네가 하고 싶은 거. 바닷가에
놀러가는 건 어때?
로이크는 엘리즈가 듣지 못하도록
목소리를 낮춘다.

펠리시
근데 내가 시간이 안 돼.
우리 집에서는 새해 파티를
하거든. 크리스마스엔
내가 떠나는 것 때문에
분위기가 좀 쓸쓸했어.
그리고 언니 한 명도 못 왔고
말야. 그런데 이번엔
온 가족이 다 모일 거야.

로이크
네가 아직 느베르에 있었다면?

펠리시
막상스랑 같이 올라왔겠지.
너도 와도 돼.

로이크
네 약혼자로?

펠리시
다들 으레 그렇게 생각하겠지.
우리 집에선 너를 너무
좋아하거든. 근데 내가
너희 부모님 댁에 간다는 건

상상이 안 돼.

**로이크**
괜찮을걸. 같이 가자!

**펠리시**
장난치지 마!

**로이크**
장난 아니야. 우리 형이랑
누나는 다 가족들 데리고
올 텐데, 나만 혼자 가면
어리숙해 보일 거야.

**펠리시**
난 네 아내가 아니잖아.
너희 부모님이 뭐라고
하시겠어? 두 분 다 신실한
가톨릭 신자시라면서.

**로이크**
그래. 하지만 열린 사고를
갖고 계서. 물론 내가 부모님께
너를 소개하면 나랑 결혼할
여자라고 생각하시겠지.

**펠리시**
좋아하시겠어? 아들이…
미혼모랑 결혼한다는데.

**로이크**
요즘 시대에 뭐…

**펠리시**
그래. 하지만 난 과부도 아니고
이혼한 여자도 아니야. 샤를은

언제든 다시 나타날 수 있다고.

**로이크**
언제든? 아무도 그렇게 생각
안 해. 너도 그럴 확률은 거의
없다고 했잖아. 아무리 정숙한
여자라도 네가 엘리즈의 아빠를
만날 확률보다는 모르는 사람과
사귈 확률이 높다고 말할 거야.
물론 그 사람이 아직도 널
사랑한다는 전제 아래 말이지.
모든 사람이 그렇게 생각해.

**펠리시**
그럼 사람들이 틀린 거야.
표면적인 것만 보는 거지.
샤를이 다시 나타나든 아니든
중요한 건 그게 아냐. 그는
내 마음속에 남아 있거든.
그래서 난 다른 누구에게도
내 마음을 줄 수 없는 거야.

**로이크**
펠리시를 품에 안으며
넌 말을 잘 못한다면서도
가끔 이렇게 너무나 멋진 말들을
한다니까.

**펠리시**
그래. 난 내 느낌을
그대로 말하는 거니까…
품에서 빠져나오며
그럼 이제 우린 올라갈게.
잘 자.

엘리즈가 다가온다.
로이크 아저씨한테 뽀뽀해줘.

로이크
잘 자, 엘리즈. 좋은 꿈 꿔.

엘리즈
안녕히 주무세요.

로이크
펠리시에게
다시 내려올 거지?

펠리시
아니. 왜?

로이크
아직 이르잖아.
바로 안 잘 거지?

펠리시
책 읽을 거야.
위에 책 엄청 많잖아.

로이크
책은 여기도 있어.

펠리시
싫어. 다시 올라갈 때
엘리즈가 깰 거야.

로이크
여기도 침대가 있잖아.

펠리시
그건 네 침대지.

로이크
그건 엊그제도 마찬가지였지.

펠리시
그때랑 달라. 그때는
위로가 필요했다고.
평소랑 다른 날이었어.

로이크
그럼 평소엔?

펠리시
평소에 우리가 남매처럼
자진 않았지.

로이크
계속 그러면 왜 안 되는데?

펠리시
오늘 아침에 신께
기도한 게 그거야?

로이크
신이랑은 상관없어.
너한테 달렸지. 네가 내 아내가
되고 싶다면, 그걸 신이
반대할 이유는 없잖아.

펠리시
내가 원하지 않는다면
신도 원하지 않으실 거야.
잘 자!
펠리시는 로이크에게 바짝 안겨
그가 자신에게 입 맞추게 둔다.
안 돼. 이제 놔줘.

마음 약해지려고 해.
그걸 이용하지 말라고.
다리에 매달려 있는 엘리즈에게
자, 올라가자.
로이크의 품에서 빠져나오며
너 그거 알아?
난 가끔 내가 너였으면 싶어.

로이크
그런 말 마!

펠리시
엘리즈 손을 잡으며
정말이야!

---

12월 31일 월요일
파리.
늦은 아침, 로이크는 펠리시와
엘리즈를 파리 시내에 내려준다.

로이크
내가 정말 같이
안 가도 되겠어?

펠리시
괜찮아. 쇼핑하러 가는
거뿐이야. 살 게 정말 많아.

로이크
알겠어.
그럼 올해 마무리 잘하고.

펠리시
고마워. 너도.

새해 복 많이 받아!

로이크
엘리즈를 품에 안으며
곧 또 만나, 엘리즈.

엘리즈
빠져나오며
싫어! 난 엄마한테
뽀뽀할 거야!

펠리시
로이크 아저씨한테
뽀뽀해야지.

로이크
안 해줄 거야?

펠리시
자, 가자.

펠리시와 엘리즈는 선물들이
진열된 쇼윈도를 구경한다.
함께 지하철을 탄다.

---

외곽버스. 오후 4시.
버스는 곧 출발할 예정이다.
펠리시와 엘리즈는 좌석에 앉는다.
펠리시와 엘리즈 앞에 이미 한 커플이
앉아 있다. 무릎 위에 짐을 올려둔
펠리시는 먼저 여자를 바라본다.
그녀는 엘리즈를 보며 미소 짓고
있다. 펠리시는 딸의 입술에 립밤을
발라준다. 엘리즈는 앞의 남자를

뚫어져라 바라본다. 그 남자가
샤를임을 알아본 것이다.

**펠리시**
입술 좀 보자…
입술 오므려봐.
똑바로 잘 앉고!

샤를은 자기를 뚫어져라 바라보는
여자아이의 시선을 느끼고는
아이를 향해 미소 짓는다. 그러고서
시선이 펠리시에게로 옮겨간다.
펠리시도 그를 쳐다본다.

**샤를**
펠리시!

펠리시는 놀라서 돌처럼 굳는다.
침묵이 흐른다.
펠리시가 침묵을 먼저 깬다.

**펠리시**
프랑스에 있었어?

**샤를**
온 지 얼마 안 됐어.
네 딸이야?

**펠리시**
내가 얼마나 바보 같았는지
네가 안다면…

**샤를**
말해줬다면 당연히
이해했을 텐데.

**펠리시**
아냐. 무슨 생각 하는 거야?
그런 거 아니야. 동네 이름을
잘못 알려줬었어.

**샤를**
뭐라고?

**펠리시**
르발루아라고 해야 하는데
쿠르브부아라고 말해버린 거야.

**샤를**
르발루아라고? 도대체 왜?

**펠리시**
아무 이유 없어.
그냥 그렇게 됐어. 바보같이.
말이 헛나온 거지.

**샤를**
거짓말하지 마!

**펠리시**
정말이야!

샤를은 관심 있게 듣고 있던
옆의 여자에게 몸을 돌린다.

**샤를**
둘에게 각자를 소개하며
펠리시, 이쪽은 도라.

**도라**
안녕하세요. 샤를에게
얘기 많이 들었어요. 근데

그것참 끔찍한 얘기네요.

**샤를**
그리고 나도 바보같이 내 주소를
전혀 남기지 않았던 거야.

**도라**
왜 그랬어?

**샤를**
왜냐고? 그때 신시내티에
있지 않았거든.
펠리시를 바라본다.
맥퍼슨 주소라도 줬어야 했는데.
다시 도라를 바라본다.
그럼 적어도 얘가 나한테
연락할 수 있었을 텐데 말이야.

**도라**
그럼 네 잘못이네. 넌 다른
사람들이 실수할 수 있겠단
생각은 절대 못 하는구나.

**샤를**
그건 아니야. 근데 이 경우는
정말 심각한 실수였지. 적어도
내가 주소를 남겼더라면
이런 문제는 안 생겼을 텐데.

버스가 멈추고 문이 열린다.
사람들이 내린다. 갑자기 펠리시가
일어나더니 한 손으로 가방을
움켜잡고, 다른 한 손으로 엘리즈를
잡아 데려간다. 샤를이 어찌해보려
하지만 펠리시는 벌써 버스 문 앞에

가 있다. 그는 일어나 소리친다.
"잠깐만! 주소를 알려줘야지!"
샤를은 펠리시를 잡기 위해 도라에게
"전화할게!"라고 소리치고 앞으로
달려 나간다. 하지만 한 승객이
빈자리에 앉으러 오면서 잠시 그의
앞을 가로막는다. 샤를이 문 앞으로
왔을 때, 펠리시는 이미 내린 뒤고
운전수는 문을 닫는다. "문 좀 열어
주세요!"라고 그가 소리친다. 문이
열리고 그는 밖으로 급히 달려 나간다.

---

버스 정류장.
펠리시는 이미 꽤 걸어 나갔다.
엘리즈는 그녀를 따라가기 버겁다.
하지만 샤를이 이내 그 둘을 따라잡는다.

**펠리시**
돌아보며
뭐 하는 거야? 미쳤어?

**샤를**
미친 건 바로 너야!
주소라도 알려주고 가야지.

**펠리시**
지금 아내를 버스에
두고 온 거야?

**샤를**
아내 아니야. 친구라고.
걔는 신경 쓰지 않아도 돼.
네 주소를 알려주기 싫으면

내 주소라도 받아 가. 그럼
내가 네 인생에 끼어들까 봐
두려워하지 않아도 되잖아.

펠리시
그러는 너는? 내가 네 인생에
끼어들까 봐 겁 안 나?

샤를
난 안 그래. 지금 만나는
여자도 없어.
어쨌든 아이도 없고.

펠리시
여자도 없고, 아이도
없다는 거. 정말이야?

샤를
내가 뭐 하러 너한테
거짓말을 하겠어?

펠리시
여자가 없다는 건 믿을게.
그런데 아이는…

샤를
아냐!
설마 얘가 내 딸이라고
말하려는 건 아니겠지!

펠리시
맞아. 너 닮지 않았어?

샤를
그런데도 도망을 갔단 말이야?
너 정말 미쳤구나!

펠리시
네가 결혼한 줄 알았어.

샤를
내가 결혼을 했든 안 했든…
간에…

펠리시
그랬음 못 견뎠을 거야.

샤를은 펠리시를 품에 안고
키스를 퍼붓는다. 그러고는
엘리즈를 들어 안는다.

샤를
얘 이름은 뭐야?

펠리시
직접 물어봐.

샤를
이름이 뭐니?

엘리즈
엘리즈예요.

펠리시
네 이름을 얘한테 물어봐.

샤를
내 이름이 뭐게?

엘리즈
아빠.

샤를
이거 꿈 아냐? 도무지

있을 수 없는 일이잖아.
얘가 날 어떻게 알아?

펠리시
네 사진을 보여줬어.

샤를
아, 나한텐 네 사진이
없었지.

펠리시
그래도 날 알아봤잖아.

그들은 다시 껴안는다.

샤를
이 근처에 살아?

펠리시
그럴 리가. 다시 버스를
타야 해. 우리 엄마 집으로
갈 거야. 넌 어디로 가?

샤를
아무 데도. 너랑 같이 갈게.
괜찮다면…

펠리시
그걸 말이라고 해!
이제 널 찾았으니 다시
놓치지 않을 거야.

----

펠리시 어머니의 집.
그들은 장을 본 짐을 들고
집 안으로 들어온다.

펠리시
엄마! 엄마!
내가 요리사를 데려왔어요.

어머니
요리사라니?

샤를
안녕하세요.

어머니
네. 잠깐, 그런데…

펠리시
네, 맞아요. 샤를이에요.

엘리즈
아빠예요.

펠리시
버스에서 만났어요.

어머니
버스에서? 정말이니?
말도 안 되는 일이잖니!
엘리즈도 알아?

샤를
네, 버스에서요!
안 그래, 엘리즈?

펠리시
엘리즈가 이 사람을
한눈에 알아봤어요.

할머니는 손녀에게로 몸을 숙인다.

**어머니**
어때, 아빠를 찾아서 기쁘니?

---

*펠리시와 엘리즈의 방.*

**샤를**
사진을 바라보며
내가 이때보다 살이 좀 빠졌네.

**펠리시**
별로 안 그래. 지금도 멋있어.

**샤를**
사진은 없지만 그래도
널 잊지 않았어.

**펠리시**
말해봐. 어쨌든 지금까지
여자들은 좀 만났을 거 아냐?

**샤를**
그랬지. 그런데 한 번도
제대로 된 적은 없어. 두 명
있었지. 미련 없이 헤어졌고.
아까 본 도라는 널 만나기
전부터 알던 사이야. 파리에
올 때마다 만나면서 서로 사는
얘기를 하는 친구지. 이젠 걔랑
그럴 필요 없겠네. 자, 그럼 넌?
너도 남자가 있었을 텐데?

**펠리시**
있었지. 2주 전에 다른 남자
때문에 헤어졌어.

**샤를**
그럼 그 다른 남자는?

**펠리시**
일주일 전에
너 때문에 헤어졌지.

**샤를**
나 때문이라고?
우리가 다시 만날 줄
몰랐잖아.

**펠리시**
알았어! 그런 예감이
들었단 말이야.

**샤를**
참, 나 이제 프랑스에
정착할 거야.

**펠리시**
파리에?

**샤를**
아니. 브르타뉴 지방에.
섬 말고, 만 부근으로.
나랑 같이 갈래?

**펠리시**
잘 모르겠어. 난 가서 뭘 해?

**샤를**
날 도우면 되지.

**펠리시**
주방일?

**샤를**
아니. 계산대를 보거나
손님들을 맞거나.
네가 원하는 대로.

**펠리시**
그럼 나 사장이 되는 거네.
너랑 함께라면 좋아.

**샤를**
그럼, 같이 가는 거지?

**펠리시**
잠깐만. 최근에 별로
내키지 않은 일을 그냥 곧바로
하겠다고 한 적이 있거든.
하지만 이번엔 그때랑 비교도
안 되게 중요한 일이잖아.
그녀는 웃는다.

**샤를**
나도 그렇게 생각해.
펠리시는 그에게 입 맞춘다. 펠리시가
한 발 물러서자, 샤를은 그녀의 눈에
눈물이 고인 것을 본다.
펠리시, 왜 그래? 우는 거야?

펠리시는 샤를의 품에 바짝 안긴다.
샤를은 펠리시의 목덜미를 어루만진다.
눈물을 흘리던 펠리시가 고개를 들어
웃음을 터뜨린다.

**펠리시**
우는 거 아니야.
이건 기쁨의 눈물이야.

그리고 펠리시는 다시 그의 품에
안겨 울기 시작한다. 그때 엘리즈가
방으로 들어와 둘을 바라본다.
그러고는 가져가려던 장난감을 들고
나간다. 엘리즈는 거실의 소파에
앉는다. 장난감을 계속 손에 쥐고
생각에 잠긴다. 눈물 한 방울이
뺨을 타고 흘러내린다. 할머니가
들어와 엘리즈가 울고 있는 모습을
본다. 할머니가 아이 쪽으로
몸을 숙인다.

**어머니**
무슨 일이니, 우리 아가?
엄마 곧 올 거야.
지금 아빠랑 같이 있잖니.
아빠를 찾아서 기쁘잖아?
울면 안 되지.

**엘리즈**
이건 기쁨의 눈물이에요.

벨이 울린다. 펠리시가 문을 열러
간다. 아멜리와 그녀의 남편,
아이들이 꽃과 와인을 들고 들어온다.
화면에는 엔딩크레디트가
겹쳐 나오기 시작한다.

**펠리시**
마도로스가 돌아왔어!

**샤를**
등장하면서
마도로스?

펠리시
응, 우린 널 그렇게 불렀거든.

아멜리
당신이었군요.
어떻게 이런 일이!
우리 집 주소를 찾은 거예요?

펠리시
버스에서 우연히 만났어.

아멜리
버스에서? 말도 안 돼!
못 믿겠어!
정말로 이런 일이 일어나다니.
그런데 펠리시에겐 가끔
그런 예감이 있어요.

펠리시
맞아!

아멜리
네가 곧 무슨 일이 일어날 걸
예감하는 것 같았다니까…

●

Conte d'été

여름 이야기

개봉 ☞ 1996년 6월 5일
러닝타임 ☞ 1시간 53분

가스파르 ☞ 멜빌 푸포
마르고 ☞ 아망다 랑글레
솔렌 ☞ 그웨나엘 시몽
레나 ☞ 오렐리아 놀랭
뉴펀들랜드 어부 ☞ 에메 르푀브르
삼촌 ☞ 알랭 겔라프
숙모 ☞ 에블린 라아나
아코디언 연주자 ☞ 이브 게랭
사촌 ☞ 프랑크 카보

제작 ☞ 마르가레트 메네고즈
　(레필름뒤로장주)
영상 ☞ 디안 바라티에
영상보조 ☞ 자비에 토브롱
음향 ☞ 파스칼 리비에
음향보조 ☞ 프레데리크 드 라비냥
편집 ☞ 마리 스테판
음악 ☞ 세바스티앙 에름
프로덕션매니징 ☞ 프랑수아즈
　에셰가레
프로덕션매니징보조 ☞ 프랑크 부바,
　베트사베 드레퓌스

그는 옷을 갈아입고 나와
에클뤼즈 해변을 거닌다.

저녁 8시다. 그는 식당 테라스에
자리 잡고 앉아 샌드위치와 맥주를
주문한다.

밤이 됐다. 그 시각 사람들로 활기가
넘치는 바닷가 카페들의 테라스 앞을
걷는다. 방으로 돌아온 그는 기타를
꺼내 연주를 시작한다.

---

### 7월 18일 화요일
아침, 가스파르는 잠옷 차림으로
기타 연습 중이다. 그는 아이스크림을
먹으며 해변을 산책한다.

저녁이 됐다. 그는 달빛 크레이프(La
Crêperie du Clair de Lune)라는
항구 근처의 작은 레스토랑에
가기로 한다. 서빙을 보는 여자가
매우 싹싹하다. 그녀를 이미 잘 아는
손님들은 그녀를 마르고라고 부른다.
마르고는 가스파르에게 말을
붙여보지만, 가스파르는 단답으로
대답할 뿐이다.

---

### 7월 19일 수요일
해변, 물에 들어가려던 가스파르는
물에서 나오던 마르고와 마주친다.

### 7월 17일 월요일
생말로와 디나르를 오가는 소형
여객선이 랑스 하구를 건넌다.
스물한 살 청년 가스파르가 그 배에
타 있다. 그의 옆자리엔 백팩과
기타케이스가 놓여 있다.
배는 디나르 선착장에 도착한다.
가스파르는 시내를 걷는다.
그는 번지를 확인한 후 한 집 앞에
멈춰 선다. 주머니를 뒤져 열쇠를
꺼낸 뒤 대문을 연다. 집 안으로
들어간 그는 계단을 올라가 방을
찾는다. 딱 봐도 책들과 자질구레한
물건들이 가득한 젊은 사내의 방이다.
가스파르는 짐을 내려놓고 옷장을
살펴보더니 빈 옷걸이를 찾는다.

마르고
안녕하세요!

가스파르
안녕하세요. 어…
그런데 우리 구면인가요?

마르고
날 못 알아보는 거예요?

가스파르
렌에서 봤나요?

마르고
아니요. 이 부근에서요.
어제 저녁 식당에서 봤잖아요.

가스파르
아…!
서빙하던 분이죠? 머리가
젖어 있어서 못 알아봤네요.

마르고
그럴 수 있겠네요.
머리가 젖어 있으면 좀
달라 보일 텐데 생각 못 했네요.

가스파르
그럼 전 가볼게요.

가스파르는 바다로 향하고,
마르고는 해변 위쪽으로 올라간다.
가스파르는 해수욕을 하고 나와
그의 짐을 두었던 곳으로 돌아온다.
그는 몸을 말리고 모래사장을 거닌다.
마르고는 자리에 앉아 가스파르를

눈으로 쫓는다. 가스파르는 마르고
앞을 한 번 지나지만 마르고가
모자와 선글라스를 쓰고 있기 때문에
그녀를 알아보지 못한다. 다시 마르고
앞을 지나자, 마르고는 보란 듯이
모자와 선글라스를 벗는다.

마르고
괜찮던가요?

가스파르
물? 좀 차갑던걸요.

마르고
난 딱 좋던데.

가스파르
지금보다 차가우면
난 못 들어가겠어요.

마르고
여기 처음이에요?

가스파르
네, 디나르는 처음이지만,
그래도 브르타뉴 지방은
잘 알죠. 렌에 사니까.

마르고
난 생브리외에서 왔어요…
지금 누구 기다리는 거예요?

가스파르
지금?
아뇨. 딱히 그런 건.

**마르고**

옆자리 모래 위를 가리키며
그럼 여기 앉아요.

**가스파르**

짐들을 저기에 두고 왔는데.

**마르고**

그럼 가서 가져와요.

가스파르는 돌아와
마르고 옆에 앉는다.

**마르고**

혼자 온 거야?

**가스파르**

지금은 그래.

**마르고**

휴가?

**가스파르**

응.

**마르고**

일을 하러 온 건 아니란 거지?
너도 봤겠지만
난 일하고 있거든.

**가스파르**

난 아니야. 그냥 피서객이야.
일은 8월 15일에 시작해.

**마르고**

어디서? 여기서?

**가스파르**

아니. 낭트에 있는
설계사무소에서. 얼마 전에
수학 석사를 마쳤거든.

**마르고**

난 민족학 박사과정이야.

**가스파르**

민족학?

**마르고**

놀란 모양이네. 서빙이나 하는
애라고 생각했던 거야?

**가스파르**

아니, 그런 건 아니야.
그는 웃는다.
여름엔 아르바이트하는
학생들이 엄청 많잖아.

**마르고**

그럼 너도 해봤어?

**가스파르**

아니. 운 좋게도
수학을 전공하는 바람에
과외 자리나 회사 임시직을 쉽게
구할 수 있었거든.

**마르고**

엔지니어가 되고 싶은 거야?

**가스파르**

그건 아냐.

마르고
컴퓨터 공학자?

가스파르
아니. 난 가르치는 일을
하고 싶어… 그럼 돈은 좀
적게 벌겠지만 시간적인
여유가 있을 테니까.

마르고
아, 그거 좋은데!

가스파르
아마 그렇겠지. 난 돈을 좇는
인생을 살고 싶진 않아.

마르고
나한테 돈이 있었다면
난 인생을 망쳤을 거야!

둘은 옷을 입고 해변을 걷는다.

가스파르
넌 정확히 뭘 하고 싶은 거야?
박사학위 받으면
뭘 할 수 있는데?

마르고
정해진 건 아무것도 없어.
연구를 할 자격조차 얻을 수
있을지 모르겠는걸. 뭐, 그래도
생각하는 게 있긴 해. 하지만
아직 말하기는 일러. 고등학교를
졸업하고 나서 난 멀리 떠나고
싶었어. 그래서 베트남과
말레이시아에 갔지. 그리고
어떤 남자를 사랑하게 됐는데
그 남자 직장은 프랑스에
있었어. 그 남자랑 거의 결혼할
뻔했지. 멀리 떠돌고 싶었던
마음이 싹 사라져버렸어.
그때 난 인도네시아보다
브르타뉴 지방에 대해 할 얘기가
훨씬 많다는 걸 깨달은 거야.
그래서 난 이곳 사람들에 대한
연구로 박사논문을 써야겠다고
마음먹었지… 특히 예전에
뉴펀들랜드 어장으로 배를
타고 나갔던 어부들의 후손에
대해서. 브르타뉴 전통이 강하게
남아 있는 서부 브르타뉴에
대한 연구는 많은데 동부
브르타뉴는 그렇지 않거든…
이 주제에 푹 빠져들어서, 난
남자친구랑 헤어지게 됐을
때도 여길 떠나야겠다는
생각이 들지 않았어. 그리고…
더 놀라운 건 그러고 나서
나랑 대척점에 있는 남자를
만나게 됐다는 거야. 말 그대로
지구 반대편에 있거든. 지금
그 사람은 남태평양 지역에
봉사단으로 가 있어. 여기 일을
좀 정리하고 그를 따라갈 수도
있었지만, 그러지 않았어.
지조 있게 남자친구가 돌아오길
기다리기로 했지. 뱃사람의

아내처럼 말야. 지금은 운 좋게
이모네 식당에서 일하면서 돈도
좀 벌고 있어. 꽤나 자유로운
생활이지. 내일은 예전에
뉴펀들랜드에서 배를 탔던
분을 만나러 갈 거야. 랑스 강
부근에 살고 계시대. 같이 갈래?
차는 있어?

가스파르
아니.

마르고
내 차가 있어. 그분은
생쉴리아크에 살아. 여기서
20킬로미터 정도 가면 돼.

가스파르
좋아.

---

7월 20일 목요일
마르고는 가스파르를 차에 태우고
생쉴리아크로 향한다. 차에 타고
가는 동안 가스파르는 음악에 대한
야심을 털어놓는다.

가스파르
난 전통문화 자체에는 별로
관심 없어. 난 연주보다는,
뭐 그렇게 믿고 있을 뿐이지만,
작곡에 재능이 있거든.
하지만 우린 완전한 무에서
유를 창조하는 게 아니야.

미국 록음악도 블루스와
컨트리뮤직에서 영감을
받은 건데, 이 컨트리뮤직이라는
것도 사실 아일랜드 민요에
뿌리를 두고 있지…
브르타뉴에도 그런 전통이
매우 풍부한데. 알고 있어?

마르고
잘 몰라. 사실 별로
좋아하지도 않고. 나한텐
백파이프 소리가 너무 시끄러워.
그래서인지 죄다 똑같이 느껴져.

가스파르
아니야. 아름다운 곡들이
얼마나 많은데. 이를테면
켈트 음유시인들의 노래
같은 거 말야.

마르고
어떤 건지 잘 몰라.

가스파르
그럼 그때 식당에서
흘러나오던 뱃노래는?

마르고
들었구나?

가스파르
당연하지.
난 늘 음악에 주의를 기울여.
네가 고른 음악이야?

**마르고**

응. 내 민족학 논문 주제랑
관련이 있어서 산 테이프였어.
어땠는데? 마음에 들었어?

**가스파르**

요즘 흐름을 보면 켈트록이 있고
뱃노래풍의 록이 있는데
난 후자 쪽에 마음이 가…
「발파라이소」 같은 노래를
쓰고 싶어. 무슨 노랜지 알아?

**마르고**

알지.

마르고는 노래를 부른다.
가스파르는 흥얼거리다 마르고와 함께
노래 부른다.

"선원들이여, 힘을 내라!
닻을 감아 올려라!
굿바이! 페어웰!
굿바이! 페어웰!
선원들이여, 힘을 내라! 보르도여, 안녕!
만세! 오, 멕시코여!"

마르고와 가스파르는
인터뷰 장소에 도착했다.

**뉴펀들랜드 어부**

많은 사람들이 배 위에서
노래를 불렀지… 하지만
말하자면 심심풀이용 노래에
가까웠어요. 큰 상선이나
장거리 운항을 하던 옛

범선들에서 부르는 유의
노동요는 아니었던 게지.
그런 배의 선원들은, 닻을
감아 올리거나 돛을 올릴
때 박자에 맞춰 노래를
불렀으니까. 그런데 사실
우리끼린 돛을 '돌린다'고
표현했다오. 우리가 '올리는' 건
깃발뿐이었지. 그건 그렇고…
이게 무슨 말인지 먼저 설명을
해드리지. 잡아올린 대구를
염장하기 위해 소금더미에
구덩이 파는 걸 얘기해요. 손질
마친 대구는 선창으로 내려요.
밧줄로 묶어 줄줄이 내리지.
그럼 거기서 하나씩 놓고 소금에
절여 저장하는 거예요… 바로 그때
우리가 삽질에 맞춰 박자를
넣어 부르던 노래가 있었다오.
그러면서 삽질을 얼마나 했는지
가늠할 수 있었지. 한 절을
다 부르면 셀 수 없이 소금
삽질을 하게 됐다오.

**마르고**

노래를 정말 잘 부르신다고
들었어요. 조금만 들려주실 수
있나요?

**뉴펀들랜드 어부**

가장 흔하게 부르던 노래는,
말하자면 사람을 놀리는
노랩니다. 그러니까…

다리를 저는 선장을 조롱하는
노래였소. 우리는 늘 좀
모자란 점이 있는 사람들에게
별명을 붙여 부르며 놀리곤
했다오. 우린 그 선장을 '다리
끄는 자'라고 불렀어요. 다리를
질질 끌었으니까. '끈다'는
건 워낙 배 위에서 많이 쓰는
말이기도 하고.
"다리 끄는 자여, 계속 그러다간
남아 있을 선원 거의 없지.
다리 끄는 자여, 계속 그러다간
남아 있을 선원 하나 없지.
방크로의 위대한 어부,
다리 끄는 자를 아는가…"
여기서 방크로는 캐나다 아래쪽,
생피에르미클롱과 캐나다
사이에 있는 작은 어장 하나를
말한다오.
"방크로의 위대한 어부,
다리 끄는 자를 아는가,
아침부터 저녁까지 선원들에게
고함을 지른다네.
다리 끄는 자여, 계속 그러다간
남아 있을 선원 거의 없지.
다리 끄는 자여, 계속 그러다간
남아 있을 선원 하나 없지"

---

디나르로 돌아온 차는
식당 앞에 멈춘다.

마르고

이따 저녁 먹으러 와.
내가 살게. 이모 눈치를
봐야 해서 매번은 힘들지만
가끔은 괜찮아.

가스파르

아냐. 그렇게 신경
안 써줘도 돼. 고맙지만
지금 주인 없는 집에서 지내고
있어서, 요리하기 편하거든.

마르고

저녁에 혼자 있으면
쓸쓸하잖아.

가스파르

곧 이 생활도 끝이야.
내일이나 모레 친구들이
오기로 했어.

마르고

그렇담 더욱더 오늘 와야지.

가스파르

아니야. 음악을 좀
만들고 싶어서.
기다리는 전화도 있고.

마르고

알았어. 그럼 내일 오후에
보자… 너 시간 되면.

가스파르

안 될 것 같으면 전화할게.

저녁. 가스파르는 방에 있다.
그는 기타 반주에 어떤 노래를
흥얼거리며 카세트에 녹음한다.
전화벨 소리에 중단된다.

가스파르
여보세요!
엄마, 잘 지냈어요? 네…
아니에요. 친구랑 랑스 강가에
산책하러 갔었어… 네…
네… 참, 나한테 온 우편물
없었어요…? 아…

7월 21일 금요일
가스파르와 마르고는 해변, 그리고
절벽을 따라 난 해안가 산책로를
함께 걷는다. 마르고는 가스파르가
여자들을 뚫어져라 바라보고 있다는
사실을 눈치챈다.

마르고
저 여자 괜찮은데!

가스파르
누구?

마르고
네가 쳐다본 여자.

가스파르
여자들 본 거 아니야.

마르고
봐야지. 넌 지금 혼잔데.

가스파르
저 여자를 쳐다봤을 수는
있는데 그래도 네가
생각하는 그런 이유에서는
아니야… 사실 난 누굴
만나러 여기 온 거야.

마르고
그래. 얘기했었지.

가스파르
그땐 '친구들'이라고 했는데.
실은…

마르고
여자야?

가스파르
너한텐 아무것도
못 숨기겠네.

마르고
여자친구?

가스파르
말하자면 그런데,
꼭 그런 것도 아니야.

마르고
언제 오기로 했는데?

가스파르
20일쯤에.

마르고
지금이잖아!

가스파르
이론상으론 그렇지.

마르고
그러니까 그 여자애가 너를
만나러 여기로 온다는 거야?

가스파르
아니, 그러니까 오히려 내가…
사실은 좀 복잡해. 설명하려면
내 얘기를 좀 길게 해야 할 거야.

마르고
그럼 얘기해봐!

가스파르
별로 재미없는 얘기야.

마르고
그렇지 않아!

가스파르
그래. 그럼 간단히
얘기해볼게… 우린 몇 달 전에
처음 만났어. 걘 엄청 똑똑한
애야. 머리가 진짜 좋아.
국립행정학교 진학을 준비하고
있었는데, 이젠 흥미를 잃었대.
그쪽 세계가 싫다나.
우린 공통점이 많아.

마르고
네가 음악을 하니까?

가스파르
그런 것도 있고.

둘은 썰물이 빠져나간 해변으로
내려간다.

그치만 걘 날 사랑하지
않아. 날 진지하게 생각하지
않는 게 느껴져. 적어도
지금으로선 그래… 원래 휴가를
같이 보내기로 계획했는데,
자기 언니랑 스페인으로
떠나버렸어… 하지만 돌아오면
여기서 멀지 않은 생뤼네르 근처
사촌들 집에 오기로 돼 있거든.
거기서 심심할 것 같으니 날더러
자길 보러 오라더라고.

마르고
그 애도 보통이 아니구나!

가스파르
브르타뉴 끝자락을 가보고
싶다고, 우에상 섬까지
데려가달라고도 했어. 나도 걔도
가본 적 없는 데거든.

마르고
나도 가본 적 없어. 조만간
한번 가보려고 했는데. 혹시라도
그 여자애가 안 가겠다면
나랑 가자. 알겠지?

가스파르
그래, 좋아.

마르고
걔가 언제 오는지 알고 있어?
그 사촌 집에는 가본 거야?

가스파르
바보같이 느껴지겠지만 사실
그 사촌들이 어디 사는지
몰라. 생뤼네르 근처라고만
들었거든. 사촌들 이름도 모르고
전화번호도 없어. 헤어질 때
걔도 사촌 전화번호를 몰랐거든.
연락처를 보내주겠다고 했는데
아직 편지 한 장 못 받았어.

마르고
그래도 넌 어떻게 왔구나?

가스파르
내가 완전히 미쳤다고
생각하는 거지?

마르고
아니, 그 반대야.
멋지다고 생각해.

가스파르
정말 심각한 문제는
나 역시 걜 엄청 사랑하는 건
아니라는 거야.

마르고
응?

가스파르
그러니까, 미친 듯이

사랑하는 건 아니라고…
걔가 나한테 편지를 안 보낸
것에는 사실 별 의미가 없어.
렌에서 우린 한 번도 약속을
잡고 만난 적이 없거든.
늘 우연히 마주쳤지. 그런
만남이 습관이 됐달까.

마르고
'습관이 된 우연'이라…
멋진 말인데!

돌아가는 길, 마르고는 가스파르를
저녁 식사에 초대한다.

가스파르
오늘 저녁은 안 돼.
노래를 만들 거라.

마르고
또 기다리는 전화도
있을 테고! 그래, 그럼 내일 봐.
너 시간 되면.
마르고는 웃는다.
토요일이긴 하지만
네 자리는 맡아둘 수 있어.

7월 22일 토요일
가스파르는 크레이프 식당의 작은
테이블에 앉아 저녁을 먹고 있다.
식당에 남은 대다수 자리는 마르고가
오래전부터 알고 지내는 것처럼 보이는
젊은 남녀 단체 손님이 차지했다.

마르고는 그들과 즐겁게 대화한다.
그들이 마르고에게 클럽에 같이
가자고 하자, 마르고는 가스파르에게도
동행을 제안한다. 가스파르는 잠시
망설이다가, 그곳이 생뤼네르에 있다는
얘길 듣고 수락한다.

이들은 데콜레 곶에 위치한, 최신 클럽
쇼미에르에 와 있다. 마르고는
여러 사람들과 즐겁게 어울린다.
가스파르는 춤을 한 번 추고는
구석으로 가 앉아서 생각에 잠긴다.
한 여자(솔렌)가 그의 시선을
끌어보려 한다.

---

7월 24일 월요일
마르고와 가스파르는
요트 선착장을 따라 걷는다.

가스파르
도대체 넌 어떻게 그렇게 모든
사람들이랑 편하게 어울릴 수
있는 건지 정말 궁금해!

마르고
난 모든 사람들과 편하게
어울려. 일종의 직업병이지!

가스파르
서빙 일을 하니까?

마르고
무슨 소리 하는 거야, 바보야.

민족학을 공부하니까!
난 타인에게 궁금한 게 많아.
나에게 흥미롭지 않는 사람은
아무도 없어.

가스파르
사람들을 개별적으로
만나는 거라면 모르겠지만
그룹으로 만난다면
아닐 것 같은데. 난 언제나
여러 사람들을 한꺼번에
만나는 게 정말 싫었어.
그런 데 들어가 섞이고
싶지 않아. 원했다 하더라도
성공적이지 못했을 게
뻔하고.

마르고
친구는 많은 편이야?

가스파르
몇 명 있지. 하지만 진짜
친구들이야. 그리고 한 명씩
따로 만나지.

마르고
남자애들?

가스파르
맞아. 만나는 여자애는
레나뿐이야.

마르고
그냥 친구인 여자는 없어?

**가스파르**

있지. 이제 네가 있으니까.

**마르고**

내가 처음이야?

**가스파르**

그렇다고 볼 수 있어.

**마르고**

남녀 사이의 우정은
별로 안 믿는구나?

**가스파르**

믿어. 안 될 게 뭐 있겠어?
하지만 여자와 만나야 한다면
난 연인을 원해,
친구가 아니라.

**마르고**

애인이 없을 때는?

**가스파르**

애인이 없을 땐,
친구인 여자애들과도 잘
어울리지 않지.

**마르고**

그렇다면 결국 네가
나랑 이렇게 어울리는 게
단지 너의 그…
이름이 뭐라고? 레나?

**가스파르**

그래, 레나.

**마르고**

어떻게 생겼는지 궁금하다.
사진 없어?

**가스파르**

있어. 근데 가방 안에 있어서,
좀 이따 보여줄게.

가스파르와 마르고는 프리외레 곶에
도착한다. 마르고가 눈앞에 펼쳐진
전경을 소개한다.

**마르고**

자, 저기 보이는 게
세장브르 섬이고…
저건 프티베…
그 옆에 그랑베…
생말로는 그 뒤에 가려져 있어…
그리고 저쪽이 솔리도르 탑이
있는 생세르방이야.

**가스파르**

솔리도르라고? 재밌네.
우리 부모님한테 수지
솔리도르의 음반이 있었는데
뱃노래를 부른 가수거든.
저 탑의 이름에서
자기 예명을 따왔나 봐.

**마르고**

아, 맞다! 사진은?

가스파르는 벤치에 기대어 앉아
가방에서 사진을 찾는다.

마르고
어, 나 얘 본 적 있는데?
여럿이 몰려와서 비치발리볼
하던 여자애야. 근데 이상하네.
너랑 썩 잘 어울리는지
모르겠어.

가스파르
그럼 난 누구랑 어울리는데?
나한테 어울리는 사람은 없어?

마르고
아니, 그 반대야.
며칠 전 저녁에 봤던
그 여자애랑도
잘 어울릴 것 같은데.

가스파르
누구?

마르고
누구 말하는지 알잖아.

가스파르
아, 그 베이지색 원피스
입고 있던 갈색 머리 여자애⋯
너 미쳤구나!

마르고
왜? 걔 엄청 괜찮은데.
도대체 뭘 바라는 거야?

가스파르
그럴지도 모르지.
어쨌든 내 타입은 아니야.

마르고
넌 완전히 걔 타입인 것 같던데.
널 뚫어지게 쳐다보더라.

가스파르
말도 안 돼!
넌 날 속이는 거야. 날
좋아할 타입의 여자애가 전혀
아니야. 걔랑 같이 있던
남자들 못 봤어?

마르고
걔가 그 남자들을 다
퇴짜 놓던 건 확실히 봤지.

마르고는 가스파르를 히죽거리며
바라본다. 그 시선을 느낀 가스파르는
마르고 쪽으로 몸을 돌려
질문하듯 그녀를 쳐다본다.

가스파르
왜 그러는 건데?

마르고
사랑하는 건 좋은 거야!

---

7월 26일 수요일
가스파르와 마르고는 차를 타고
생뤼네르에 간다. 그들은 해변을
성큼성큼 걷는다.

마르고
벌써 일주일이나 지났어.

**가스파르**

말했잖아. 걔는 시간이나
날짜 관념이 있는 편이
아니라고.

**마르고**

그래, 엽서 한 장 보낼 생각도
없고 말이야. 그런 부류의
사람들이 있지. 나도 알아.

**가스파르**

날 놀리는 거야?
어쨌든 난 반쯤은 걔를
기다리는 거긴 하지만,
그래도 여기서 나름대로
즐기며 잘 지내고 있어.
널 만났잖아. 적어도 시간을
낭비하진 않은 셈이지.

**마르고**

고맙네!
다정한 제스처를 취한다.
근데 만약 날 안 만났으면?

**가스파르**

글쎄…
난 '만약'이라는 걸 싫어해.

**마르고**

그 여자애가 정확히
어디에 갔다고?

**가스파르**

한 곳을 정해서 간 게 아니라,
스페인을 둘러보러 갔어.

**마르고**

차로?

**가스파르**

응.

**마르고**

언니랑 갔댔지?

**가스파르**

맞아. 그리고
언니의 남자친구도.

**마르고**

그게 다야?

**가스파르**

차 한 대로 갔는데
그렇지, 뭐…

**마르고**

차 한 대니까 적어도
네 명은 탈 수 있잖아.

**가스파르**

그래, 무슨 말인지 알겠고,
나도 그 생각 안 해본 건
아니야. 하지만 다른 남자를
데려갔다고는 생각 안 해…
어쨌든 나도 최악의 경우까지
생각해봤다고.
그런데 왜 이런 얘길 해야 해?

**마르고.**
넌 참 초연하구나.

가스파르
맞아.

마르고
미친 듯이 사랑에
빠지지도 않았고.

가스파르
그래, 내가 그렇게 말했었지…
걔가 날 사랑하지 않는다면,
안타깝지만 어쩔 수 없는
일이야. 날 사랑하지 않는
여자를 사랑할 자신은 없거든.
즉 날 사랑하는 여자가 아무도
없으니, 난 아무도 사랑하지
않는 거야.

그들은 방파제 앞에서 걸음을 멈추고
난간에 기댄다.

마르고
내 생각을 말해줄까?
난 네가 그 여자앨 사랑하는 것
같지 않아. 그 여자애도
널 사랑하는 것 같지 않고.
그리고 그런 애가 정말
있는지도 모르겠어.

가스파르
사진 봤잖아!

마르고
사진 한 장으론 아무것도
증명할 수 없어. 정말 존재하는
사람일 수도 있지. 하지만

실제로는 서로 잘 아는 사이가
아니고 넌 오직 걜 보러
여기 온 것만이 아닌 거야.

가스파르
그렇다면 넌 날 완전히
바보라고 생각하고 있겠네?
그래, 난 바보가 맞아. 내가
하는 말을 이해할지 모르겠지만,
난 인생에서 모든 걸 걸고
뭔가를 쟁취하려는 사람이
아니야. 우연을 도발하려고
하지도 않지. 하지만 우연이
날 도발하는 거라면 좋아.
무슨 말인지 알겠어?

마르고
이를테면?

가스파르
이를테면 말해야, 레나가
나한테 20일쯤 디나르에
갈 거라고 말해준 바로 그날,
말하자면 '우연히' 여기가
집인 친구를 만났고 그 친구가
나에게 휴가 동안 방을
빌려줬어. 이런 식의 상황이
날 들뜨게 해. 어떤 사건이
만들어질 수도, 아닐 수도
있지… 미친 소리 같아?

마르고
전혀 안 그래. 사실 나도
그런 편이야. 브르타뉴 지방에

관심이 생긴 건, 기회들이
적절한 때에 찾아왔기
때문이야. 그리고 내 연애도
마찬가지였고…
내 입장에선 불리한
상황들이었지만 결국 다 괜찮게
정리됐어. 나라는 사람이
독립성을 중시한다는 점도
알게 됐어. 내 남자친구는
고고학을 공부하는 사람이잖아.
조사를 나가는데 내가 거길
같이 갈 필요는 없다고
생각해. 내 연구에 그 사람이
동행하는 것도 마찬가지고.

가스파르
그럼 그렇게 늘 떨어져
지내는 걸 감수하겠다는 거야?

마르고
늘은 아니지. 가끔
그러는 거야… 그리고 그런
생활이 나쁘지는 않아.

가스파르
그를 사랑해?

마르고
당연하지. 하지만 난 아직
그 사람에 대해 잘 몰라.
푹 빠져들긴 싫거든. 어쨌든
그 사람이 돌아오면 우린
프랑스에서 한동안
함께 지낼 거야. 뭐, 두고

봐야지. 근데 네 문제는
나랑 다른 것 같은데.

───────────

7월 27일 목요일
가스파르와 마르고는 생에노 거리의
다른 해변을 산책한다.

마르고
내가 너라면 그렇게 마냥
기다리지 않고 여름을 함께 보낼
여잘 찾겠어.

가스파르
우선 난 별로 그러고 싶지
않기도 하고, 또 혹시
그러고 싶다 하더라도
못 찾을 게 뻔해.

마르고
왜?

가스파르
그게 내 운명이니까.
난 내가 마음 깊이
믿지 않은 일에는 절대
성공 못 하거든.

마르고
그럼 레나는 마음 깊이
믿고 있어?

가스파르
그걸 나도 잘 모르겠어.

**마르고**

넌 생각이 너무 많아…
좀 봐, 여기 예쁜 여자들이
이렇게 많은데.

**가스파르**

그렇겠지. 하지만 내가 모르는
사람들이잖아. 모르는 사람에게
다가가는 건 나답지 않아.

그들은 해안가 산책로로 접어든다.

**마르고**

저번에 봤던 여자애라면 아는
거잖아. 만나면 인사할 거야?

**가스파르**

응. 걔가 날 바라본다면.
그치만 그러고 나서
뭘 어쩌겠어?

**마르고**

아무것도 시도하지 않으면
아무것도 얻을 수 없는 거야.

**가스파르**

난 꼭 그렇다고 생각 안 해.
적어도 내 일에 있어서는
그래. 처음부터 상대가 날
크게 맘에 들어 하지 않으면,
내가 노력할수록 일을 더
그르치게 돼.

**마르고**

난 그 반대야. 내가 처음

사귀었던 남자는 원래 별로
마음에 들지 않았었거든.
걔가 노력하지 않았다면
잘되기는 힘들었을 거야.

**가스파르**

오래는 못 갔지?

**마르고**

3년 만났어…
또 다른 남자를 만났을 땐
내 쪽에서 좀 더 노력했지. 그게
낫더라. 난 주도적인 게 좋아.

**가스파르**

나도 그래.

**마르고**

그게 무슨 소리야?
방금은 그 반대라며.

**가스파르**

아니야. 나도 내가 주도적인 게
좋아… 아주 작은 가능성이라도
있다고 생각되면 나도 일종의
노력을 해. 하지만 그렇다고
모든 남자들이 꿈꾸듯 아무
힘도 안 들이고 모든 여자들을
넘어오게 만들고 싶다는 생각을
안 하는 건 아니야.

**마르고**

내가 장담하는데 걔들도
다 노력하는 거야.
그렇게 안 보여도.

가스파르

그리고 내가 정말 하고 싶지
않은 노력이 있어.

마르고

뭔데?

가스파르

단체로 어울리는 거.

마르고

그거 알아? 솔렌은 정말
독립심이 강한 애야.

가스파르

솔렌? 그날 밤에 봤던
그 여자애 말이야?
잘 아는 사이야?

마르고

조금 알지. 같은 생브리외
출신이거든.

가스파르

그러고서 다시 본 적은 없는데.

마르고

당연하지. 걘 지금 거기 있는
은행에서 임시직으로 일하고
있거든. 여긴 토요일에만 와.
여기에 남자친구가 있었는데
헤어진 모양이야.

가스파르

그래서 걔도 이번 여름을 같이
보낼 남잘 찾고 있대?

마르고

아마 그럴걸.

가스파르

벌써 찾았겠지.

마르고

쉽지 않은 여자애긴 한데,
너한텐 문제가 안 되지.

가스파르

그래, 돌이켜보면 대개
난 그런 어려운 여자들이랑
더 잘됐던 것 같아.

마르고

레나?

가스파르

그래, 예를 들면…
뭐, 좋을 대로 생각해!

가스파르는 생각에 잠겼다가
슬며시 웃는다.

마르고

무슨 생각 하는데?

가스파르

아무 생각도 안 해…
아냐, 거짓말이야, 인정해.
네 짐작대로 레나는 핑계에
불과해. 난 그냥 여름을
같이 보낼 사람을 찾고
있는 거야… 처음으로 다가오는
여자를 만날 생각인데

그런 여자가 없어. 그래서
가장 예쁜 여자를 꿈꾸면서
마음을 달래는 중이지.

마르고

냉소적인 척하지 마.
너랑 안 어울려.

가스파르

농담한 거야!

마르고

100퍼센트 농담 같진 않은데.

가스파르

무슨 말이야?

마르고

무슨 말인지 잘 알 텐데.

---

7월 28일 금요일
가스파르와 마르고는 그루앙 곶에 있는
프레네 만 해안가를 산책한다.

가스파르

그러니까 내 유일한 문제는,
특히 여러 사람이랑 있을 때
말이야, 어떻게 소통하느냐가
아니라 어떻게 존재하느냐
하는 거야.

마르고

존재하느냐,
존재하지 않느냐…

가스파르

맞아. 바로 그게 문제야.
이렇게 말하면 좀 잘난
척하는 것처럼 보일 수도
있지만, 사실이야.

마르고

모든 사람이 다 그래. 혼자는
여럿을 상대할 수 없다고.

가스파르

아니야. 그런 무리에
잘 섞여서 오히려 더
잘 지내는 사람들이 있잖아.
사람들은 내 주변에 존재하는데
정작 나는 아닌 것 같아.
난 존재하지 않아. 투명하고
보이지 않지. 난 그들을 보는데
그들은 날 바라보지 않아.

마르고

넌 운이 좋은 거야.
난 가끔 그러고 싶거든.

가스파르

넌 나랑 다르잖아.
난 누구에게나 관심을 갖는
그런 사람이 아니라고.
난 사람들을 관찰하기 싫어.
그런 관찰자가 못 돼.
난 아무것도 아니야.

마르고

말도 안 돼!

**가스파르**

가장 못생기고 가장 하찮은
남자와 함께 있어도 여자들이
바라보는 건 그 사람이지 내가
아니야. 그건 내가 노력을
충분히 하지 않아서가 아니라,
노력을 할수록 더 일을
망치기 때문이야.

**마르고**

자기비하 다 끝났어?
거의 오만에 가까울 정돈데!

**가스파르**

그런 게 아니야. 날 좀 이해해줘.
사람들이 날 끔찍하다거나
나약하다고 여겨서가 아니라,
날 어떤 부류로 넣어야 할지를
몰라서 그러는 거야. 이를테면
난 젊어 보이지. 그러니까
사람들은 내가 다정하고
친절하길 기대하지만 내가 그런
사람이 아닌 걸 곧 깨닫지.
그럼 사람들은 방금 너처럼 내가
냉소적이라고 말해.

**마르고**

아니라니까!

**가스파르**

맞아! 그리고 사실 네가 날
싫어하지 않는 유일한 여자야.
왜냐면 레나조차도…

**마르고**

아, 이제 그만해! 계속 그러면
정말 네가 싫어질 것 같아.
넌 젊다며, 그건 맞는 말이야.
그럼 좀 기다려봐. 너한테도
좋은 날이 올 거야!

**가스파르**

정말 그렇게 생각해?

**마르고**

당연하지. 나이를 먹으면서
나빠지는 사람들이 있는데,
넌 좋아질 타입이야.

**가스파르**

네가 어떻게 알아?

**마르고**

직감이야. 여자의 직감인지는
잘 모르겠지만.

**가스파르**

그런 얘기를 들은 적이 있어.
여자한테 들은 건 아니고,
필적학자였는데 꽤 진지해
보이는 사람이었어. 그 사람
말이, 난 서른이 되어서야
인생이 필 거라더라. 연애, 건강,
학업, 모든 면에서. 그 말이
정말 인상적이었어.

**마르고**

그럴 것 같아. 네가 사랑하고
너를 사랑해주는 여자를

만날 수 있을 거야.
지금 당장은 아니지만. 아마
그래서 여자들이 너한테
관심이 없는 거겠지. 기다리고
싶어지는 거야. 내 경우엔,
남자들이 엄청 접근해 왔어.
나도 남자들한테 다가갔고.
열여덟 살 땐 여자가 되고
싶었고 금방 아기를 갖고
싶었지. 그 뒤에는 기다리는
법을 배웠어. 그리고
몇 달 전부터는 보다시피
다시 조급해진 느낌이야.

마르고는 풀 위에 앉는다. 가스파르도
마르고의 옆에 자리 잡는다.

가스파르
넌 남자친구가 빨리 돌아오길
바라는 거야.

마르고
무엇보다 내가 정말
그 사람을 사랑하는지
알고 싶어. 장담하는데
넌 정말 좋은 여잘 만날 거야.
레나보다 훨씬 나은 여자.
내가 그 여자를 아는 건
아니지만 네가 말하는 것만
봐도…

가스파르
그때까지 허깨비로 살진
않을 거야!

마르고
빈껍데기를 말하는 거야?

가스파르
그다지 나은 표현 같지는
않은데.

마르고
네 존재를 완전히 실현할 수
없다면 반이라도 해 봐.
조금만 노력해도 4분의 3까지는
실현할 수 있을 거야!

가스파르
넌 참 대단해.
왜냐면 넌 내가 나 스스로를
비웃는 지점을 가지고
나를 놀리길 좋아하거든.

마르고
사람들이 너에 대해
얘기하지 않았으면 하는
것들이 있는 거야?

가스파르
무척 많지.

마르고
어떤 건데?

가스파르
그건 너한테도 말 못 해.
나 자신에게도 못 해.
차마 입 밖에 꺼낼 수 없는
것들이야.

마르고
그럼 레나는?
너의 그런 약점을 갖고 놀려?

가스파르
응. 불행히도.

마르고
그게 널 화나게
한다는 건 알고?

가스파르
몰라. 다행히도. 정말 별생각
없이 그러는 거라. 세심하지
못해서가 아니라, 너 같은
유머감각이 없어. 난 들키지
않으려고 아무 의미 없는 일에
화가 난 척을 하지.

마르고
그게 통해?

가스파르
응.

마르고
영악하기는!

마르고는 가스파르에게 풀잎을 갖다
대고는 그의 뺨을 따라 움직이며
장난을 친다. 둘 다 말이 없다.
마르고는 잠시 그의 몸에 기댔다가
일어나 그를 바라보며 계속 풀잎으로
얼굴에 장난을 친다. 가스파르가
마르고를 바라본다. 마르고는 웃는다.

가스파르도 따라 웃는다.
그러다 그녀의 뺨에 입을 맞춘다.
마르고가 도발적인 표정으로
그의 얼굴을 다시 바라보자,
가스파르는 용기를 내어 마르고의
입술에 살짝 입 맞춘다.

마르고
부드럽게 가스파르를 밀어내며
이제 나랑 시간을 완전히
낭비했다고는 말 못 하겠네.

가스파르
바보 같은 소리 하지 마!

둘은 일어난다. 가스파르는 다시
마르고에게 키스하려 한다.
마르고는 그를 밀어내고 몸을 피한다.
가스파르는 그녀를 따라 잡아
품에 안는다. 마르고의 목덜미에
키스한다. 마르고는 꽤나 냉담하게
그에게서 떨어진다.

마르고
착각하지 마, 그건 그저
상징적인 거였어. 앞으로도
그럴 거고.

가스파르
나도 그렇게 이해했어.

마르고
그럼 모든 게 명확하네.
둘은 다시 걷기 시작한다.
가스파르는 작곡 중인 노랫가락을

휘파람으로 분다.
지금 휘파람으로 부는 게 뭐야?
네가 만든 노래야?

가스파르

아니. 음, 사실 맞아.
근데 아직 미완성이야.

———————————————

저녁, 가스파르는 방에서 흥얼거리며
노래의 가사와 음을 만들고 있다.

가스파르

"난 해적의 딸, 날 해적
아가씨라고들 부르지…"

———————————————

7월 29일 토요일
아침, 가스파르는 해변에서
솔렌과 마주친다.

솔렌

안녕!

가스파르

아, 그래. 안녕!

솔렌

너 혹시 로낭 못 봤니?

가스파르

누구지?

솔렌

로낭이라고. 왜, 저번에

클럽에서 나랑 같이 있던 남자들
중에 하난데, 갈색 머리에
키는 크고 카누를 타는 애.

가스파르

못 봤어. 어쨌든 난
네 남자친구들 중 한 명도
본 적이 없어. 걔들은 절대
이렇게 일찍 안 나와.

솔렌

알아… 사실 난 걜 찾고 있는 게
아니라, 피하는 중이거든.

가스파르

그런 거라면…

솔렌

오늘 걔들과 별로
어울리고 싶지 않거든.
넌? 넌 뭐 하는데?

가스파르

수영하려고.

솔렌

혼자?

가스파르

그런 셈이지…

솔렌

누구 기다리는 사람 없어?

가스파르

마르고가 올지도 몰라.

아마 안 오겠지.
토요일엔 엄청 바쁘거든.

**솔렌**

나 마르고랑 아는 사이야.
우리 둘 다 생브리외
출신이거든. 마르고가
네 여자친구야?

**가스파르**

아니, 그건 아니야. 지난주에
처음 만났어. 식당에서.

**솔렌**

그게 마르고가
네 여자친구가 아닌 거랑
무슨 상관이야?

**가스파르**

내 경우엔 상관있어.
우린 가끔 해변에서
만나는 게 다야.

**솔렌**

근데 너 여기서
혼자 지내는 건 아니지?
부모님 집에 있는 거야?

**가스파르**

아니. 그렇지 않아. 놀랐어?
실은 친구가 자기 방을
빌려줘서 오게 됐어. 근데
여긴 처음이야. 그래서 아는
사람이 아무도 없어.

**솔렌**

마르고는 알잖아.
난 오늘 여기 바닷가에서
별로 수영하고 싶지가 않아.
생말로에 가는 건 어때?
내 차로 같이 가자.

**가스파르**

거기 가서 뭘 할 건데?

**솔렌**

거기 바닷가에서 수영하면
되지. 여기보다 물이 더 들어와
있을 거야. 그리고 거기
우리 삼촌이 사시는데
배를 갖고 계셔. 오후에 배를
타고 나가볼 수도 있을 거야.

**가스파르**

모르는 분한테 신세 지는 건
내키지 않는데.

**솔렌**

신세랄 건 전혀 없어.
삼촌이랑 숙모는 정말 그런 거
개의치 않는 분들이야. 그래서
난 늘 친구들을 데려가.

---

가스파르와 솔렌은 생말로에 간다.
그곳 바다에서 수영하고
카페에서 식사를 한 뒤, 솔렌의
삼촌 댁으로 간다. 아직 집에는
아무도 없지만 솔렌이 열쇠를

갖고 있다. 거실 벽에 기타 한 대가
세워져 있다. 가스파르는 기타를
집어 들어 조금 쳐본다.

가스파르
너희 삼촌 기타야?

솔렌
아니, 우리 마이웬 숙모 거야.
괜히 건들지 마.

가스파르
걱정 마. 칠 줄 알아.
가스파르는 기타를 조율한 뒤,
휘파람을 불며 연주한다.
이 노래 알아?

솔렌
아니, 모르겠는데.

가스파르
노래를 부르며
"난 해적의 딸, 날 해적
아가씨라고들 부르지."

솔렌
아, 뱃노래잖아!

가스파르
이 노래 몰라?

솔렌
그 노랜 모르겠어.
노래 좋다.
그다음도 알면 계속 불러봐.

가스파르
그다음도 아주 잘 알지.
왜냐면 내가 만든 노래거든.

솔렌
거짓말!

가스파르
진짜야.
가스파르는 가방에서 악보를 꺼내
솔렌에게 건넨다.
자, 받아. 악보 볼 줄 알아?

Fille de Corsaire

Sébastien Erms

솔렌
응, 볼 줄 알아.
합창단이었거든.

솔렌은 흥얼거리며 한 번 악보를
읽고 나더니, 그다음엔 거의
머뭇거리지 않고 노래를 부른다.

솔렌
멋지다! 정말 네가 만든 거야?

가스파르
응, 정말이야.
너 목소리가 참 예쁘구나…
난 노래 만드는 게 좋아.
수학공부에서 좀 벗어나게
해주거든. 보통은 블루스를
만드는데, 얼마 전에 어떤
늙은 어부의 노래를 듣다가
아이디어가 떠올랐어.
가사를 쓰는 건 더 어려워.
렌에서는 시인인 친구가
있어서 그 애랑 같이 작업해.
그 노래가 너무 구닥다리
같지 않으면 너 줄게.
원래 그 노랠 선물하려던
여자애는 좋아하지
않을 것 같거든.

솔렌
마르고?

가스파르
아니. 다른 애.

솔렌
여자친구?

가스파르
뭐, 그런 셈이지.

솔렌
그런 셈이라니?
어중간하면 그냥 깔끔히 헤어져.

가스파르
안 그래도 그럴 셈이야,
만약…

솔렌
만약 뭐?

가스파르
만약 걔가 돌아오지
않는다면 말야. 지금 여행을
갔는데 나한테 편지 한 통
없거든.

솔렌
어디 갔는데?

가스파르
스페인.

솔렌
남자랑?

가스파르
아니. 그건 아냐. 자기 언니랑.

솔렌
언제 오는데?

**가스파르**

일주일 전에 왔어야 해.

**솔렌**

그에게 몸을 기대 누우며
그렇다면 더욱더 헤어져야겠네!

가스파르는 솔렌을 안고 어루만진다.

**가스파르**

지금 그러고 있다고 볼 수 있지.
넌? 넌 남자친구 있어?

**솔렌**

두 명. 한 명은 지난주에
차버렸고, 다른 한 명은
오늘 차버렸지.

그들은 웃다가 키스한다…
삼촌과 숙모가 갑자기 들어온다.

———

배에 탄 모든 사람들이 바다를
둘러보면서, 아코디언 연주에 맞춰
가스파르가 만든 노래를 부른다.

"난 해적의 딸, 날 해적 아가씨라고들
부르지. 난 바람이 좋아, 난 파도가
좋아, 바다를 가로지르네. 군중을
가르듯, 군중을 가르듯, 군중을 가르듯.
어서, 어서, 나의 사랑스러운 배여,
빨리 서둘러야 하네. 발파라이소를
지나, 샌프란시스코로 노 저어 가려면.
인도양을 건너, 알류샨 열도까지
가려면. 이 세상 끝까지 가려네, 지구가

둥근지 보려네, 아무도 날 따라잡지
못하리. 절대 내 자릴 내어주지 않으리.
늘 곧게 배 저어 나아가리. 새하얗고
우아한 백조처럼, 백조처럼, 백조처럼."

———

배에 탔던 이들은 집으로 와
저녁 식사를 한다. 가스파르는 신이
나서 자신의 음악론을 이야기한다.
솔렌은 그 이야기에 감탄한다.
모두 건배한다.

**삼촌**

우리 예쁜 조카를 위해!

**가스파르**

우리의 아코디언 연주자를
위해!

**삼촌**

그가 돌아왔다고.

**아코디언 연주자**

어쨌든 정말 즐거웠어.

**삼촌**

꽤 괜찮은 항해였지!
그건 그렇고, 노래 말인데
도대체 어떻게 그런 곡을
쓰게 된 거야? 요즘 같은
록의 시대에, 정말 대단해!

**가스파르**

아니에요. 원래는 이런
음악을 전혀 만들지 않아요.

자작곡 대부분은 블루스죠.
클래식 기타가 있긴 한데,
보통은 잘…

그래, 그런 것 같더라.
음자리표에 플랫 세 개를
붙여놨던데, 그건 뭐 단조로
연주하면 됐으니까 괜찮아.
근데 제자리표를
여기저기 붙여둔 바람에,
내 아코디언으로는
애 좀 먹었지.

가스파르
쓰고 계신 아코디언이…

아코디언 연주자
그래, 다이아토닉
아코디언이라 음이 부족해.
그래서 후렴구에서 우리가
'라라라라' 하며 불렀던 거고.

삼촌
그건 그렇고, 해적의 딸이니,
해적 아가씨… 그런 생각은
도대체 어떻게 떠올린 거야?

가스파르
뱃노래풍의 곡을 쓰고 싶었는데,
원래 있던 테마의 새로운
버전으로는 만들고 싶지
않았어요. 그래서 오래된 주제를
현대화하는 대신, 제가 노래를

만드는 선원이 됐다고
상상하면서 만들어봤어요.

삼촌
하지만 뱃노래는 아니잖아?

솔렌
사랑 노래죠. 어떤 여자를
위해서 만든 곡이래요.

마이웬
너를 위한 곡이겠구나.

솔렌
아뇨, 그렇지도 않아요.
그건 다른… 됐어요.
어쨌든 나한테 이 노랠 선물로
줬어요. 참 다정하죠?

가스파르
그러니까 내가 그 노랠
만든 건…

솔렌
됐어, 변명할 필요 없어!

저녁 식사 후, 삼촌과 숙모는
알아서 잘 정리하고 자라는 말을
남기고 그들의 침실로 간다.
소파에서 솔렌과 가스파르는
서로를 어루만지며 키스한다. 솔렌이
갑자기 멈추며 말한다.

솔렌
잘 들어. 우리 삼촌 때문은
아니야. 삼촌은 이런 거 전혀

신경 안 쓰는 분이야. 그게
아니라, 나에게는 한 가지
원칙이 있거든. 넌 아마 그렇게
생각 안 하겠지만, 난 원칙이
있는 여자야. 처음 만난
남자와는 절대 자지 않는다는
원칙이지.

가스파르

나도 그래. 난 기다리는 걸
좋아해.

솔렌

잘됐네! 그럼 넌 저기
소파침대에서 자면 돼.
난 올라갈게. 잘 자.

가스파르

잘 자.

---

7월 30일 일요일
가스파르와 솔렌은 해변을 걷고,
일광욕을 즐기고, 거리를 산책한다.
늦은 오후, 디나르로 돌아온 둘은
거리에서 마르고를 마주친다.
마르고는 둘이 함께인 모습에 놀란
기색이다. 어색한 기류가 흐른다.

마르고
솔렌에게
어제 네 남자친구들이
널 찾던데!

솔렌

응, 알아. 난 생말로에 있었어.
가스파르랑 같이 삼촌 배를 타고
바다를 둘러봤거든.
너도 언제 한번 놀러 와.

마르고
고맙지만 난 안 될 것 같아.
식당 일이 바빠서 말이야.
그럼 난 가볼게.
둘이 좋은 시간 보내!

솔렌은 가스파르에게 자기가 묵는
친구 집에 같이 가자고 한다. 그곳에
옷가지를 가져다두었기 때문이다.
바다가 바로 앞에 펼쳐진 집에 도착한
가스파르는 영국식 건축물에 감탄한다.

가스파르
와! 너희 집 끝내준다!

솔렌

장난해? 우리 집 아니야.
친구네 집이라고. 볼래?
난 주방에서 자.

솔렌이 옷을 갈아입는 동안,
가스파르는 솔렌에게 다가가 입 맞추며
몸을 어루만진다. 하지만 솔렌은
그런 가스파르를 가볍게 밀어낸다.

솔렌

난 지금 바로 나가야 해.
그리고 말했잖아. 첫 만남엔
절대 안 한다고.

가스파르

그래, 당연하지.

솔렌

가스파르, 넌 정말 재밌어.
네가 참 좋아!
솔렌은 가스파르의 목을 끌어안는다.
참, 나는 8월 5일부터 휴가야.

가스파르

여기로 올 거야?

솔렌

아니, 절대. 넌?

가스파르

난 15일부터 낭트에서
일을 시작해. 그래서 그때까지
여기 있을 예정이었는데,
확실하진 않아.
넌? 어디로 갈 건데?

솔렌

모르겠어. 좀 돌아다니고 싶어.

가스파르

멀리 떠나려고?

솔렌

꼭 그런 건 아니야.
브르타뉴도 제대로 본 적이
없거든. 태어난 곳인데도
말이야.

가스파르

우에상 섬에도 못 가봤겠네.

솔렌

맞아. 가보고 싶어…
같이 갈래?

가스파르

그게…

솔렌

내가 데려갈게.
브레스트에 친구들이 사는데
거기서 자면 돼. 그러니까
네가 지금 빈털터리여도
상관없어.

가스파르

돈 문제가 아니야.

솔렌

그럼?

가스파르

생각 좀 해볼게.

솔렌

무슨 생각? 여자친구
무서워서 그러는 거야?
걔 지금 여기 없잖아.

가스파르

올 수도 있으니까.

솔렌

그럼 네가 선택해. 지금 당장!
난 대타는 되기 싫어.
갈 건지 말 건지 지금 말해…
어쩔 거야?

가스파르
잠깐만!

솔렌
안 돼…
하나, 둘, 셋.

가스파르
그래, 가는 걸로 해두자.

솔렌
"가는 걸로 해두자."는 안 돼.
그냥 "갈게."여야지.

가스파르
그래, 갈게.

솔렌
정말?

가스파르
그래, 간다고.

솔렌
정말 같이 가는 거지?

가스파르
그래, 갈게. 가자.

솔렌
그러다가 내빼면 우리 다시는
볼 일 없을 거야. 난 그런 일엔
타협 않는 사람이니까.

가스파르
이것도 너의 원칙들 중 하나야?

솔렌
이 원칙에도 예외란 없어.

---

7월 31일 월요일
오후, 가스파르는 마르고를 만나러
식당으로 간다.

마르고
우리 영악한 녀석이 여긴
어쩐 일이야?

가스파르
네 말이 맞았어.
걔 정말 괜찮더라.

마르고
괜찮기만 해?

가스파르
뭐, 말하자면 그렇다는 거야.

마르고
이제 안심이 됐어?

가스파르
뭐가 안심돼?

마르고
괜찮은 여자들이 존재한다는 거.
그리고 네가 말했던
너 스스로의 존재에 대해서.

가스파르
그런 의미라면, 맞아.

ÉRIC ROHMER

마르고
너 지금 좀 어리둥절하구나.

가스파르
우리 뭐 할까?

마르고
그 얘기 하기 싫어? 뭐, 이해해.
나랑은 계속 만날 거야?

가스파르
당연한 걸 왜 물어. 어쨌든 걔는
주중엔 여기 없어.

마르고
그렇구나. 난 대타네.
심지어 대타의 대타.
너 참 체계적이다!

---

가스파르와 마르고는 물이 빠져나간
생자퀴 해변을 산책한다.

가스파르
사실 말하고 싶지 않은데,
그래도 말할게. 내가 요즘
너에게 얘기했던 것과는
정반대되는 걸 경험해서 도저히
말 안 하고 견딜 수가 없네.

마르고
지붕 위에 올라가서
소리라도 지르고 싶은 거야?
아님 동네방네 돌아다니면서
떠들고 싶어?

가스파르
아니, 그저 너한테 말하고 싶어.

마르고
너무 기분이 좋아?

가스파르
응, 맞아.

마르고
우쭐해?

가스파르
우쭐한 건 아니야.

마르고
너 우쭐한 거 맞아. 너 얼굴 좀
한번 봐. 난 쫓겨난 강아지처럼
사랑 앞에서 쩔쩔매는 널 귀엽고
딱하다 생각했었는데.

가스파르
솔렌에 대해 오해했었어.

마르고
알고 보니 네 타입이야?

가스파르
아니. 하지만 공통점이 많아.
레나랑보다 확실히 더.

마르고
그래서 누굴 선택할 건데?

가스파르
처음엔 그냥 흘러가는 대로
뒀어. 레나에게 갚아주고

싶은 마음이었거든. 혹은 걔가
구애를 받을 때 도대체 어떤
심정일지 나도 느껴보고 싶어서.
레나에게 늘 쩔쩔매는 게
지겨웠거든. 이번엔 걔가 나한테
뭐라고 따져주길 바랐던 거야.
그러다 지금은 솔렌이라는 애
자체에 매력을 느끼게 됐어.

마르고
그래서?

가스파르
그래서 결정을 내렸어.
만약 레나가 주말 전까지
돌아오지 않으면,
솔렌이랑 우에상 섬으로
떠날 거야.

마르고
생각에 잠기며
그래?

가스파르
응. 솔렌도 거기
정말 가고 싶대.

마르고
안전하게 가겠다 이거구나!
이쪽이 안 되면
저쪽으로 가면 되니까.

가스파르
그렇게 말하지 마!

마르고
결국 너한텐 모든 여자가
다 똑같은 셈이구나.

가스파르
난 그 반대를 이야기하고
있는 거야!

마르고
너한테 실망했어. 네가 그런
하찮은 여자애한테 넘어갈
거라고는 생각도 못 했어.

가스파르
그런 애 아니야!
그리고 솔렌이랑 만나보라고
날 떠민 건 너였어.

마르고
아, 지금 한 말은 정말
최악이네. 넌 네 생각에
자신도 없는 거야?
가스파르는 마르고의 팔을 잡으려
하지만 마르고는 뿌리친다.
대타라는 내 표현은 정확했어!
너 정말 짜증나. 너도 다른
남자들이랑 똑같아. 허영에
눈이 멀어서는 어떤 위험도
감수하지 않고, 어쩌다 멍청한
여자 하나가 넘어오면 본인이
대단한 뭐라도 된 줄 알지.
내가 지금 너랑 뭘 하고 있는
건지 정말 모르겠다!
마르고는 뒤돌아 뛰어간다.

가스파르
마르고를 쫓아가며
왜 그러는 거야!
마르고! 마르고!
넌 지금 내가 하는 말을
다 오해하고 있어!
가스파르는 마르고를 붙잡는다.

마르고
오해한 거 하나도 없어!
죄다 제대로 이해했거든…
가스파르는 마르고의 팔을
붙잡는다. 마르고가 몸부림을 친다.
약간의 몸싸움이 벌어진다.
이것 좀 놓으라고!

가스파르
마르고를 놓으며
미안해. 아팠어?

마르고
팔을 문지르며
그래, 아팠어.

가스파르
나도 아팠어.

마르고
잘됐네, 그럼.

그들은 호흡을 가다듬고 서로의
얼굴을 바라본다. 마르고는
옅은 미소가 새어나오는 것을
참을 수가 없다.

가스파르
우리 이렇게 바보같이
헤어지게 되는 거야?

마르고
그래, 바보같이.
그거 알아? 너의 그
어리석음이 널 구한다는 걸.
난 널 진지하게 생각하고
싶지도 않아. 남자들은 멍청해,
정말 멍청하다니까!
여자가 아무리 형편없고
어리석고 바보 같아 봐야
남자들 발끝에도
못 미친다고.

가스파르
네 말이 맞아. 난 바보야.
내가 말을 잘못했어.
그런 말을 하려던 게 아니었어.
반대로 난…

마르고
됐어! 그만해,
난 다 이해했어.
네 상황을 짐짓 심각한 것처럼
꾸미지 마.

가스파르
그게 아니라 난 레나를
절대 배신하지 않겠다는
말을 하고 싶었던 거야.
레나가 날 배신하지 않는다면.

마르고
넌 정말 웃겨.
늘 자기변명하기 바쁘지.

가스파르
솔렌에게 우에상에 같이
가자고 내가 제안한 게 결코
아니란 걸 네가 알았으면
좋겠으니까. 대화를 하다 그냥
나온 말이었다고. 내가 어떻게
동시에 두 여자애한테 거길
같이 가자고 얘기했겠어.

마르고
두 명이라고? 세 명이지.
난 잊었구나.

가스파르
그건 농담이었잖아!

마르고
아, 다른 여자애들하고는
진지하고, 나하고는 실없는
농담이나 하는구나. 너한테
우정은 장난이고 가벼운 사랑은
진지한 일이네.

가스파르
넌 시간이 안 되잖아!

마르고
네가 어떻게 알아?
나 대신 식당 서빙 대신해줄
사람은 쉽게 구할 수 있다고.

가스파르
좋아. 그럼 같이 가자!

마르고
내가 그러자고 하면
넌 아주 난처해질걸.

가스파르
그렇지 않아. 이미 나
스스로를 도저히 풀 수 없는
복잡한 상황에 몰아넣었거든.

마르고
내가 그걸 풀어줄 거란
기대는 마.
마르고는 걸터앉았던 바위에서
일어난다. 가스파르는 마르고를
따라간다. 마르고는 그를 바라보더니
미소 짓는다.
우리 화해할까?
미안해. 내 반응은 좀
예측하기 어려워.
마르고는 바짝 다가서서
가스파르의 얼굴을 어루만진다.
그러니까 그걸로 단정 지어
생각하지 않았으면 좋겠어.
친구라고 해서 애인이 그러는
것처럼 과민하게 반응하지
말란 법은 없잖아. 나에게
너에 대한 어떤 이미지가 있었던
것뿐이야. 내가 익숙해져야겠지.

가스파르
나한테 실망했어?

마르고
아니, 그 반대야. 네가
풍기는 이미지처럼 바보는
아니란 걸 알게 됐어.
넌 여자들한테 인기가 있어.

가스파르
내가 바라는 애한테서는
전혀 없지.

마르고
너가 걔 정말 원하는 건 맞아?

가스파르
옳은 질문이야. 잘 모르겠어.
기다려보면 알게 되겠지.

마르고
잘 선택해야 할 거야.

가스파르
그럴 수 있을까.

마르고
네가 선택을 할 수밖에 없는
상황이 됐으면 좋겠어.
그럼 네가 배우는 게 있겠지.

가스파르
장담하는데 난 선택할
필요조차 없게 될 거야. 어차피
둘 다 날 차버릴 테니까.

마르고
도대체 그 비관적인 확신은
뭔데? 네 속마음은 전혀

안 그런 거 알아.
아, 너 정말 싫다. 가끔
물어버리고 싶다니까!

가스파르
어디 한번 물어봐!

마르고
그럼 네 여자친구들이
뭐라고 하겠어?
마르고는 가스파르의 목을 무는
흉내를 낸다. 그러고는 그의 입술에
아주 짧게 입 맞춘다.
그러고는 멀어지며 말한다.
적어도 이건 흔적은
안 남으니까. 하지만 아껴서
조금씩 써야 하는 거라고.

---

8월 1일 화요일
아침, 가스파르는 마르고에게서 온
전화를 받는다. 마르고는 이모와 함께
차를 타고 생말로에 장을 보러 가야
해서 오후에 만날 수 없다고 말한다.
가스파르는 자전거를 타고 혼자
생뤼네르로 간다. 해변에서 한 여자가
그를 부른다. 레나다.

레나
가스파르!

레나는 가스파르에게 뛰어온다.
그들은 입 맞춰 인사한다.

가스파르
난 네가 안 오는 줄 알았어.
언제부터 여기 있었던 거야?

레나
막 도착했어.
너한테 전화하려고 했지.

가스파르
내 편지는 받았어?

레나
응. 근데 렌에 도착해서야
받았어. 난 네가 아직도 여기
있을 줄 몰랐어.

가스파르
너 있는 곳 주소를 나한테
알려주지 그랬어.

레나
아! 내가 안 알려줬구나.
맞아. 어쨌든 난 여기 없었어.
그리고 이것 봐, 너한테
따로 알릴 필요도 없이 우리
이렇게 다시 만났잖아.
레나는 가스파르에게 바짝 기대
다정하게 몸을 어루만지며 그를
바라본다.
멋있어졌네. 피부도 좀 탔고.
딱 좋은데. 뭐 하던 중이야?

가스파르
아무것도.
그냥 여길 지나고 있었어.

레나
날 찾고 있던 거 아니야?

가스파르
그건 아니야.
난 네가 안 올 거라고
생각했거든.

레나
봐, 이렇게 왔잖아.
안 좋아? 혹시 다른 계획이
있었던 거야?
이리 와, 저쪽 해변에
내 사촌들이 있어.

레나의 사촌들은 비치발리볼을
하고 있다. 그들은 가스파르에게
같이 하자고 권한다. 다른
사람들만큼 능숙하진 못하지만
그는 그럭저럭 해낸다.
그 후 레나는 가스파르를 데리고
암석 해안을 따라 산책에 나선다.

레나
널 이렇게 다시 만나서
얼마나 기쁜지 몰라.
레나는 가스파르의 팔을 잡는다.
넌 안 믿을지 모르지만,
요즘 네 생각을 많이 했어…
넌 쉽게 잊을 수 있는
사람이 아니야. 가까이
있을 때보다 멀리 있을 때
더 낫다는 생각이
들 정도야.

가스파르
떨어지며
그럼 멀리 갈게!

레나
그를 따라잡아서 다시
자신의 곁에 데려오며
실없이 굴기는!
방금 그 말은 칭찬이었다고.
넌 멀리 있어도 존재감을
잃지 않는 사람이라는 뜻이었어.
마치 좋은 그림처럼.

가스파르
그래, 무슨 말인지 알아.

레나
…반면에 금세 존재감이
사라지고 마는 사람들도
있잖아. 최근에 만났던
사람들이 그랬거든.

가스파르
누굴 만났는데?

레나
당장 우리 언니 남자친구부터
그래. 심성이 나쁜 사람은
아닌데, 얼마나 짜증나게
굴던지, 휴, 넌 절대 모를 거야!
그런 타입의 사람들은 그 누구의
의견에도 절대 동의하지 않아.
우리가 희다고 말하면 그 사람은
검다고 말하는 식이지.

우리 언니가 그 남자를 도대체
어떻게 참고 만나는지 모르겠어.
게다가 거기서 싫은 소리
듣는 건 주로 나였다니까.

가스파르
넌 제대로 반격해냈을 것
같은데.

레나
당연하지. 처음엔 나도
그 게임에 몰두했어.
근데 그 남잔 유머감각이라곤
찾아보기 힘든 사람이거든.
2주를 그렇게 보내고 나니까
정말 너무 지치더라.
내 머리가 어떻게 안 된 게
이상할 지경이었다니까.

가스파르
2주라니?

레나
내가 너한테 말 안 했나?
2주 있다가 그 둘하고 헤어졌어.
프랑스로 돌아가서
이탈리아로 넘어간다길래.

가스파르
그런데 넌 집에 돌아가지
않았던 거야?

레나
기분전환이 필요했거든.
그래서 오던 방향을 틀어서

195

딴 친구들을 보러 갔어.
예전에 보러 가겠다고 어렴풋이
약속한 친구들이 있었거든.

가스파르
그래? 누군데?

레나
넌 모르는 애들이야.
아마도.

가스파르
어디로 갔는데?

레나
그라스 근처.

가스파르
아, 거기라면 2년 전에
네 전 남자친구 집이라며
갔던 곳이잖아.

레나
그 남자애 집에 간 거 아니야.
그 애의 친구들 집에 간 거야.
그리고 올해 걔는 아예 거기
없었어. 우린 이미 끝난 사이야.
걱정할 거 없어.

가스파르
나한테 편지를 쓸 수도
있었잖아.

레나
처음부터 거기 오래 있을
생각은 아니었어. 게다가 넌

질투가 심하잖아!
늘 이상한 상상을 하니까.

가스파르
그래서, 거기서 즐거웠어?

레나
별로. 그렇게 귀찮게 달라붙는
사람들은 처음 봤어.
하루 종일 서너 명이 내
뒤꽁무니만 쫓아오는 건 그렇게
유쾌한 일이 아니더라고.

가스파르
서너 명?

레나
적어도 세 명은 그렇게
나쁘지 않았어. 네 번째 남자는,
그냥 없던 얘기로 하자.
난 가끔 내가 멍청하고
못생겼으면 좋겠다고 생각해.
지금까지 난 항상 날 어떻게든
해보려고 달려드는 남자들밖에
만나보지 못했어. 정상적으로
얘기할 수 있는 남자는
한 명도 없었지. 남자가
여자에게 말을 걸 때, 99%는
그 남자가 속으로 다른 생각을
하고 있다는 게 정말
안타까울 따름이야.

가스파르
무슨 생각?

레나
남자들 저의 말이야.
순진한 척하지 마.
무슨 말인지 잘 알잖아.

가스파르
생각하는 게 뭐가 나빠.

레나
냉소적인 척하지 마.
너랑 안 어울려.

가스파르
냉소적인 게? 왜?

레나
그래, 냉소적인 거.
다른 사람들이랑 다를 바가
없잖아. 나는 너랑은
정상적인 대화가 된단 말이야.

가스파르
다른 남자들은 어떻길래?

레나
대화라는 걸 자기를 뽐내기
위한 과시의 도구로
삼으면서 닭장 속 수탉같이
굴지 않는 남자를 만나기란
하늘의 별따기야. 그리고
거기서 만난 세 명은 정말
가관이었지.

가스파르
그놈들 콧대를 꺾어줬겠지?

레나
당연하지. 하지만 늘 그렇게
방어적으로 구는 것도 피곤하기
그지없는 일이야. 그것 말고
다른 이유도 있었어. 그 남자들
때문만은 아니지. 남프랑스가
싫어지기 시작했거든.
선선한 날씨와 안개, 젖은
모래가 그리웠어. 밀물과 썰물이
없는 바다는 슬퍼.
우리 우에상에 언제 갈까?

가스파르
언제든. 내일 갈래?

레나
농담이지? 난 이제 막
도착했다고.

가스파르
어쨌든 월요일 전에 가야 해.
그 후엔 너무 늦어.

레나
내가 프로방스 지방에
있을 때 뭘 발견했는지 알아?
내가 묵었던 방에 오래된
책들이 엄청 쌓여 있었거든.
쥘 베른 책 같은 모험소설이
잔뜩 있었지. 그러다가
우연히 우에상이 배경인 책을
찾은 거야. 난파선의 잔해를
모으는 삼촌을 둔 소년이
화자로 등장하는 이야기였어.

가스파르

어린이책 문고판
『바다의 비밀』 말이구나.

레나

어머, 그 책 알아?

가스파르

당연하지! 어릴 때 늘
머리맡에 두고 자던 책이었는데.
그 책 내용은 거의 달달
외우고 있어. 거기 나오는 모든
인물 소개도 할 수 있고.
중산모를 쓴 맹함 영감, 대부로
나오는 프리장 선장, 코르센,
르 루안, 마리 나우르…

레나

근데 그거 어린이책 아니야.
공쿠르 상을 받은 작품이라고.

가스파르

그 책이 받은 건 아니야.
앙드레 사비뇽이라는 그 책의
작가가 받은 거지. 『비의
소녀들』이라는 다른 작품으로.
그 책 배경도 우에상이지만
어린이책은 전혀 아니야.
섬에 사는 여자들의 어둡고
우울한 삶에 대한 책이거든.
나중에 빌려줄게.

레나

아, 그래! 거기 꼭 가봐야겠다.

레나는 가스파르에게 다가와 안긴 뒤,
수평선을 바라보며 노래한다.

"난 몇 달간 떠나네, 마르고를
남겨둔 채. 돛을 높이 올려라!
산티아노! 그 생각을 하면
내 마음은 몹시 아팠지,
생말로의 불빛을 뒤로한 채."

가스파르

놀란 기색을 애써 감추면서
무슨 노래야?

레나

「산티아노」. 이 노래 몰라?

가스파르

알지. 당연히 아는 노래야.

레나

저기 좀 봐! 지금이랑 딱
맞잖아. 안개 속에서 어렴풋이
생말로가 보여. 저 바로 앞에.

가스파르

정말이네.

그들은 방파제 쪽으로 다시 올라간다.

레나

나한테 뱃노래 하나
만들어준다지 않았어?

가스파르

맞아. 근데 아직 완성이
안 돼서…

레나
서둘러!
내가 떠나기 전에.

레나는 가스파르를 사촌들과의
저녁 식사에 초대한다.
식사 중에 음악에 대한 이야기가
오고 간다. 사촌 중 가장 나이가
많은 남자는 음악을 하는데
가스파르와 취향이 정반대다.
가스파르는 그의 단호한 말투에 제대로
대답하지 못한다. 피곤해진 레나는
가스파르와 다음 날 포티니에르에서
만나기로 약속한 뒤 자러 간다.
레나의 사촌들은 가스파르에게
식사 후 같이 클럽에 가자고
제안하지만, 그는 최대한 정중히
거절한다.

---

8월 2일 수요일
늦은 아침, 가스파르는
마르고에게 레나가 왔다는 소식을
전하러 온다. 그는 식당 테라스에 있는
마르고를 발견한다. 마르고는
그에게로 내려온다. 둘은 방파제를
따라 잠시 함께 걷는다.

가스파르
너한테 전화했었는데.

마르고
자고 있었어.

가스파르
오늘은 내가 시간이
안 될 것 같아서.

마르고
레나가 왔구나!
봐, 그렇게 절망에 빠질
이유가 없었잖아.
그럼 다른 앤 어쩌려고?

가스파르
문제 될 거 없어. 걔랑 깊게
만나지 않았으니까 잘된 거지.
어쩌면 안 만난 거나 다름없어.
솔렌은 예쁘고 매력적이지만,
레나는 유일한 존재야.
레나가 완벽히 이상적인 여자는
아니지만 나에게는 이상에
가까운 존재라고. 그러니까
내 타입의 여자인 거지.
내 마음이 그걸 너무나
확실하게 느끼는데 제대로
설명할 수가 없어.

마르고
너 이렇게 흥분하는 거
처음 본다!

가스파르
아마 내가 솔렌을 만나지
않았다면 스스로 얼마나
레나를 아끼고 있는지 깨닫지
못했을 거야. 그 일이
나에게 확신을 줬어.

**마르고**
아, 그래?
너 정말 활기가 넘치는구나.
내가 다 기분이 좋네.

**가스파르**
그래서 너한테 얘기하는 거야.
저번처럼 기분 나쁘게
생각하지 않을 줄 알았어.

**마르고**
내가 뭘 기분 나빠했는데?

**가스파르**
아무것도 아냐. 아무 말도
안 한 걸로 치자.

**마르고**
자신을 부르는 이모에게 대답하며
네…!
가스파르에게
날 찾으시네.
가스파르의 뺨에 입 맞추며
네 사랑에 행운을 빌어!

---

약속시간, 가스파르는 만나기로 한
장소에 와 있다. 레나는 오지 않는다.
가스파르는 레나가 있는 집으로 전화를
걸지만 아무도 받지 않는다.
저녁이 되어서야 레나와 통화가 된다.

**레나의 목소리**
미안해. 널 만나러

갈 수가 없었어. 우리 계획이
바뀌었거든. 난 사촌들 사정에
맞춰야 할 수밖에 없잖아.
차도 없고. 하지만 내일은 갈게.
정말이야!

---

8월 3일 목요일
늦은 오후, 가스파르와 레나는
생뤼네르의 롱상 해변을 산책한다.

**레나**
어제 일은 미안해.
하지만 너한테 어떻게
연락을 할 수 있었겠어?
넌 집에 계속 없지,
나도 집에 거의 없지.
그리고 집에 있어도 사촌들이
늘 전화기를 붙들고 있다고.
어쨌든 말한 것처럼 난 거기서
별로 자유가 없어. 어쩔 수 없이
해야 하는 것들이 있지.
세드리크와 토마가 뭘 하자고
얘기하면 거절하기가 어려워.
난 어쨌든 손님이니까.
물론 재밌는 일들이라
더욱 그래. 내일은 저지 섬에
갈 거야. 사촌들의 영국 친구가
골프 경기에 초대했대.

**가스파르**
너 골프도 쳐?

레나

아니. 그래도 조금은
칠 줄 알아. 배우고 싶고.
그리고 일요일엔
가든파티가 있대.

가스파르

그럼 언제 돌아오는데?

레나

월요일. 혹시 화요일이
될 수도 있고. 왜냐면…

가스파르

그럼 우리 여행은?

레나

아직 시간이 있지.
그렇다고 한 주가
끝나버리는 게 아니잖아.

가스파르

그건 안 돼! 모르겠어?
수요일에 떠나는 건
불가능하다고! 난 월요일부터
일해야 한단 말이야.
방 열쇠를 받아야 해서
토요일에는 무조건 낭트에
있어야 하고. 또 렌에 들러서
짐도 챙겨야 하니까!

레나

그럼 수요일, 목요일, 금요일
이렇게 3일이나 있으니 됐네.
그리고 너도 알다시피 지금

같은 성수기에 우에상에서
자고 온다는 건 불가능에
가까워. 당일로 다녀오자.
넌 거기서 우리가 뭘 하길
바라는 거야? 난 섬을 둘러보고
싶지만, 자고 오긴 싫어!

가스파르

그렇게 얘기 안 했었잖아!

레나

난 아무 말도 안 했어.

가스파르

난 시간에 쫓기는 게 싫어.
늦어도 일요일 저녁엔
돌아오면 어때.

레나

그건 힘들어.

가스파르

네가 정말 가고 싶었다면…

레나

내가 어쩔 수 있는 상황이
아니야. 그렇게 놀란 표정
짓지 마. 사흘이면
충분하고도 남아!

가스파르

난 서두르는 게 싫다니까.

레나

스스로 남들과는 다르길 바라는
남자라기에 넌 모험심이 정말

너무 부족해. 너의 그런 소심한
면이 싫어. 너한테 있는 그런
관료적인 태도 말이야.

가스파르

관료적이라니! 정말 별 얘길
다 들어보네! 여행엔
원래 준비가 필요한 거야.
뱃사람들에게 한번 물어봐.
그 사람들도 관료적인 거야?

레나

넌 뱃사람이 아니야.
흔하디흔한 피서객일 뿐이지!

가스파르

그래, 나도 내 처지가
그렇단 건 알아. 하지만 운이
좋으면 숙소를 잡을 수
있을지도 몰라. 텐트도 있고.

레나

자고 오기 싫댔잖아!

가스파르

결국 나랑 같이 지내기 싫어서
이러는 거라고밖에 이해가
안 돼. 우린 휴가의 일부를 같이
보내기로 했지만, 결국 난 널
못 본 거나 마찬가지야.

레나

다시 한 번 말하지만, 난 지금
사촌들 집에 묵고 있어.
그래서 걔들이랑 시간을 같이

보내야 해. 사촌들은 지금 네가
내 시간을 너무 많이
빼앗는다고 생각하고 있다고.

가스파르

말도 안 돼! 걔들한테도
여자친구가 있을 거 아냐.
그럼 네가 남자친구 만나는 거
이해할 거야!

레나

걔들은 그 남자가 너라는 걸
이해 못 하는 거야.

가스파르

하고 싶은 말이 뭐야?

레나

그런 거 없어. 그냥 걔들의
생각을 얘기하는 거야.
사촌들은 도대체 내가 네 어디가
좋다는 건지 모르겠대. 걔들
말로는… 그러니까 넌 내 상대가
안 된대. 우리가 우에상에
같이 가면, 친구끼리 가는
여행이라고는 여기지 않을 거야.

가스파르

중요한 게 사촌들 생각이야,
네 생각이야?

레나

그러니까 내 말은…
걔들은 내가 네 여자친구라고
생각은 하는데… 그렇다면…

음, 못되게 말하긴 싫지만…
어쨌든 나도 네가
내 남자친구로는
부족하다고 생각해.

가스파르
그래서 하고 싶은 말이
뭐냐니까?

레나
그런 거 없어. 하지만 그럼
내 상황이 좀 난처해져.
날 조금이라도 좋아한다면 날
이해해줘. 난 네가 친구로서
날 대할 때가 훨씬 좋아.

가스파르
나에게 넌 친구 이상의
존재란 거 잘 알잖아.

레나
그렇겠지… 안타까운 일이야.

가스파르
엊그제 우리 좋았잖아.
후회하는 거야?

레나
네가 지금 날 후회하게
만들고 있잖아…
정말 좋게 말해서 그래.

침묵이 흐른다. 두 사람 모두 잠시
넋을 잃는다. 갑자기 레나의 걸음이
빨라진다. 가스파르는 레나를

따라잡으며 그녀의 손을 잡는다.
레나는 손을 뿌리친다.

레나
싫어!

가스파르
그냥 손만 잡을게!

레나
싫다고!

가스파르
말에 맞게 제스처를 취하며
아님 팔을 잡을게.
아님 어깨는?

레나
뿌리치며
싫다고 했잖아!
날 그냥 놔둬!

가스파르
다시 레나의 손을 잡으며
손만 잡을게.
뭘 하려는 게 아니야!

레나
싫어!

가스파르
도대체 왜 그러는 건데?

레나
그냥 그러는 거야!
너한테 해줄 설명 같은 건 없어!

왜 난 항상 네가 원하는 걸
해야 하는 거야? 넌 내가
원하는 걸 하지 않는데?
다른 남자들에게도 이 말을
똑같이 했어. 난 내 주변에
있는 모든 남자들보다 훨씬
더 나아. 왜 그들이 나한테
자기들 의지를 강요하는지
모르겠어. 난 아무에게도,
절대 그 어떤 남자에게도
눈곱만큼의 내 자유도 넘기지
않을 거야. 진정한 사랑을
찾으면 그 사람에게만
줄 거라고. 내가 사랑이라고
믿었던 두 남자가 있었어.
내가 틀렸었지. 세 번째엔
틀리지 않을 거야!

레나는 목메어 운다. 가스파르가
그녀를 위로하려고 가까이 다가오자
레나는 그를 밀쳐낸다.

레나

날 내버려둬.
그냥 내버려두라고!
레나는 달리기 시작한다.
돌아보며 말한다.
날 그냥 두라고 했잖아.
그냥 돌아가!
한 걸음만 더 가까이 오면,
다신 널 안 볼 거야!

---

8월 4일 금요일
가스파르와 마르고는 차에 타 있다.

가스파르

넌 우리가 다시는 못
볼 거랬지. 근데 이거 봐.
난 지금 완전한 자유의 몸이야.

마르고

레나가 내일 돌아오잖아?

가스파르

아니야. 월요일이나
되어야 올 거야.

마르고

너희들 여행은 어쩌고?

가스파르

우에상 가는 거? 좀 어렵게
됐어. 어제 좀 안 좋게
헤어졌거든. 걔하곤 늘 그런
식이야. 어떤 날은 완전히
흰색이었다가, 다른 날은
완전히 검은색이야.
화요일엔 우리가 알고 지낸
이후로 가장 하얀 날이었는데,
어제는 제일 시커멨어.
뭐, 잿빛에 가까웠지.

마르고

그래서? 안 갈 거야?

가스파르

가긴 가는 거지. 하지만 난

왜 굳이 거길 당일로 다녀와야
하는지 모르겠어. 레나가
마지막 순간에 안 가겠다고
하지만 않는다면 어쨌든 가겠지.

마르고
그럼 솔렌이랑 가.

가스파르
절대 그럴 일 없어.

마르고
차이고 나서, 같이 못 갈
이유가 뭐 있어?

가스파르
레나에게 약속했으니까.
그리고 걔가 거길 꼭 가고
싶어 하는 것 같아.

마르고
네가 저번에 그랬잖아.
레나가 안 오면…

가스파르
하지만 왔잖아. 그리고
그 얘기로 너도 화가 났었고.
넌 다 맞는 말만 했지.

마르고
참, 너 내일 솔렌이랑
만나기로 하지 않았어?

가스파르
맞아. 10시에 보기로 했어.

마르고
만나러 갈 거야?

가스파르
당연하지.
가서 설명을 할 거야.
그리고 좀 보려고.

마르고
뭘 봐?

가스파르
차이를 보려고. 그럼
비교가 될 테니까, 그렇게
레나를 사랑하는 내 마음을
다시 확인할 수 있겠지.

마르고
그 반대의 일이 일어나면?

가스파르
어쩔 수 없지. 그럼 내가
레나를 더는 사랑하지
않는다는 거니까. 당연히
그럴 가능성도 있어.

마르고
그럼 솔렌이랑 같이
가게 되는 거야?

가스파르
어쨌든 우에상은
같이 안 갈 거야.

마르고
레나랑 헤어져도?

가스파르
혹시라도 내가 거길 가게
된다면, 너랑 갈 거야.

마르고
그 애랑 가는 것보다
나은 선택 같진 않은데.

가스파르
그렇지 않아!

마르고
난 당연히 그만큼 중요한 사람이
아니잖아. 근데 갑자기 왜
그렇게 레나한테 화가 난 거야?
엊그제는 그렇게 흥분을 하더니.

가스파르
아무 이유 없어. 어쨌든 레나
말이 맞아. 난 걔랑 잘될
가능성이 전혀 없어. 사실 그
얘길 예전에도 했었지.
그런데 이번엔 그 말이 믿어져.

마르고
그럼 친구로는 어떤데?

가스파르
네가 훨씬 낫지.
비교가 안 될 정도로.

마르고
걔는 왜 그렇게 늦게 왔대?

가스파르
몰라. 남자들이랑 있었대.

마르고
애인들?

가스파르
그런 것도 아니야.
뭐, 아니길 바라는 거지.
난 걔한테 질문 안 해.

마르고
그럼 걘 너한테 질문해?

가스파르
걔도 안 해. 본인만
신경 쓰기에도 바쁜 애야.

가스파르와 마르고는 차에서 내려
라트 곶의 작은 숲속을 산책한다.

마르고
걔한테 솔렌 얘기는 해봤어?

가스파르
레나한테?
아니! 제정신이야?

마르고
너도 참 뻔뻔하구나.

가스파르
나도 레나한테 완전히
솔직했으면 좋겠어.
하지만 불가능해.
걔가 과민반응할 게 뻔하니까.
게다가 첫날엔 정말 꿈처럼
완벽한 날이었는데 거기에
먹구름을 몰고 오고 싶지

않았어. 그리고 둘째 날엔
비바람이 불기 시작했는데 그걸
태풍으로 바꾸고 싶지 않았지.
거짓말하기도 싫고.

마르고

무슨 소리야?
그렇다면 더욱더 말을 해야지.

가스파르

그렇지 않아. 왜냐면 만약
내가 아무 말도 하지 않으면
걔는 나에게 아무 질문도 하지
않을 테고 그럼 난 거짓말할
필요가 없어지잖아. 하지만
내가 말을 한다면, 어떻게
걔한테 진실을 말할 수 있겠어?
나 자신도 진실을 모르는데.
내가 솔렌을 좋아하는 걸까?
좋아하지 않는 걸까? 거기에
대답을 한다면 그게 어떤 쪽이든
난 과장해서 말하는 게 될 거야.

마르고

그럼 나는? 내 얘긴 했어?

가스파르

아니.

마르고

나에 대해선 하나도
숨길 게 없잖아. 그리고
날 어떻게 생각하는지 네가
알고 있으면 좋겠는데.

가스파르

당연하지. 하지만 다른
할 얘기가 많았어.

마르고

식당에서 서빙하는 여자애랑
산책 다닌다는 것보다는
중요한 얘깃거리였겠지.

가스파르

그만 좀 해! 너가 그렇게
말하는 거 싫어.

마르고

알았어. 하지만 걔한테
다른 여자들 얘기를 하면,
아마 걔가 너한테 더 관심을
가질지도 몰라.

가스파르

난 억지로 관심받고 싶지 않아.
그냥 걔가 있는 그대로의
나에게 관심을 가져주길
바라는 거야. 게다가 지금
내 문제는 그게 아니야. 걔가 날
사랑하는지가 아니라, 내가 걜
사랑하는지 아는 게 문제라고.
마르고는 풀 위에 앉는다.
화요일에 레나랑 정말
좋았을 때도, 너무나 행복했지만
진짜는 아니었어.
난 내 자신이 아니었던 거야.
가스파르는 마르고와 멀지 않은
곳에 가 앉는다.

네가 좋아할 만한 얘기를
해줄게. 나 자신이 되는 건
너랑 있을 때뿐이야. 솔렌이랑
있을 때도 그런 느낌은
받지 못했어. 여행을 하는
기분이었달까. 정확히는 어떤
이야기 속에 들어가 여행하는
기분이었어. 내가 아닌
어떤 인물을 연기하면서.

마르고
레나랑은?

가스파르
그 애의 빈정거림에 대처하기
위해 만들어낸 인물을
연기하지. 걔가 날 그렇게
만들어. 레나는 자기방식으로
날 판단하기 때문에,
내가 원하든 원하지 않든
난 나 자신일 수가 없어.

마르고
넌 나랑 있을 때도 계속 변해.
너에 대한 내 생각이 계속
달라지고 있는 걸 보면.
처음에 난 널 사랑에 빠진
소심한 남자라고 생각했어.
그다음엔 어리숙한 바람둥이,
그다음엔 보기보다 영악하다고,
그다음엔 오히려 망나니에
가깝다고, 그다음엔 그렇게
망나니는 아니고 실은 용감한

구석도 있지만 어쨌거나
약았다고 생각했지.

가스파르
그렇게 틀리지 않았네.
그럼 넌 나랑 있으면 불편해?

마르고
전혀 안 그래.

가스파르
너 자신 그대로인 걸 느껴?

마르고
응. 이상할 거 하나 없지.
원래 애인이랑 있을 때보다
친구랑 있을 때 나 자신으로
있기 쉬운 거잖아. 연극을 할
필요가 없으니까.

가스파르
애인과의 여행으로 우에상에
가는 건 별로인 것 같아.

마르고
내 생각도 그래.

가스파르
마르고에게 가까이 다가가며
그럼 나랑 가자.

마르고
가스파르를 안으며
또 그런다!
그럼 난 일은 어떻게 하고?

가스파르
휴가 낼 수 있다며.

마르고
그렇겠지. 근데 넌 다른
여자들에게 약속했잖아.
걔들이 거절한 것도 아니고.

가스파르
그럼 내가 거절할래.
난 널 선택했어. 널 위해
모든 걸 다 포기할래.

마르고
날 위해 아무것도
포기하지 마.

가스파르
사실 내가 널 위해 포기하는
건 아무것도 없어. 왜냐면
어차피 둘 다 날 차버릴 거니까.
대신이라는 생각에 기분 나빠?

마르고
가스파르에게 기대며
아니. 그런 것들은 개의치
않아. 있지, 나 우에상에 가고
싶어. 바람도 쐬고 싶고,
며칠이라도 식당을 떠나 있고
싶어. 너랑 며칠 내내 함께
보내고 싶어. 좀 위험하긴 해도
말이야. 하지만 그건 너한테
어쩔 수 없는 선택일 뿐이겠지.
그리고 난 절대로 그 역할을

맡고 싶지 않아. 우린
나중에 가자. 혹시 네 일이
정말 잘 안 풀린다면 그때.
겨울은 어때? 그때가
가장 좋을 때야.

그들은 키스한다.
마르고는 눈물을 닦으며 웃는다.

가스파르
왜 그래? 우는 거야?

마르고
아니, 웃는 거야.

가스파르
왜?

마르고
조금 떨어지며
왜냐면 지금 네 상황이 웃겨서.
거지가 하루아침에
백만장자가 된 꼴이잖아.
동시에 세 여자는 좀
많은 것 같지 않아?

---

8월 5일 토요일
아침 10시, 가스파르는
랑스 강가에 있는 수족관 위에서
솔렌을 다시 만난다.

가스파르
잘 지냈어?

209

솔렌
응. 근데 먼저 얘기해두지만,
나 이제 차가 없어. 망가졌거든.
그래서 기차로 가야 해.
1인당 200프랑 정도 될 거야.
같이 내자. 괜찮지?

가스파르
우에상 가는 데 문제가
좀 생겼어.

솔렌
우에상 가는 데?

가스파르
응. 사실 다른
여자애한테 같이 가기로
이미 약속했었거든.

솔렌
누구? 네 여자친구?
그럼 나한테 얘길 했어야지.
걔랑 가고 싶으면,
그럼 난 이만 갈게. 잘 있어.

가스파르
기다려! 내가 설명할게!
어쨌든 걔랑은 거기 안 가.
사이가 틀어졌어.

솔렌
걔가 돌아왔어?

가스파르
응. 근데 상황이 더 나빠졌지.

솔렌
그럼 도대체 뭐가 문젠데?

가스파르
말했잖아.
걔한테 약속했다고.

솔렌
나한테도 약속했잖아.

가스파르
하지만 걔한테 먼저
약속했어. 미안해. 너한테
말했어야 했는데.

솔렌
하지만 이제 끝났다며?

가스파르
끝났다고 해서 걔한테
이런 비열한 행동을
하고 싶진 않아.

솔렌
도대체 뭐가 비열하다는 건지
모르겠다. 헤어졌으면 넌 이제
걔한테서 자유로운 거야.

가스파르
다른 곳에 가는 건 어때?

솔렌
절대 그럴 일 없을 거야.

가스파르
건지 섬이나 사크 섬은 어때?

솔렌

그 섬들은 다 가봤어. 우리가
가기로 한 건 우에상 섬이야.
왜 바꿔야 하지? 그럴
이유가 없는데, 걜 다시
만나고 싶은 마음에 그 애의
심기를 건드리지 않으려는
게 아니라면 말이야. 그런
거라면 나한테 기대하지 마.
난 까다롭지 않아 보여도 어떤
점에 있어서는 아주 엄격해.
절대 양다리를 걸치지 않는다고.
나는 내가 선택한 쪽에 최선을
다해. 그리고 상대방도 똑같이
하길 요구하지. 남자들은
정말 형편없어. 어떤 위험도
감수하려고 들지 않지.
한 여자를 잡으면, 다른 여자가
확실해지고 나서야 그 여잘
놔주는 식이야.

가스파르

하지만 너도 저번에
남자친구가 둘이라고 했잖아.

솔렌

남자친구가 둘 있었지만
둘 다 차버렸다고 말했지.
그건 다른 거야. 한 명은
정말 내 남자친구였고, 다른
한 명은 남자친구랑 헤어지고
새로 사귀어볼까 싶은
애였어. 하지만 난 두 명 다

차버리는 걸 두려워하지
않았다고. 그래서 지금은
혼자가 된 거지. 하지만 넌…

가스파르

나도 혼자야.

솔렌

거짓말 마. 걔가 여기 와 있잖아.
지금 너희 집에 있어?

가스파르

아니라고 말했잖아.
우리 사이에 정말 아무 일도
없었어. 걘 지금 생뤼네르에
있는 사촌들 집에 있어.

솔렌

설마 마른 몸매에 금발
생머리인 여자애 말하는 건
아니지? 그리고 사촌들이라면…
설마 세드리크랑…

가스파르

토마.

솔렌

저런. 걔가 좋다고?

가스파르

놀랐어?

솔렌

놀랄 건 없어… 자, 그래.
그렇다면 걔랑 같이 가.

**가스파르**

걔가 가고 싶다고 해도
내가 이제 그러기 싫어. 문제는
그게 아냐. 이건 원칙의
문제라고. 너도 원칙이 있잖아.
나도 마찬가지야.

**솔렌**

그것참 괴상한 원칙이네!

**가스파르**

남자애이거나 아님 그냥
친구 사이인 여자애랑 우에상에
가는 거면 난 전혀 거리낄 게
없을 거야. 하지만 너랑은 달라.
다른 곳으로 가고 싶어.

**솔렌**

뭐가 다른지 모르겠는데.

**가스파르**

사실 다른 여자애한테도
같이 가자고 했었어…
마르고한테. 왜냐면 우리는
친구 사이일 뿐이니까.

**솔렌**

세상에, 넌 시간 낭비하는 법이
없구나! 난 세 번째네!
널 순수한 애라고 생각했는데!

**가스파르**

계속해. 나보고
냉소적이라고 하라고.

**솔렌**

냉소적? 아니! 넌 냉소적인
거랑은 거리가 멀어. 마음이
뒤틀린 쪽에 가깝지. 네가
마르고한테 약속을 한 건,
이해해줄게. 우정은 중요한
거니까. 심지어 사랑보다
중요할 수도 있어.
자, 얘기는 충분히 한 것 같으니,
이제 내 질문에 답을 해.
갈 거야, 말 거야?

**가스파르**

다른 곳은 정말
가기 싫은 거야?

**솔렌**

아! 정말 황소고집이네!
거기 갈 거야, 말 거야?
우에상에 갈 거냐고!

**가스파르**

그래. 네가 그 정도로 원한다면.

**솔렌**

후회 없지?

**가스파르**

네 생각과 달리 난 우유부단한
사람이 아니야. 내가 아까
문제가 좀 있다고 했었지.
그 문젠 이제 해결됐어.
최종적으로. 그렇다면, 같이
가자. 내일 아침 어때?

솔렌
안 돼. 내일은 여기랑
생말로에서 일이 있어.
월요일에 가자.

가스파르
더 늦어지면 안 돼. 난 여기에
금요일까지만 있을 거라.

솔렌
그래, 문제없어! 랑발에서
기차를 타면, 화요일에는
폭풍이 몰아쳐도 우린 배를
탈 거야. 우린 둘 다 뱃사람이나
다름없잖아.

솔렌이 노래를 부른다.

"난 해적의 딸,
날 해적 아가씨라고들 부르지."

행인이 뒤돌아보자,
솔렌은 다시 노래를 부른다.

"난 우에상의 딸,
행인들을 뒤돌아보게 만들지."

자, 그럼 난 이만 가볼게.
만나기로 한 사람들이
정말 많아서. 오늘 저녁엔
파티에 가는데, 널 데려갈 순
없어. 내일 전화할게.
내가 아침엔 자고 있을 테니까,
딱 오후 2시 반에 전화할게.
그때 집에 있을 거지?

가스파르
응, 그렇게.

———————————————

8월 6일 일요일
가스파르는 집에서 기타를 치다가
잠시 멈추고 시계를 본다.
오후 2시 35분이다.
다시 연주를 시작한 지 얼마 안 돼
곧 전화벨이 울린다.

가스파르
여보세요!

여자 목소리
아, 집에 있었네?

가스파르
응, 물론이지…
아, 레나구나?

레나의 목소리
다른 사람인 줄
알았던 거야?

가스파르
그건 아냐. 너 저지 섬
간 거 아니었어?

레나의 목소리
지금은 그래.
하지만 한 시간 뒤에
배를 탈 거야. 네 말이 맞아.
우에상에 갈 거면,
내일 떠나는 게 좋겠어.

가스파르
난 네가 이제 안 가고
싶어진 줄 알았는데.

레나의 목소리
무슨 소리야?
그 어느 때보다도 가고 싶어…
내 말 듣고 있어?

가스파르
그래, 듣고 있어. 그래서?

레나의 목소리
지난번 일로 날
원망하지 않았으면 좋겠어.
그땐 내 기분이 정말
별로였어. 하지만 이젠
천사처럼 굴겠다고 약속할게.
내 말 못 믿어?

가스파르
믿어, 믿지…

레나의 목소리
오늘 저녁에 널 만나고 싶어.
같이 저녁 먹자…
아, 이런! 동전이 다 떨어졌어.
내 말 들려?

가스파르
응, 그렇지만… 그게…

레나의 목소리
그럼, 포티니에르에서
8시 반에 봐…

전화가 끊어진다.
가스파르는 수화기를 내려놓고 서서
생각에 잠긴다.
잠시 후 전화벨이 다시 울린다.

가스파르
여보세요.

여자 목소리
가스파르?

가스파르
응, 나야.

솔렌의 목소리
나도 나야.
솔렌은 웃는다.
좀 전에 전화했는데
통화중이더라.

가스파르
친구들은 잘 만났어?

솔렌의 목소리
응, 근데 아직 다 못 만났어.
그리고 오늘 저녁엔
꼭 가야 하는 파티가 있어.
나랑 같이 가자.

가스파르
디나르야?

솔렌의 목소리
아니, 생말로.
우리 삼촌 집에서 자면 돼.
짐 챙겨와. 8시에

삼촌 집에서 보자.
같이 있는 친구들에게
그래, 알았어! 지금 간다고…!
친구들이 부르네.
그럼 끊을게.

솔렌은 전화를 끊는다. 가스파르는
난처해하며 일어나 벽난로에 기댄다.
그는 층계참으로 나가 난간에 기대어
줄곧 생각한다. 그러더니 다시
전화기 앞으로 가서 전화를 건다.

가스파르
여보세요! 마르고랑
통화 좀 할 수 있을까요…?
아, 지금 주방에 있어요…?
아니요, 그럼 그냥 두세요.
전 가스파르라고 하는데요,
최대한 빨리 저에게 전화 좀
달라고 전해주시겠어요?

그가 전화를 끊자마자
전화벨이 다시 울린다.

남자 목소리
여보세요. 가스파르?
안녕, 나 티에리야. 잘 지냈어?
드디어 그 물건을 찾았어.
저번에 너한테 말했던 8트랙
테이프 레코더 있잖아.
어떤 사람이 그걸 팔겠대.
엄청 좋은 조건으로.
우선 네가 3000프랑만 내면
나머지는 6개월 뒤에 받겠대.

가스파르
아, 정말? 진짜 잘됐다!
지금 저축해둔 거랑 다음 달
월급이면 괜찮을 것 같아.
좀 빠듯하지만 그래도 될 거야.

티에리의 목소리
그럼 당장 서둘러야 해.
네가 내일 아침에 무조건
라로셸에 가야 하거든.

가스파르
내일 아침?
근데 그건 좀…
아니야, 괜찮아.
아주 딱 맞아.
지금 당장 갈게. 고마워.

가스파르는 수화기를 내려놓는다.
다시 전화벨이 울린다.

마르고의 목소리
여보세요. 가스파르?
나 마르고야. 무슨 일이야?

가스파르
지금, 아니면 좀 전에?
왜냐면 지금이랑 아까는
전혀 다르거든. 지금은
기분이 좋아. 좀 전에는
슬펐고. 2분 만에 내 삶이
바뀌었어. 다 얘기해줄게.
난 5시 배를 타고 떠날 거야.
선착장에서 보자.

선착장. 가스파르는 마르고에게
작별 인사를 한다.

가스파르
사실 내가 솔렌이 원하는
대로 거길 가겠다고 한 건,
레나가 결국 마지막에
날 버릴 거라고 확신했기
때문이었어. 그리고 레나가
거길 가려고 일부러 저지 섬에서
돌아오는 걸 알았을 땐
부끄러움을 느꼈어.

마르고
너한테 잘된 일이지.
두 마리 토끼를 동시에
잡을 순 없는 거였잖아.

가스파르
셋이지.

마르고
이제 나도 끼워주는 거야?
고맙네.

가스파르
그리고 전화로 결정한다는 게
그렇게 쉽진 않더라고.

마르고
그래서 아무 말도 안 하고
그냥 이렇게 떠나려고?

가스파르
둘에게 편지를 쓸 거야.

마르고
뭐라고 할 건데?

가스파르
사실대로. 8트랙 테이프
레코더를 손에 넣을 수 있게
됐다고, 음악은 나에게
가장 중요한 거라고.
좋은 애들이니까 이해할 거야.

마르고
만약 음악이 없었더라면
넌 어떻게 했을까?

가스파르
그건 나도 정말 모르겠어.
이런 상황은 나도 살면서
처음이야. 지금까지 모든 일들은
다 제멋대로 결정됐지.
그리고 이번에도 마찬가지로
내 의지와 상관없이
결정되어버렸어. 이렇게 됐으니
이제 네가 원할 때 우리 둘이서
편안히 우에상에 갈 수 있어.

마르고
아! 내가 너한테 말 안 했나?
이제 그건 어렵겠어.
남자친구한테 편지가 왔는데,
9월에 돌아올 거래. 그래서
남자친구랑 가려고.

그 사람도 거길 무척
가고 싶어 해. 미안해.

가스파르

봐, 내 말이 맞았지. 나한텐
절대 아무 일도 생기지 않을
거랬잖아. 친구인 여자와의
순수한 여행조차도 허락되지
않지. 이게 내 운명이야.

마르고

아니. 그건 네가 그렇게
바라기 때문이야.

가스파르

그건 아니야!

마르고

맞아! 내가 한 말 잘 생각해봐…
자, 이제 가봐야겠네.
둘은 배로 향한다.
나 렌에 가끔 가. 그때 다시
만날 수도 있겠지. 다 잘되길
바랄게!

가스파르

우리의 산책을
절대 잊지 못할 거야.

마르고

나도.

마르고는 가스파르의 입술에 짧게
입 맞춘다. 가스파르가 조금씩
멀어지려고 하자 그를 붙잡더니

더 오래 키스를 나눈다.
배가 멀어지자 마르고는 손을 흔든다.
그러고는 돌아서며 눈물을 훔친다.

●

Conte d'automne
가을 이야기

개봉 ☞ 1998년 9월 23일
러닝타임 ☞ 1시간 45분

이자벨 ☞ 마리 리비에르
마갈리 ☞ 베아트리스 로망
에티엔 ☞ 디디에 상드르
제랄드 ☞ 알랭 리볼트
로진 ☞ 알렉시아 포르탈
레오 ☞ 스테판 다르몽
에밀리아 ☞ 오렐리아 알카이스
그레구아르 ☞ 마티외 다베트
장자크 ☞ 이브 알카이스
오귀스틴 ☞ 클레르 마튀랭

제작 ☞ 마르가레트 메네고즈
　　(레필름뒤로장주)
영상 ☞ 디안 바라티에
영상보조 ☞ 티에리 포르,
　　베트사베 드레퓌스, 프랑크 부바,
　　제롬 뒤크모주
음향 ☞ 파스칼 리비에
음향보조 ☞ 프레데리크 드 라비냥
편집 ☞ 마리 스테판
프로덕션매니징 ☞ 프랑수아즈
　　에셰가레
프로덕션매니징보조 ☞ 플로랑스 로셰

이자벨의 집, 오후.
오늘은 9월의 첫째 주 일요일이다.
이자벨과 그녀의 남편 장자크는
생폴트루아샤토에 있는 자택 정원에서
딸 에밀리아와 그녀의 약혼자
그레구아르와 함께 점심 식사를
마쳤다. 그들은 치즈와 함께 코트뒤론
와인 한 병을 맛본다.

그레구아르
이 와인 정말 좋은데요.
하지만 결혼식 와인은
저희 부모님이
준비하시기로 해서요.

이자벨
마갈리네 와인을 좀

가져다두면 그분들께
실례가 될까?
글쎄, 마흔 병 정도?

그레구아르
제가 부모님께 한번
말씀드려볼까요?

장자크
그래주면 고맙지.

에밀리아
엄마, 그럼 일이
복잡해질 거예요.

그레구아르
그렇지는 않아!
뭣보다 가까운 사람에게
좋은 일이잖아.

에밀리아
엄마 친구지 나랑은 안 가까워.
난 그분이랑 사이도 안 좋다고.

장자크
이번 기회로 둘이
화해하면 좋잖니.

에밀리아
아줌마가 원하지 않을걸요?
저도 마찬가지고요.

이자벨
내 가장 친한 친구가
내 딸의 결혼식에 안 오는 건
난 좀 그래.

에밀리아
우리가 와인을 사줘야만
아줌마가 오게 되겠죠?

이자벨
에밀리아, 그만 좀 해!

에밀리아
와인을 사든 안 사든,
어쨌든 아줌마는 오고
싶어 하지 않을 거예요.
그 시골에서 한 발짝도
안 나오신다니까요.
제대로 갖춰 입을 옷이나
있으실지 모르겠네요.

이자벨
어쩜 말을 그렇게
못되게 하니! 이건
네 일이 아니라 내 일이야.
내키지 않으면 내 친구랑
억지로 얘기할 필요 없어.
걔한테도 널 축하해달라고
부탁 안 할 거야.
이번 일이 마갈리가 외출할
좋은 기회라는 걸 좀
이해해주면 좋잖니.

에밀리아
오고 싶어 하지
않을 거라니까요!

이자벨
네가 어떻게 알아?

에밀리아
좋아요. 더는
아무 얘기도 안 할게.

그레구아르
도대체 왜 그렇게
그분한테 화가 난 건데?

에밀리아
별거 아냐. 2년 전에
아줌마네 포도 수확하는 데
갔다가 좀 다퉜거든.
성격이 정말 보통이 아니셔.
나보다 더하다니까!
그레구아르에게
네 앞날이 보이지?
에밀리아는 웃는다.
좋아요, 엄마. 알겠어요.
다 잊을게요. 아줌마가 오셔서
인사해준다면, 지난 악감정
없이 받을 거예요.

그레구아르
한 톨도 없어야지.

에밀리아
뭐라고?

그레구아르
한 톨도 없어야 한다고.
악감정 한 톨도 남기지
말아야지.

에밀리아
그레구아르에게 입 맞추며

뭐야, 그게!
하여튼 넌 정말 귀엽다니까.

---

다음 날 이른 오후, 이자벨은
차를 타고 나간다. 동제르몽드라공
운하를 지난 뒤, 부르생앙데올
다리를 따라 론 강을 건넌 이자벨은
아르데슈의 언덕 아래 위치한
마갈리의 집까지 나 있는
비포장도로로 접어든다.

---

마갈리의 집.
마갈리는 자전거를 타고 자신을
만나러 온 젊은 여자를 문앞까지
배웅하는 중이다. 마갈리는 둘을
서로에게 소개한다. 손님이 떠나자,
마갈리는 이자벨에게 좀 전에 본
젊은 여자가 어때 보였는지 묻는다.

이자벨
예쁘던데. 누구야?

마갈리
레오의 새 여자친구.

이자벨
레오는 같이 안 오고?

마갈리
걔는 포도밭에 관심 없어.
근데 아까 그 여자애는 그렇지
않아. 호기심이 많고 모든 것에

관심을 보여. 정말 괜찮은 애야.
레오한테 과분하지.

이자벨
과분하다고?

마갈리
응. 내 아들이긴 해도
난 그 아이가 부족하다는 거
잘 알아. 레오가 아까 걔보다
정신 연령이 적어도 다섯 살은
낮을걸. 그 여자애는 자기
철학 선생님을 좋아했다는데,
그러니까 더 이상한 일이지.
그래, 그래서 원래 나이 많은
남자를 좋아하는 그 아이가
레오를 홧김에 사귄다고 한 건
아닌지 사실 걱정이 돼.

---

마갈리와 이자벨은 포도밭을 둘러본다.
마갈리는 포도 한 송이의 무게를
손으로 헤아려본 뒤, 곧 포도가
잘 익을 거라는 걸 확인한다.

마갈리
정말 아름다워. 상태도 좋고.

이자벨
그러네.

마갈리
날 보고 정신 나갔다고들
하지만…

이것 봐, 이것 좀 보라고.
정말 아름답지.

이자벨
정말 훌륭해.

마갈리
내가 생산하는 게 다른 사람에
비하면 절반이나 될까.
나한테 중요한 건 생산량이
아니거든. 그저 잘 숙성되는
와인을 만들고 싶은 거야.

이자벨
89년산 와인은 정말 훌륭했지.

마갈리
그러니까 난 코트뒤론 와인이
오래 보관할수록 더
좋은 맛을 낼 수 있는
와인이란 걸 보여주고 싶어.
부르고뉴 와인처럼 말이지.
그래서 사실 일부는
더 오래 숙성하려고 따로
보관 중이야. 위험을 감수하고
시도해보는 거야.

이자벨
언제까지 보관하려고?

마갈리
모르겠어. 어쨌든
지금까진 잘 숙성되고 있어.
정말 잘되고 있지.

이자벨
그렇담 보관해야 하니까
나한테 와인 마흔 병은
못 팔겠네.

마갈리
그건 아니지. 사실 그냥
실험을 한번 해보는 거야.
정말로 맛이 더 좋아질지는
모르겠어. 지금 와인들은
안 그럴 것 같기도 해.

마갈리와 이자벨은
다른 구획을 살펴본다.

마갈리
자기 포도밭의 경계를 가리키며
저쪽은 이웃 포도밭이야.
엄청 깔끔한 거 보이지?

이자벨
그러게. 너네 밭이랑은
완전히 다른데.

마갈리
완전히 다르지.
잡초 하나 안 보이잖아.
아무것도 없어.

이자벨
넌 왜 이렇게 하는 건데?

마갈리
올해는 정말 욕을 많이 먹고
있어. 하지만 어쩌겠어.

이렇게 하기로 결심을
했는데. 왜냐면… 그러니까
잡초를 없애고 싶으면
제초제를 쓸 수밖에 없어.
하지만 제초제는 와인 맛을
망쳐버린다고.

이자벨
포도나무를 타고 올라오는 풀을
보여주며
이러면 포도가 제대로
못 자랄 것 같은데?

마갈리
조금 썩었네. 4월이나 5월에
밭을 더 갈았어야 했는데.
그런데 뭐 어쩌겠어.
모든 걸 다 해낼 순 없잖아.
땅에 난 다른 풀을 가리키며
여기 봐, 좋은 점도 있어.
이렇게 루콜라도 난다고.
샐러드에 넣으면 정말
끝내준다니까.

이자벨
향이 별로야.

마갈리
이거 안 좋아해?

이자벨
좋아하는데, 향이 좀.
다른 곳을 가리키며
여기 있는 이 꽃은 뭐야?

마갈리
야생 금어초.

이자벨
예쁘다!

마갈리
예쁘지.

이자벨
이름이 뭐라고?

마갈리
천천히 발음하며
야생 금어초.

이자벨
그렇구나.

마갈리
귀엽지 않아?

이자벨
너한테 이름을 물어보긴 했지만
어쨌든 난 내일이면
이게 뭐였는지 까먹을 거야.
기억력의 문제가 아니라
집중력의 문제야. 난 시골에
있을 때 뭔가에 너무 집중하고
있는 게 싫더라.
내가 싫어하는 것 중에 하나가
버섯 따러 가는 거라니까.

마갈리
산딸기는?

**이자벨**
그나마 괜찮아.
하지만 오래 하는 건 싫어.

**마갈리**
넌 도서관을 뒤지는 걸
더 좋아하지.

**이자벨**
아냐, 전혀 안 그래.
네가 틀렸어. 난 서점을
운영하는 거지, 책벌레는
아니야. 난 천성이
몽상가인가 봐. 시골에서나
도시에서나 말야. 그런데
시골 사람들은 도시 사람들보다
덜 몽상적인 것 같아.

**마갈리**
그렇지 않아. 시골 사람들도
꿈을 꿔. 돈 벌 꿈을 꾸지.
정말 바보 같은 생각인 게,
시골에선 돈을 벌 수 없잖아.
엄청 거물급이면 몰라도.
이런 말 하면 잘난 척한다고
생각할 수도 있는데,
난 내가 장사꾼이 아니라
장인이라고 생각해.
들어봐, 장사꾼이라니 얼마나
끔찍한 말이야!
난 땅 가지고 장사 안 해.
땅을 숭배하지.

차를 타고 덤불이 우거진 언덕을

오른 마갈리와 이자벨은 론 계곡과
프레알프의 전경을 감상한다.

**이자벨**
저기 좀 봐! 안개 속에
방투 산이 희미하게 보여…
이건 어디로 난 길이야?
어느 쪽으로 내려가게 되지?

이자벨은 좁은 오솔길로 걸어가본다.
마갈리는 뒤에 그대로 서 있다.

**마갈리**
아, 조심해!
거기 경사져 있어.
떨어지면 큰일 나.

**이자벨**
이건 노간주나무인가?

**마갈리**
아니, 향나무.

**이자벨**
아, 거의 맞혔는데!
여기 뱀도 있어?

**마갈리**
한 번도 본 적 없어.

**이자벨**
아니야. 보통 이런 덤불숲에
숨어 있을걸.

**마갈리**
독사 말이야?

이자벨
그렇다니까.

마갈리
그래서 무서워?

이자벨
그럼. 난 동물들이 무서운데
특히 뱀이 그래.

마갈리
말벌이나 꿀벌은?

이자벨
별로.

마갈리
그런 게 더 위험한 거야.

이자벨
말도 안 돼.

이자벨은 갑자기 걸음을 멈춘다.
가시덤불에 옷이 걸렸다.

마갈리
급히 달려오며
움직이면 안 돼!
그냥 그 자리에 가만히 있어.
마갈리는 가시덤불을 조심스럽게 잡아
옷에서 살짝 떼어 낸다.
이자벨은 소리를 지른다.
자, 됐어. 내가 이런 건 잘하지.

이자벨
고마워.

마갈리
이제 나와. 다음번엔 좀
조심하라고.

이자벨
고마워. 넌 정말 재주가 좋아.
손이 정말 섬세하다니까.

마갈리
맞아. 하지만 손에 힘이
없어. 그래서 힘이 드는
일을 할 때 정말 난처하다니까…
다행히 지금은 마르셀이
있지만… 이제 너무 나이가
들어서 곧 일을 그만두게
될 거야. 그래, 날 비웃어라.
어쨌든 이제 도움이
필요한 게 사실이야.

---

에티엔의 집.
로진과 그녀의 철학 선생님이었던
에티엔이 주변 들판을 바라보고 있다.

로진
여기는 포도 수확
시작했어요?

에티엔
어제 시작했지.

로진
마갈리 아줌마네는
다음 주에 시작한대요.

에티엔
마갈리?

로진
레오 어머니요.
에티엔은 로진을 품에 안고
그녀의 맨 어깨를 어루만진다.
에티엔의 손길이 과감해지자
로진은 뿌리친다.
안 돼요!

에티엔
별거 하지도 않았잖아.

로진
아니요. 너무 나갔죠.
약속한 거 잊었어요?

에티엔
친구로 지내자는 거 말이지.

로진
그 이상은 안 돼요.

에티엔
그 이상은 아니었어.

로진
이상이었어요!

에티엔
친구로만 지내는 건
쉬운 일이 아니야.
난 아직도 그 경계를
잘 모르겠어.

로진
난 정확히 알아요.
그러니 날 믿어요.

에티엔
그리고 너랑 나의 상황은
지금 균형이 맞지 않아.
너에겐 남자친구가 있고,
난 혼자고.

로진
그건 본인이 원해서잖아요.

에티엔
낮은 담장에 앉으며
내 나이에 여자를 찾는 건
그렇게 쉬운 일이 아니야.

로진
그걸 말이라고 해요!
여학생들이 죄다
당신만 찾잖아요!

에티엔
그 끝이 어딘 줄 알아?
후회만 남거나
로진이 그의 옆으로 와 앉는다.
그나마 좀 나아봐야,
기분 나쁘게 듣지 마,
순수와는 거리가 먼 우정이지.

로진
본인이 원하는 거잖아요.
당신은 애매함을 즐기는
사람이니까.

에티엔
항상 그런 건 아니야.
삶의 추가적인 부분이라고 할 수
있을, 그러니까 반쯤은 그저
꿈이고 반쯤은 실제로 일어나는
부분에 있어선 그럴지도 몰라.
하지만 나는 삶의 기본, 심오한
부분이라고는 표현 안 할게.
그건 두 부분 다 마찬가지니까,
어쨌든 기본적인 부분에
있어서는 애매한 걸 끔찍하게
여기는 사람이야. 만약 내가
여자랑 같이 살기로 결심한다면,
아마도 나보다 어린 사람과
살게 되겠지. 하지만 나이차는
합리적인 정도일 거야. 믿어줘.

로진
10년? 15년 차이?
내가 아는 당신이라면
적어도 이 정돈 되겠는데요.

에티엔
내가 젊은 여자만 좋아한다는
생각은 좀 버려. 그리고 넌
나이 많은 남자가 좋다더니,
올해는 새카맣게 어린 녀석을
만나고 있잖아.

로진
레오는 잠깐 만나는 거예요.
지금은 그냥 이 남자
저 남자 만나보고 있지만,

계속 그러진 않을 거예요.
그래요, 극에서 극을 오가니
재밌더라고요. 하지만 걔랑은
지적으로 통하는 구석이
없어요. 그러니까…
공통점이 없죠. 진정한
애정도 없고요. 걔네 엄마만
아니었더라면
벌써 차버렸을 거예요.

에티엔
이제 엄마들 말도 듣는 거니?

로진
아니. 그런 뜻으로 말한 게
아니에요. 난 레오보다
걔 엄마한테 관심이 있다는 걸
깨달았어요. 내가 좋아하는 건
바로 그분이에요. 완전히
반했어요.

에티엔
로진과 가까이 앉기 위해
자리에서 일어나며
엄마를 보고
남자를 골랐단 말이야?

로진
그건 아니에요.
하지만 그분을 처음 만났을 때
한눈에 완전히 반했어요.

에티엔
어떻게 그럴 수 있지?

**로진**
우리 사이가 딸과 엄마 같은
관계는 아니에요. 물론
어떻게 보면 내가 집을
떠난 그분의 딸을 대신하는
부분이 없잖아 있죠. 어쨌든
나이차를 못 느끼겠어요.
당신과 있을 때랑 좀 비슷해요.
그러니까 내가 당신 대신
택한 건, 레오가 아니라 그의
엄마인 셈이에요.

**에티엔**
날 질투하게 만들 작정이구나.

**로진**
충분히 질투할 만한 분이니까.

로진은 일어서더니 몇 걸음 멀어진다.

**에티엔**
그럼 만나면 같이
무슨 얘기를 나누는데?

**로진**
철학이요.

**에티엔**
정말?

**로진**
에티엔에게로 돌아서며
진짜로요. 당신이랑보다 많이.
책을 무척 많이 읽고,
아는 게 정말 많은 분이에요.

자연이나 인생, 사상 등에
대해서 당신이 나에게 줄 수
있는 것보다 훨씬 심오한 얘기를
들려주세요. 놀랍죠?

**에티엔**
그러게. 그럴 거라곤 정말
생각도 못 했는걸.

**로진**
게다가 미안하지만
난 당신과 있을 때보다 그분과
있을 때 더 편해요.
왜냐면 우리 사이엔 욕망이라는
게 존재하지 않으니까요.
그분은 나에게 속마음을
털어놓고, 나도 그분에게
내 속마음을 털어놓죠.

**에티엔**
내 얘기도 했어?

**로진**
아니요. 어쩌면 아주 어렴풋이
했을 수도 있겠지만.

**에티엔**
그 아들이 신경 쓰여서?

**로진**
잘못 짚었어요. 하고 싶어도
우리 얘긴 하지 못할 것 같아요.
사람들은 우릴 이해 못 해요.
우리 관계는 일반적인
범주에 속하지 않으니까.

로진이 에티엔 가까이 걸어가자,
에티엔은 로진을 본인 무릎 위에
앉히려고 한다. 로진은 화를 내며
빠져나간다.

에티엔
내 무릎에 앉지그래.

로진
싫어요. 불결해요.

에티엔
이건 특정 범주에
속하는 거라서?

로진
그래요.

에티엔
어디에 속하는데?

로진
에티엔의 무릎에 앉으며
제자를 유혹하는 선생의
범주에 속하죠.

에티엔
내가 너의 선생이었을 땐
아무 일도 없었는데?

로진
그랬죠. 그래서 내가 대학에
갈 때까지 기다렸던 거예요.
내게 더 이상 선생님은
아니지만, 그래도 처음 맺은
관계라는 게 그렇게 쉽게

사라지진 않죠.
로진은 일어선다.
내가 불결하다고 한 건
세속적인 의미가 아니라,
심오한 도덕적 의미에서예요.
당신의 운명이 제자들을
유혹하는 거라면, 그 운명을
고상하고 용기 있고 품위 있게
받아들여요. 매년 만나는
제자를 바꿔요. 후회도 미련도
없이요. 하지만 평생을
같이할 여자를 원한다면,
그에 걸맞게 여자를 고르세요.
처음부터요. 학생들 중에서
찾지 말고 다른 데서.

에티엔
그래. 그렇다면 어디서?

로진
직접 알아봐야죠.

에티엔
그래. 그런데 우리가 좀 전에
얘기하던 우리의 우정과
지금 이 얘기가 도대체 무슨
상관인지 잘 모르겠어.

로진
상관이 있죠. 아까 말했던
우리 상황의 불균형과
관련해서요. 맞아요. 어쨌든
난 지금으로선 순수한 우정이
불가능해요. 당신 앞에 서면

마음이 작년에 비해 훨씬 더
약해진 걸 느껴요.

에티엔
로진에게 달려와 그녀를 품에 안으며
그래서? 널 사랑한다,
널 평생 사랑할 거다, 이런 말을
나한테 듣고 싶은 거야?

로진
거칠게 몸을 빼며
본인 스스로 그런 말은
믿지도 않잖아요!
여길 오는 게 아니었어요.
이번 일이 교훈이 되겠죠.

에티엔
로진! 그렇게 가지 마!

로진
이제 가면 언제 다시 볼지
몰라요. 그리고 그 기간이
얼마나 될지는 온전히 당신에게
달렸어요. 당신이 여자를
찾을 때까지 우리 더는 만나지
않기로 해요. 간단하고 분명한
일이잖아요. 완전히
실현 가능한 계획이고요.

에티엔
그때 가서 내가 널 더는
보고 싶지 않다면?

로진
그럼 우리의 우정은 더 지속될

필요 없는 연약한 것이었다는
사실이 증명되는 거죠.

---

이자벨의 서점, 뒤이어 마갈리의 집.

이자벨은 오후에 서점을 나서며
직원에게 가게 문을 닫을 때쯤
돌아오겠다고 말한다.

마갈리네 포도밭의 수확이 시작되었다.
일이 끝나갈 때쯤 도착한 이자벨은
집 앞에서 마갈리를 기다린다.
마갈리와 이자벨은 함께 마당에
앉는다.

마갈리
의자에 털썩 주저앉으며
올해는 아주 좋을 것 같아.
하지만 일이 얼마나 많고
고된지! 잘된 거지, 뭐.
이럼 잡생각이 없어질 테니까.

이자벨
왜 그렇게 우울해하고 그래.

마갈리
맞아. 가끔 그래.
저번에는 엄청 기분 좋았어.
아마 로진 덕분이었을 거야.

이자벨
혹시라도 너의 행복이
그 아이한테 달렸다는 그런 말은
하지 마. 네 딸도 아닌 애야.

마갈리
내 딸은 이제 곁에 없지.

이자벨
나도 마찬가지야.
그게 순리잖아.

마갈리
하지만 나에게 발렌틴은
너에게 에밀리아가 갖는
의미보다 훨씬 컸어.

이자벨
그걸 네가 어떻게 알아?

둘은 일어나 주방으로 간다.
마갈리는 손을 씻고 계속 대화를
하면서 간단한 식사를 준비한다.

마갈리
내가 말할 수 있는 건,
내가 로진에게 느끼는 감정은
딸한테 느끼는 것과는 완전히
다르다는 거야. 로진은
내 딸의 자리를 대신하지
못할 거야. 1년 전 발렌틴이
자기 남자친구랑 같이 살겠다고
집을 떠났을 때, 난 순진하게도
그 자리를 레오가 대신할 줄
알았어. 하지만 반대로 레오와
내 사이는 더 멀어졌지.
그러고 나서 로진을 만난 거야.
물론 로진이 내 공허한 마음을
채워주진 못해. 하지만

그 대신 나에게 다른 걸 줘.
차분함이랄지 안정감이랄지.
발렌틴과는 늘 폭풍이
몰아쳤잖아. 열정적이었고.
이제 나의 유일한 열정은
일에 대해서뿐이야.

이자벨
하지만 발렌틴 때문에
너 많이 힘들어했잖아.

마갈리
그랬고말고!
난 그 애가 하는 일을
한 번도 찬성했던 적이 없어.
걔 남자친구들은
죄다 맘에 안 들었고…

이자벨
난 예비사위한테 그런 감정은
전혀 없어. 에밀리아가
그 아이와 함께 행복하다면
된 거지. 넌 이제 너 자신을
좀 더 돌봐야 해.

마갈리
그러고 있어. 잊기 위해
일을 하잖아. 외로움을 잊기
위해서 말이야.

마갈리와 이자벨은 마당으로
다시 나왔다.

이자벨
뭐 하나 얘기해도 돼?

마갈리
응.

이자벨
난 네가 그리워하는 게
아이들이 아니라고 생각해.
아이들 문제에 있어서는
너나 나나 별반 다를 게 없어.

마갈리
남자를 말하는 거야?

이자벨
아니라고 생각해?

마갈리
맞아. 네 말이 완전히
맞다고 생각해.

이자벨
그럼 문제가 간단하네.

마갈리
간단하다고? 가장 어려운
문제를. 내 나이에는
차라리 포도밭에서 보물을
찾는 게 더 쉬워.

이자벨
네가 얼마나 예쁜데,
그런 소리를 해.

마갈리
남자들은 너처럼 생각 안 해.
대개는 젊은 여자들을 좋아하지.
게다가 이미 다 임자가 있고.

이자벨
여자들은 안 그런데 어떻게
남자들이라고 다
임자가 있겠어? 너 신문에
올라오는 구혼광고 같은 건
한 번도 안 봤어?

마갈리
뭣 하러 그런 걸 보겠어? 넌 봐?

이자벨
가끔. 읽어보면 재밌거든.

마갈리
그래, 바로 그거야.
변태나 멍청이들뿐이니까.

이자벨
꽤 괜찮은 사람들도 있어.
현대 사회에서 너만큼이나
외로운 사람들이지.
너 혼자만 그런 게 아니야.

마갈리
그래서 지금 나더러
광고를 내라는 거야?
절대 그런 짓은 안 해.

이자벨
그런 말은 안 했어.
근데 사실 안 될 건 또 뭐야?

마갈리
그런 거 순전히 사기라는 거
너도 잘 알잖아.

이자벨
꼭 그렇진 않다니까.
내 주변에 그렇게 만나서
결혼한 여자도 있어.

마갈리
그래서 지금 행복하대?

이자벨
응, 그런 것 같아. 뭐 어쨌든
나만큼은 행복해 보여.

마갈리
잘됐네. 기적이란 게
존재하는구나…
하지만 그건 남들 얘기지,
내 얘긴 아니야. 서로 우열을
가리기도 어려운 형편없는
남자들을 줄줄이 만나가며
시간 허비할 생각 추호도 없어.
정말 좋은 남자를 만날
확률은 천분의 일, 아니지,
만분의 일도 안 되는데 말이야!
게다가 그 방식도 참 맘에
안 들어. 마치 나를 내다파는
느낌이랄까. 난 그런 식으로
만난 사람은 절대
사랑할 수 없을 거야.

이자벨
그거 체면 깎일 일 아니야!

마갈리
그래! 이제 그 얘긴

그만하자. 더 하면 나 이제 좀
화날 것 같아.

이자벨
도대체 왜 그러는 거야?
널 도우려고 한 말인데.

마갈리
이자벨을 안으러 다가가면서
고마워. 그리고 미안.
참 고마운데 네가
내 민감한 부분을 건드렸어.
네가 정확히 본 거야.
난 남자를 만나고 싶긴 한데
동시에 그걸 위해 아무것도
하고 싶지 않거든.

이자벨
내가 널 도와줄 수 있어.

마갈리
그래, 날 도와줄 수 있지…
정 안 되면 네 주변에 있는
남자들 중에 한 명을
소개해줄 수도 있잖아.
아는 사람 많지 않아?

이자벨
그렇지. 근데 다들
결혼을 했어. 하지만 한번
생각해볼게. 예를 들면
우리 서점에 혼자 오는
남자들이 많으니까.
관광객들도 많이 오고…

잠깐, 내가 무슨 바보 같은
소리를 하는 거야.
사실 어려운 일인데.
내가 그 남자들한테 가서
"사실 저… 저한테 솔로인
친구가 있는데요…"
이런 식으로 말을 걸 순 없잖아.
어쨌든 한번 생각을 해봐야겠어.
방법을 찾아볼게.

---

서점, 저녁 6시.
이자벨은 지역신문 《라트리뷴》을
사서 서점으로 돌아간다.
직원이 퇴근 준비를 하는 동안
이자벨은 구인광고란을 살핀다.

---

이자벨의 집.
저녁 식사 중인 이자벨은 다른 곳에
정신이 팔려 있다. 밤이 되었지만
잠이 오지 않는 이자벨은 주방으로
내려와 생각에 잠긴다. 이자벨은
종이박스 한 귀퉁이를 찢어 거기에
뭔가를 적어 내려간다.

---

서점, 다음 날 아침.
서점에 혼자인 이자벨은
몇 번이고 고쳐 쓴 끝에
광고문구를 완성한다.

"45세, 남편과 사별, 장성한 자식
둘 있음, 유쾌하고 밝고 붙임성 있는
성격. 하지만 시골에서 혼자 살고 있음.
신체적, 정신적 아름다움을
동경하는 남자를 찾고 있음."

---

아비뇽, 탕튀리에 거리.
로진은 친구 오귀스틴과 함께
카페테라스에서 얘기를 나눈다.
레오가 그 길로 걸어온다.

로진
나 찾고 있던 거야?

레오
그렇다고 볼 수 있지.
너한테 전화를 열 번이나
했어. 근데 아무도 전화를
안 받거나 오귀스틴이 받아서
너 집에 없다고 하더라.
그리고 넌 나한테 절대 다시
전화를 안 했고.

오귀스틴
사실이야.
쟤가 전화할 때마다
놀라울 정도로 항상
내가 받는다니까. 쟤도 이제
좀 지쳤을 거야.
자리에서 일어서며
자, 그럼 난 갈 테니까
둘이 얘기 좀 해.

로진에게
간다! 이따 저녁에 봐!

로진
와서 앉아…
뭐 좀 마실래?

레오
아니. 곧 일어나야 돼.
나한테 전화 좀 주지 그랬어.

로진
그래. 하지만 너도 집에
없었잖아. 난 개강 전에
꼭 일자리를 구해야 한단
말이야. 부모님이 월세만
간신히 도와주고 계셔.

레오
그럼 나랑 같이 살면 되지.

로진
싫어!

레오
왜?

로진
왜냐면 난 아직 너무 어리니까.
벌써부터 남자랑 같이 살고
싶지는 않아. 가끔씩 너네 집에
가는 걸로 충분해.

레오
가끔씩? 정말 어쩌다
한 번씩이겠지.

로진
그러는 게 맞지.
이제 방학이 끝났잖아. 그러니
공부도 두 배로 해야 하고.

레오
그래. 근데 공부는 낮에 하잖아.

로진
밤에는 쉬어야지. 푹 자고.

레오
나랑 같이 자면 되지.

로진
토요일만 그러자.

레오
날 사랑하지 않는 거야?

로진
난 지금 내가 누군가를
사랑할 수 있는 만큼 널 사랑해.

레오
'지금'이라니?
너 아직도 그 선생 좋아해?

로진
그 사람을 잊진 않았지.
잊고 싶은 마음도 없고.
하지만 걱정 마.
우리 더는 같이 안 자기로 했어.
그뿐 아니라 한동안
만나지 않기로 했어.

레오
왜?

로진
친구로 다시 보기 위해서.

레오
별로 믿음이 안 가는데.

로진
난 그럴 수 있을 거라 믿어.
너도 믿었으면 좋겠어.
안 그럼…

레오
안 그럼 뭐?

로진
이 얘긴 더 하지 말자.
나 너희 엄마 댁에 포도
수확하러 가는 거
알고 있어?

레오
가서 돈 몇 푼 제대로 못 벌걸.

로진
상관없어. 지금 나한텐
그것 말고 다른 일도 없어.
게다가 난 마갈리 아줌마가
너무 좋아. 너도 올 수 있어?

레오
아니. 난 그 일 안 좋아해.
수업도 벌써 시작했고.

로진
저녁에 와서
자고 가면 되잖아.

레오
너랑 같이?
제정신으로 하는 얘기야?

로진
왜 안 돼? 나 저번에
네 침대에서 자고 왔는데.

레오
내 꿈 안 꿨어?

로진
꿈을 안 꿨어.
너무 피곤했거든.
다시 거기서 자고 싶어.
이번에는 너랑 같이.

레오
그건 안 돼.
내가 너무 불편해.

로진
엄마 때문에? 기뻐하실걸.

레오
엄마가 너한테 하고 싶은 대로
하게 그냥 두지 마. 우리 엄만
뱀파이어 같은 사람이라고.

로진
전혀 그렇게 안 느껴지는데.

레오
난 엄마가 자기 식으로
내 인생을 통제하는 거
바라지 않아. 엄만 누나 인생도
그렇게 망칠 뻔했다고.

로진
너희 엄만 네 인생을
지지하고 계실 뿐이야.

레오
엄마가 내 인생을
지지하는 것도
반대하는 것도 다 싫어.

로진
그럼 우린 더 자주 못 보겠네.

---

마갈리의 집.
로진은 포도를 수확하는 동안 찍은
사진을 마갈리에게 보여준다.
그중에는 에티엔을 찍은 사진도 있다.

마갈리
그 사진을 낚아채며
누구야? 너희 선생님?
잘생겼는데.
레오가 왜 질투하는지 알겠네.
이 사람 결혼은 했어?

로진
아니요. 하지만 열다섯
살짜리 아들은 있어요.

마갈리
이 사람이 나이 어린
자기 학생들을 그렇게
쫓아다닌다는 거야?

로진
쫓아다닌 건 저예요.
아주 괜찮은 사람이고요.

마갈리
아무리 그래도 너한테
아버지뻘은 돼 보이는데.

로진
그래도 아줌마한테
아버지뻘은 아니죠.
로진은 마갈리를 뚫어져라 바라본다.

마갈리
그래서 어떻다는 거지?

로진
그러니까…

마갈리
도대체 다들 나한테
왜 그래? 다들 날 결혼시키고
싶어 안달이구나.

로진
싫으세요?

마갈리
아니. 나도 남자를 만나고 싶지.
하지만 내가 조건이
좀 까다로워. 이분이 그런

수많은 조건에 맞는 사람은
아니겠지. 그리고 나도 이분
맘에 안 들 테고.

로진
왜 그렇게 생각해요?

마갈리
이유야 간단하지.
누가 시골 아낙네랑
살고 싶겠어.

로진
우선 아줌마는 시골 아낙네가
아니에요. 그리고 이분은 자연을
사랑하는 사람이에요. 시골에
정원이 넓은 집을 갖고 있죠.

마갈리
난 이 사람한테 나이가
너무 많아.

로진
나이보다 훨씬 젊어 보이세요!
그래요, 이분이 젊은 여자를
좋아하는 건 사실이에요.
하지만 그가 원하는 건
젊음이에요. 젊은 신체와
정신이요. 그런 젊음 면에서는,
몇 년 만에 아줌마가
되어버리는 스무 살 여자애보다
아줌마가 훨씬 더 젊어요.
그렇게 잘 늙지 않는 특권을
타고난 여자들이 있죠.

마갈리
정작 이 사람이 맘에 든다고
말한 적 없거든.

로진
그렇죠. 하지만 맘에 안 든다는
말도 안 하셨잖아요…
언제 한번 데려올게요.
괜찮으시죠?

마갈리
그럼 미리 알려줘야 해.
그래도 행색을 갖추고 있어야
하잖아. 왜냐면 난 그런 계략은
별로 안 믿거든.

로진
계략을 꾸미는 게 아니에요.
그냥 소개하려는 거예요.

마갈리
그래, 그렇다 쳐.
그런데 뭐 하러? 너도 잘 안될
거라는 걸 알잖아. 그리고
레오가 뭐라고 하겠니?

로진
레오는 자기 엄마 인생에
관심 없어요.

마갈리
아무리 그래도 그렇지!
네 전 남자친구가 시아버지가
될지도 모르는 일인데.
분명 레오는 불편해할 거야.

그리고 너한텐 더욱
불편한 일이 되겠지.

마갈리
아니요. 그 반대예요.
솔직히 레오랑 평생 만날 건
아니니까요. 현실을 직시해야죠.

마갈리
네가 나를 질투하게
될 수도 있지. 나도 널
질투하게 될 수 있고.

로진
안 그럴 거예요. 저랑 에티엔은
진짜 끝난 사이라니까요.
예전엔 그 사람과의 나이차가
불편하게 느껴지지 않았는데
이젠 불편해요. 전 그냥
그 사람과 우정만 간직했으면
좋겠어요. 그리고 그러려면
그 사람이 꼭 다른 여자를
만나야 해요.

마갈리
알겠다. 이건 너한테도
무척 중요한 일이구나.

로진
맞아요… 그리고 한 가지만
더 얘기하자면…
로진은 마갈리에게 다가가
그녀 품에 기댄다.
한 가지만 더 얘기하자면,

만약 제가 그에게 품은 우정을
그가 만나는 여자에게 똑같이
느낀다면, 제 마음속에 아직
남아 있는 욕망의 흔적은
완전히 사라질 거예요. 그는
나에게 금기시되고, 저도
그에게 금기시될 테니까요.
아, 그런 일이 진짜 일어난다면
얼마나 좋을까요!

마갈리
너 좀 걱정된다. 지금 너
꿈꾸고 있는 건 아니?

로진
꿈꾸는 건 제 권리잖아요.

로진은 웃으며 마갈리의 품에
다시 안긴다.

마갈리
넌 나보다 훨씬 더 미친 것 같아!

---

몽텔리마르, 루제드릴 광장.
자전거를 타고 도착한 로진은
작은 광장에서 자신을 기다리던
에티엔을 만난다.

에티엔
잘 지냈어? 네가 나한테
전화 안 했으면 난 너한테
전화 못 했을 거야. 하지만 네가
너무나 보고 싶었어.

로진
겨우 2주 지났어요.

에티엔
알아. 하지만 난 훨씬 더 오래
널 못 볼 거라고 생각했으니까.
그럼 네가 무척 그리웠겠지.
그리고 그 생각이 날
견딜 수 없게 만들었어. 널 정말
오랜만에 보는 느낌이야.

에티엔은 로진의 뺨을 어루만진다.
로진은 재빠르게 몸을 피한다.

로진
이러지 마요.

에티엔
넌 여전히 우리가 친구로
다시 만날 수 있다고 생각하지
않는구나. 난 지금 그런데.

로진
전 별로 안 그래요.

에티엔
그 말뜻은 뭐야? 너도 혹시…

로진
착각하지 마세요. 당신이 누굴
만나기 전엔 우리 사이에 우정이
불가능하다는 얘기니까.

에티엔
이해가 잘 안 돼. 그럼 왜
나한테 전화한 거야?

로진
바로 그것 때문에 전화한
거예요. 진도를 좀 빠르게
나가보려고요.

에티엔
시간이 걸리는 일이라고,
시간이. 몇 달, 몇 년이
걸릴지도 몰라.

로진
꼭 그렇진 않아요.
제가 그 상대를 찾은 것 같아요.
당신한테 관심을 보였어요.

에티엔
몇 살인데?

로진
마흔 조금 넘었어요. 하지만
열 살은 더 어려 보이죠.

로진은 에티엔에게 사진 한 장을
건넨다. 에티엔은 그 사진을
유심히 바라본다.

에티엔
정말 그러네.

로진
나랑 닮지 않았어요?

에티엔
갈색 곱슬머리긴 하지만
표정은 매우 다른걸.

로진
마음에 안 들어요?

에티엔
그런 말은 안 했어.
하지만 사진 한 장으로
결정할 순 없지.

로진
지금 당장 결정하라는 거
아니에요.

에티엔
나한테 관심을 보였다며.
나를 알아?

로진
당신 사진을 보여줬어요.

에티엔
이 여자를 넌 어떻게 아는데?

로진
레오의 엄마예요.

에티엔
화를 내며
너 정말 미쳤구나! 난 됐어!

로진
왜요?

에티엔
당연한 걸 뭘 물어!
난 네 시아버지가 될
생각 없다고!

로진
난 레오랑 계속 만나지
않을 거예요!

에티엔
그럼 걔네 엄마랑은?

로진
그건 관계없죠!
그분은 계속 만날 거예요.
당신이 곁에 있다면
더 자주 보겠죠.

에티엔
난 네 친구의 애인이 될 수 없어.

로진
난 당신이 적의 애인이 되느니
친구의 애인이 되는 편이
좋아요.

에티엔
그렇게 되면 난 네 친구를 두고
너와 바람피우고 싶을 거야.

로진
당신에게서 바로 그런 마음을
없애고 싶은 거라고요.

에티엔
그래, 넌 상관없겠지.
날 사랑하지 않으니까.

로진
당신을 친구로서 사랑해요.

에티엔
말은!

로진
그렇다면 난 내가
얘기했던 걸 계속할 수밖에
없어요. 당신이 여자를
찾기 전까지는 당신을 다시
만나지 않겠어요. 내가 찾은
사람은 당신이 싫다니까요.
어쩔 수 없죠.

에티엔
너처럼 똑똑한 애가
이게 말도 안 되고
우스꽝스럽다는 걸 모른다니
이해가 안 돼.

로진
나보다 훨씬 똑똑한 당신이
이런 우스꽝스러운 일에
이토록 민감하게 구는 게 이해가
안 되는데요. 정말 만나보고
싶지 않으세요?

에티엔
어떻게 만나?

로진
저와 함께요.
내 친구들을 서로 소개해줄 수
있는 거잖아요!

에티엔
좋아. 대신 그 아들은 같이

있으면 안 돼. 그럼
이도 저도 안 될 거야!

---

아비뇽, 레오의 방.
로진이 방문을 두드리자,
레오가 문을 연다.

레오
아, 너구나!

로진
나 기다린 거 아니었어?
오늘 온다고 했잖아.

레오
응. 근데 네가 그러고서
아무 연락이 없길래.

로진
난 절대 가타부타 연락 안 해.
내가 한번 말했다면
다 확실한 거야.

레오
알아. 하지만 내가 오늘 시간이
될지 확실하지 않았어.
그래서 어제 계속 너한테
전화했지. 어제 어디 갔었어?

로진
여기저기.

레오
우리 엄마 집에는 안 갔고?

로진
너희 엄마한테 전화했었어?

레오
전화 안 받으시더라. 아마
엄마는 포도밭에 가 있었겠지.
너도 거기 있었어?

로진
몽텔리마르에서 에티엔을
만났어. 봐, 난 너한테
감추는 거 없어.

레오
그 남자랑은 끝났다며.

로진
맞아. 하지만 벗으로는
만날 수 있지.

레오
벗은 무슨!
다른 표현을 찾아보는 게 어때.

로진
그럼 그냥 친구라고 할게.
나이가 적든 많든
잘생겼든 못생겼든
난 내가 원하는 친구 모두를
만날 권리가 있어. 그건
네가 상관할 바가 아니야.

레오
난 너랑 사귄 이후로 한 번도
리자를 만난 적 없어.

로진
그랬지. 근데 너희 둘이 만나서
무슨 할 말이 있을지 모르겠네.

레오
그럼 그 사람이랑은
무슨 얘길 해?

로진
재밌는 얘기.

레오
나랑은 못 하는 얘기들인가?

로진
그냥 종류가 다른 거야.

레오
나한테 철학 얘기는
기대하지 마.

로진
우리가 어제 무슨 얘기를 한 줄
알아…? 사랑 얘기를 했어…
그런 표정 짓지 마. 그 사람과 나
사이의 사랑 얘기가 아니야.

레오
그럼 일반적인 사랑에 대해
얘기했다는 거야?
퍽이나 재미있었겠다!

로진
아니. 그 사람과 다른
누군가의 사랑에 대해서
얘기했어. 너한테 이 얘기를

들려주는 건 너도 알고 있는 게
나을 것 같아서야. 하지만 먼저
아무에게도 얘기하지
않겠다고 맹세해.

레오
그런 얘기 할 사람도 없어.

로진
그럴지도 모르지.
하지만 맹세부터 해.

레오
진짜 그러길 원해?

로진
응. 자, 따라 해.
"나는"

레오
나는.

로진
"이 얘기를 아무에게도
발설하지 않을 것을
맹세합니다."

레오
이 얘기를 아무에게도
발설하지 않을 것을
맹세합니다.

로진
자, 그 여자가 누군지 모르겠어?
그분한테 절대 한마디도
흘려서는 안 돼. 에티엔이

사랑에 빠진, 혹은 곧 사랑에
빠질 여자, 누구겠어?

레오
내가 어떻게 알겠어?

로진
알지! 너희 엄마니까!

레오
우리 엄마? 무슨 말도
안 되는 소리야! 우리 엄마는
그 남자를 알지도 못해.

로진
지금은 그렇지.
사진으로만 본 사이니까.

레오
사진? 그건 또 무슨 소리야?
도대체 네가 무슨 권리로
사진을 보여준 건데?

로진
내가 찍은 사진을 보여줄 수
있는 권리. 너희 엄마한테 사진
몇 장을 보여줬는데, 에티엔이
너희 엄마 눈에 띈 거지.

레오
눈에 띄다니? 무슨 의미야?

로진
매력적이라고 느끼셨다는 거야.
그렇게 시작되는 법이잖아.
그리고 에티엔도 너희 엄마

사진을 보고 매력적이라고
생각했어.

레오
당장 그만둬!
그런 장난 정말 싫어.

로진
장난치는 거 아니야.
난 마갈리와 에티엔의 행복을
바라는 것뿐이야.

레오
두 사람 일에 끼어들지 마.
그런 일은 알아서 결정할
어른들이라고.

로진
결정은 그 둘이 하는 거지.
난 제안만 할 뿐이야.

레오
안 돼! 절대 하지 마!

로진
네가 무슨 상관인데?

레오
말 잘했다. 나하고 엄청나게
상관있는 일이지.

로진
도대체 왜?

레오
왜냐면… 내가 불편해.

로진
도대체 왜?

레오
네가 이해를 좀 해줘야지!
자식들이 부모들 일에 그렇게
관여하는 거 아니야.

로진
난 너희 엄마 딸이 아닌데.

레오
내가 아들이고,
난 그런 얘기 듣고 싶지 않아.

로진
알겠어. 너한테 더는
이 얘기 안 할게.

레오
어쨌든 그 일은 잘 안될 거야.
그리고 만약 잘되기라도 한다면
도대체 우리가 무슨 상황에
처하는지는 알아? 네 전
남자친구가 너의 시아버지가
되는 거라고! 그런 망측한 일이
어딨어!

로진
망측하다니. 난 그렇게
생각 안 해봤는데.

레오
분명히 말하지만,
정말 망측한 일이 될 거야.

로진
난 내가 아직도 에티엔을
좋아하는 거야말로 망측한
일이라고 생각해. 봐, 이건 내가
더는 그를 사랑하지 않는다는
증거라고. 내 말 믿지?

---

서점.
이자벨은 여러 통의 답장을
받았다. 이자벨의 마음에 든 것은
그중 한 통뿐이다.

이자벨
직접 읽어보며
"부인, 당신이 낸 광고는
의례적이지 않군요.
제가 당신이 찾는 사람이 될
기회를 주십시오. 당신을
실망시키지 않는다면
좋겠군요. —제랄드."
음…
자신감이 넘치는 사람이네.
어쨌든 적어도 간결하고.
나머지는 정말 다 형편없어.
이자벨은 전화번호를 누른다.
여보세요…! 네, 광고를 낸
사람인데요… 네…
아, 오늘 저녁엔 안 돼요…
네, 그럼 월요일 점심에 뵙죠…
아, 퐁생에스프리에서요?
저도 좋아요.

퐁생에스프리, 어느 카페 겸 식당.
제랄드가 먼저 도착했다. 이자벨은
식당 안을 둘러본다. 이자벨은
제랄드를 바라보지만, 그는 반응이
없다. 이자벨이 돌아서려고 하자,
제랄드는 그제야 자리에서 일어나
본인 소개를 하고 인사를 나눈다.

제랄드
이자벨에게 앉으라고 권하고서
자리에 앉으며
제가 좀 더 잘 보이는
곳에 앉을 걸 그랬네요.
절 찾으러 식당 안을
돌아다니시는 걸 봤어요.

이자벨
아는 척을 좀 해주지
그러셨어요.

제랄드
당신이 맞는지 확신을
못 해서요. 당신일 거라고는
생각 못 했거든요.

이자벨
실망하셨어요?

제랄드
아뇨, 그 반대죠.
시골에 사시는 분이 이렇게
우아한 모습이리라고는
생각 못 했습니다.

**이자벨**
평생 시골에서만 산 건
아니에요. 5년 전에 아버지가
돌아가셨는데, 그때 아버지의
사업… 그러니까 아버지의
포도밭을 물려받기로 한 거죠.

**제랄드**
아! 정말요?
사실 저희 아버지도 와인을
만들던 분이셨어요.
전 열 살 때까지 알제리에 있는
포도밭을 뛰어다니며 자랐죠.
1961년에 프랑스로 돌아왔고요.
그 후 리옹에서 법학 공부를
마쳤고, 그 덕에 여러 기업에서
일했어요. 주로 외국에 있었죠.
최근에야 프랑스로 다시
돌아왔습니다. 돌아오기 전
이집트에서 같이 살던 여자와
관계를 정리했고요. 직장 때문에
이 지역으로 오게 됐어요.
그래서 회사동료들 말고는 여기
아는 사람이 아무도 없습니다.
아는 사람이 전혀 없는 상황에서
삶을 새로 꾸린다는 게 참
어렵더군요… 그런데 이렇게
아름답고 우아한 분께서 어쩌다
신문에 광고를 내신 거죠?

**이자벨**
저도 당신이랑 비슷해요.
전 튀니지에서 태어났는데,

일곱 살 때 여기 드롬
지방으로 오게 됐죠. 고등학교
졸업 후 결혼을 했고 그 뒤
프랑슈콩테 지방의 작은
도시에 가서 살았어요.
남편과 사별하고 나서 아버지
집이 있는 이곳으로 돌아왔고,
그 후 아버지가 돌아가셨죠.
전 이제 여기에 아는 사람이
없어요. 한동안은 두 아이가
있어서 외롭지 않다고
생각했었는데, 이젠 아이들이
다 커서 제 곁을 떠났죠.
전 오히려 그쪽 경우가
더 놀라운데요. 아무래도
여자보다는 남자가 상대를
찾기 더 쉽잖아요.

**제랄드**
잘못 알고 계시는 거예요.
물론 짧은 만남을 즐기는
여성을 만날 수도 있겠지만 그런
만남에는 관심이 없습니다.

**이자벨**
그럼 신문에 광고를 낼 생각은
안 해보셨어요?

**제랄드**
해봤죠. 하지만 그저 그런
광고를 냈고, 그저 그런
사람들로부터 그저 그런 답장을
받았을 뿐이죠…

제랄드는 그곳에서 점심을
먹자고 제안한다.
식사가 끝나갈 때쯤, 제랄드는
이자벨에게 와인을 더 마실지 묻는다.

이자벨
아뇨, 전 괜찮아요.

제랄드
전 좀 더 마셔도 될까요?

이자벨
물론이죠.

제랄드
이 와인은 묵직함이 좀
떨어진다고 생각하시는 거죠?

이자벨
그렇진 않아요.

제랄드
생산하시는 와인은 뭔가요?
코트뒤론인가요?
아님 트리카스탱?

이자벨
코트뒤론이에요.

제랄드
그럼 강 이편에
사시는 거네요?

이자벨
아직 말씀드릴 수 없어요.
어쨌든 아직 당신을 잘

모르니까요. 제가 이렇게
신중하게 구는 걸 이해해주세요.

제랄드
그럼 저 또한 좀 더
신중해야겠네요. 좋아요.
전 몽텔리마르에 있는
한 회사에서 영업담당으로
일하고 있어요. 일의 특성상
이동이 아주 많죠. 보통 낮엔
매우 바빠요. 그래서 다음번엔
저녁 식사를 했으면 해요.
그럼 여유롭게 시간을
낼 수 있을 겁니다.

이자벨
저녁엔 제가 시간 내기가
좀 어려워요.

제랄드
왜죠?

이자벨
그게 사실 전 밤에 운전하는 걸
싫어하거든요. 밤에 운전하다
보면 갑자기 사슴이 뛰어드는
경우도 있는데… 그게…

제랄드
사슴이요?

이자벨
제 친구 중에 운전하다
사슴을 친 친구가 있어요.
저도 그럴 뻔한 적이 있고요.

꽤 위험해요. 진짜라니까요.
그래서 전 가능한 한
밤운전은 안 하고 싶어요.

제랄드
제 차로 모시고 오면 어떨까요.
하지만 그러려면 저에게
집주소를 알려주셔야겠네요.

이자벨
아니요. 죄송해요.
되도록 낮에 만나는 편이
좋겠어요.

제랄드
좋습니다.
라가르드아데마르
아시나요?

이자벨
알아요. 정말 예쁜 곳이죠.

제랄드
네, 아름다운 곳이죠.
오는 토요일에 거기서 같이
점심 식사 하는 게 어때요.

라가르드아데마르의 한 식당.
이자벨과 제랄드는 야외 테이블에 앉아
식사한다. 바람이 분다.

이자벨
머리카락을 뒤로 넘기며
어머!

제랄드
바람이 너무 센가요?

이자벨
아뇨, 괜찮아요. 머리를 묶지
않았으니까요. 이렇게 바람에
머리가 날리면 시골 느낌도
더 나잖아요?

제랄드
음… 글쎄요.

빵을 집으려던 이자벨은
소금통을 넘어트린다.

이자벨
아, 죄송해요!
제가 이렇게 덜렁댄다니까요.

제랄드
별로 안 그래요.
덜렁대는 성격이셨으면
시골에 가서 살 생각도
못 하셨겠죠.

이자벨
이상하게도 전 자잘한
일보다는 힘이 드는 일에
더 재능이 있어요.

제랄드
정말요?

이자벨
제 손이 큼직하거든요.

제랄드
손이 정말 예쁘신데요.
전혀 상하지 않았어요.

이자벨
장갑을 끼고 일하니까요.
제랄드가 손을 잡으려 하자 손을 뺀다.
장갑을 끼기도 하고,
또 같이 일하는 일꾼들이
있어요. 1년 내내 하시는
분도 있고, 수확철에만
오는 분도 있고요.

제랄드
포도밭이 몇 평 정도 되나요?

이자벨
3만 평이요.

제랄드
3만 평이라고요?
그렇게 작은 밭으로 어떻게
해내고 계신 거예요?

이자벨
그게…
최근에 구획을 더 넓혔어요.
그랬으니 면적이 훨씬 더
될 텐데, 미안하지만 정확히
얼만지 모르겠네요.

식사를 마친 후 이자벨과
제랄드는 계곡이 내려다보이는
식물원을 산책한다.

제랄드
이 지역에서 가장 아름다운
전망을 볼 수 있는 데가
여기일 겁니다.

이자벨
하지만 론 계곡은 예전이
훨씬 더 아름다웠을 거예요.
이렇게 길이 나고,
차가 다니고, 철길이 나기
전에 말이에요.

제랄드
그렇겠죠.

이자벨
어쨌든 좀 보기 흉하게 됐어요.
특히 저쪽의 공장들이요!

제랄드
발전소 굴뚝도 보이는군요.

이자벨
저 굴뚝은 어디서나 보이죠.
저희 집에서도 보이는걸요.

제랄드
정확히 사시는 곳이 어디죠?

이자벨
저는 저쪽에 살아요.
이자벨의 손이 지평선을 따라
움직인다.

제랄드
막연하네요.

**이자벨**
이미 큰 단서를 드린 거예요.

그들은 식물 재배지를 둘러본다.

**제랄드**
이름표를 읽어보며
에키움, 러비지, 마늘,
민들레, 쐐기풀, 양파…
버베나?
이 버베나는 좀 이상하네요.
버베나처럼 안 생겼어요.
오히려 아스파라거스에
가까운데요. 아, 아스파라거스는
바로 옆에 있구나.
와서 좀 보세요!

**이자벨**
아, 이건 야생 금어초예요.
포도나무 사이에서 자라는
풀이라 잘 알아요.

**제랄드**
금어초요?

**이자벨**
네, 금어초.

**제랄드**
저보다 더 잘 아시네요.

**이자벨**
아마도요.

그들은 정원 안쪽까지 다다랐다.

**제랄드**
저녁 식사는 정말
어려우시겠어요?

**이자벨**
안 된다고 말씀드렸잖아요.

**제랄드**
혹시 괜찮으시다면 저희
집에서 식사하셔도 돼요. 집이
좀 엉망이긴 하지만요. 아님
당신 집으로 가는 건 어때요?
제가 장을 봐 가서 요리를
할게요. 같이 해도 되고요.
제가 여전히 무서운 건가요?

**이자벨**
아뇨, 그런 게 아니라…
지금 제 아들이 집에
와 있어서요. 아직 아들 학교가
개강을 안 했거든요. 그래서
좀 불편한 거예요. 제가
집에 사람들을 초대하는 걸
어색해할까 봐서요.

**제랄드**
알겠어요. 그럼
몽텔리마르에서 점심때 다시
만나죠. 제가 좀 더 시간을
내볼게요. 열흘 뒤쯤 뵙죠.
전화주시겠어요?

**이자벨**
물론이죠. 전화드릴게요.

마갈리의 집.
마갈리는 로진과 함께 테라스에
앉아 있다. 로진은 마갈리에게 새로
찍은 사진들을 보여준다.

마갈리
지난번 사진보다 이게
더 나은 것 같아. 이번 사진들은
진짜 내 나이처럼 보이잖아.

로진
네. 하지만 아줌만 원래
나이보다 젊어 보여요.

마갈리는 이자벨이 오는 것이
보이자 자리에서 일어나
그녀를 맞으러 나간다.

이자벨
이 근처에 일이 있어서
왔다가 너 보러 잠깐 들렀어.
혹시 둘이 얘기하는데
방해된 거 아니야?

마갈리
아니야. 우리 오늘은 포도
안 따. 새 구획의 포도밭은 며칠
더 기다렸다 수확해야 해.

이자벨
너 토요일 결혼식 올 거지?

마갈리
너 정말 내가 갔으면 좋겠어?

이자벨
온다고 약속했잖아.

마갈리
그랬지. 하지만 요즘 내가
한창 일이 많을 때잖아.
그리고 나 차려입는 것도
귀찮단 말이야.

이자벨
이 기회에 좀 쉬면 좋잖아.
늦게까지 꼭 안 남아 있어도 돼.

마갈리
그렇지만 난 이제 거기 가면
아는 사람이 아무도 없어.
그리고 나 엄청 낯가리잖아.

이자벨
엄살 좀 부리지마!
레오랑 같이 와.
레오 친구들 꽤 있을 거야.
로진에게
같이 오세요.

로진
감사해요. 사실 저 에밀리아
남동생이랑 같은 반이었어요.

이자벨
빅토르 친구라고요? 그럼
그 애 친구들도 많이 알겠네요.

로진
네, 그렇죠. 쥐스탱, 베네딕트…

이자벨
걔가 바로 우리 아들
여자친구였죠.
뭐 잠깐 만난 거지만…
마갈리에게
봤지? 넌 이제 거절 못 해.

마갈리
거절 안 했어. 그저 지금은
별로 좋은 때가 아니라고
말한 거지. 그래, 사실
그렇게 큰일도 아니니까.
와인 한잔할래?

이자벨
그거 좋지.

마갈리는 로진과 함께 일어나
집 안으로 들어간다. 혼자 남은
이자벨은 테이블 위에 놓인 사진들을
본다. 이자벨은 사진들을 살펴보더니
재빨리 마갈리의 사진 한 장을 빼서
가방 안에 몰래 집어넣는다.

────────────

이자벨의 집.
이자벨은 정원으로 나와 통화한다.

이자벨
여보세요!
제랄드, 저 이자벨이에요…
오늘 만날 수 있다고 얘기하려고
전화했어요… 전 오전에
몽텔리마르에서 장을 좀

볼 거예요. 그럼 12시 30분에
봐요. 카름 광장의 '가든'이요…
네, 좋아요. 그럼 이따 뵙죠.

이자벨은 집 안으로 들어간다.

에밀리아
엄마! 서점에서 전화 왔었어요.

이자벨
또?
이자벨은 수화기를 집어 든다.
마리…! 네, 이자벨이에요.
무슨 일로…
잘 들어보세요. 그 책은
계단 아래 책 보관하는
곳에 있어요. 아셰트 출판사
박스 뒤쪽에…
그건 힘들어요. 내가 지금은
서점으로 갈 수가 없어요.
한번 잘 찾아봐요.

에밀리아
엄마! 너무 혼자
고생하는 것 같아.
몽텔리마르는 내가 갈게요.

이자벨
무슨 소리야. 내가 가야지.

에밀리아
그럼 같이 가요.

이자벨
같이 가서 어쩌려고?

에밀리아
난 꽃집에 가고
엄만 제과점에 가면 되잖아요.
아님 반대로 하거나.

이자벨
아니야. 결혼식 준비는
엄마 일이잖아. 그리고 지금
바로 출발할 건데, 넌 아직
나갈 준비도 안 됐잖니.

---

몽텔리마르의 식당.

제랄드
사실 전 산업 건축물을
좋아해요. 특히 이 지역의 경우
더욱 그렇죠. 이곳의 건축물들은
주변과 잘 융합된 것 같거든요.
저번에 트리카스탱 발전소
굴뚝 얘길 하셨는데, 전 그게
전혀 거슬리지 않아요.
충격적이지도 않고요.

이자벨
전 정말 거슬려요. 눈에
그것밖에 안 들어온다니까요.
시선을 빼앗아버리는 거죠.
하지만 아르데슈 강가를
따라 걸으면 여기서는 볼 수
없는 자연을 느끼는 진정한
휴식이 되죠. 여기 론 계곡은
공사와 도로, 크레인들로

엉망이 됐어요. 그런 것만 눈에
들어오니 정말 끔찍한 일이에요.

제랄드
그렇지만은 않아요. 제 눈엔
생동감 넘쳐 보이는걸요.

이자벨
전 정말 싫어요.

제랄드
하지만 모든 점에서 뜻이
맞아야만 같이 살 수 있는 건
아니죠. 안 그런가요?
이자벨은 샐쭉 웃으며 제랄드를
뚫어지게 바라본다.
왜 절 그렇게 보세요?
마치 평가하시듯이요.

이자벨
평가요, 아님 판단이요?

제랄드
둘 다요. 그래서 결론이 뭔가요?

이자벨
당신의 결론은요?

제랄드
전 아직 결론을 못 내렸어요.

이자벨
전 거의 내렸어요.

제랄드
긍정적인가요, 부정적인가요?

이자벨
먼저 얘기하시면 그때 말할게요.

제랄드
아직은 이르다고
말씀드렸잖아요. 당신은
날 헷갈리게 해요. 당신을
잘 모르겠어요.

이자벨
그래도 만난 지
2주나 지났잖아요.

제랄드
당신을 제대로 알기엔
턱없이 부족한 시간이에요.

이자벨
저에겐 충분한 시간이에요.
제가 도와드리죠. 제가
당신 타입의 여자인가요?

제랄드
전 타입 같은 거 없어요.

이자벨
누구나 조금씩은 있죠.

제랄드
젊을 때야 그렇겠지만,
제 나이에 그런 건 큰 의미
없어요. 그저 함께 있을 때
즐거운 여자를 찾는 거예요.
하지만 그런 여자가 저절로
찾아지는 건 아니죠.

이자벨
전 첫인상을 믿어요.
자, 생각해보세요. 당신이
식당에서 절 처음 봤을 때,
당신은 만나기로 한 여자가
저일 거라고 생각지도
못했잖아요. 그건 제가
당신이 상상하던 이미지에
맞지 않는 여자라는
뜻이죠.

제랄드
이미지 같은 거 상상한 적
없어요. 전 그저 이렇게
우아한 여성일 거라고는
생각 못 했던 거죠.

이자벨
키는 더 작을 줄 알았고요?

제랄드
아뇨. 그건 왜죠?

이자벨
전 평균보다 키가 크니까요.

제랄드
그건 장점이에요!

이자벨
보통은 저보다 작은 여자를
좋아하시지 않았나요?

제랄드
전 그렇게 일반적으로

선호하는 스타일이 없다고
말씀드렸는데요.

이자벨
그럼 지금까지 만났던 여자들은
저만큼 키가 컸나요?

제랄드
아니요. 한 명도 없었어요.

이자벨
그럼 그 여자들이
너무 작다고 생각했나요?

제랄드
아니요. 당신이 너무 크다고
생각하지 않는 것과
마찬가지죠. 그런데 도대체
이런 심문은 왜 하는 거죠?

이자벨
저를 믿고 그냥 맡겨보세요.
갈색 머리 여성을 좋아하세요?

제랄드
좋아해요. 결혼도 했었죠.
아내가 갈색 머리였어요.

이자벨
그럼 파란색 눈은 어때요?
파란 눈의 여성을
좋아하세요?

제랄드
이제 그만하시죠.

이자벨
정말 중요한 거예요.
대답해보세요.

제랄드
정 알고 싶으시다면, 제가
지금껏 만났던 여자는 모두
검은 눈에 갈색 머리였어요.
하지만 그렇지 않은 여자도
충분히 만날 수 있죠. 그런데
솔직히 말하자면 전 파란
눈의 여성은 살짝 불편해요.
북유럽 스타일의 외모는 좀
부담스럽거든요. 하지만
당신은 전혀 북유럽 스타일이
아니에요. 그리고 다시 한 번
말씀드리지만, 이런 건 정말
하나도 중요하지 않아요.

이자벨
저에겐 중요해요.
전 사람들이 저에게 첫눈에
반하길 원해요. 제 남편도 저의
큰 키와 머리 색깔, 눈 색깔을
보고 제게 첫눈에 반했죠.
그리고 남편은 결혼 후 24년이
지난 지금도 처음 본 그날처럼
절 사랑하고 있어요.

제랄드
뭐라고요? 그게 무슨
말씀이시죠? 남편이요?
사별했다고 했잖아요.

이자벨
제가 거짓말을 했어요.
제 남편은 멀쩡히 살아 있어요.
그를 떠날 마음도 없고, 그를
두고 바람피울 생각도 없어요.

제랄드
정말 이해가 안 되네요.
그럼 도대체 이런 연극은
왜 벌인 거죠?

이자벨
제가 왜 이 자리에 있는지
알고 싶으세요? 갈색 머리에
검은 눈, 적당한 키에 진짜
와인을 만드는 어떤 매력적인
여성의 대사로서 이 자리에
온 거예요. 전 실은 서점을
운영하는 사람이고요.

제랄드
대사라니요?
도대체 무슨 말이죠?

이자벨
제가 그 여성 대신 이 자리에
왔다는 뜻이죠.

제랄드
왜 그분이 직접 안 오고요?

이자벨
음… 시간이 없어서라고
해두죠. 지금 한창
포도 수확철이잖아요.

제랄드
이상하네요.
그럼 좀 기다렸다가 광고를
냈어도 되는 거잖아요.

이자벨
사실 그 광고를 낸 건 저예요.
그 여자분은 구혼광고 같은 걸
믿지 않거든요.

제랄드
그분이 남자를 찾고
있는 건 맞고요?

이자벨
네. 하지만 남자가
하늘에서 뚝 떨어질 거라고
생각하고 있죠.

제랄드
이렇게 선한 천사의 도움이라면
가능할지도 모르죠.
정말 다정하시네요.

이자벨
당신에겐 경솔한
행동이었다는 거 알아요. 하지만
맹세컨대 손해 볼 일이 되진
않을 거예요. 제가 두 분을
만나게 할 계획을 세워뒀어요.

제랄드
잠시만요. 너무 서두르지
마세요. 전 아직도 정신이
멍하다고요.

이자벨
사진 보실래요?
이자벨은 가방에서 사진을 꺼내
제랄드에게 내민다.
첫인상이 어때요? 어서요!

제랄드
네, 정말이군요.
눈빛이 흥미롭네요.

이자벨
당신 타입인가요?

제랄드
저한테 그런 게 있다면,
그럴 수도 있겠죠.

이자벨
어쨌든 저보다는 더
당신 타입에 가깝죠.

제랄드
상대가 당신이라면 그런 타입
같은 건 문제되지 않았어요.
하지만 당신은 그 얘길 무조건
하고 싶어 했죠. 절 완전히
속인 셈이에요. 별의별
상상을 다 해봤는데, 이건
제 시나리오에 없었어요.
사실 한편으론 안심도
되네요. 뭔가 꺼림칙한 구석이
있었는데 도무지 그 정체를
알 수 없었거든요. 하지만
다른 한편으론 실망한 게

사실입니다. 매우 실망했죠.
난 이미 당신에게 관심 이상의
감정이 있었어요. 당신을
놀라게 하고 싶진 않지만,
당신을 사랑하고 싶었다고요.
실망이 무척 크네요.

이자벨
알겠으니 이제 그만 단념해줘요.
당신에게 다른 여자를
사랑하라고 제안하고 있잖아요.
충분히 가능성 있는 여자예요.
당신이 화나는 건 물론
이해해요. 하지만 일이 잘되면
당신이 절대 저 때문에 시간낭비
한 게 아니게 될 거예요.

제랄드
잘 안되면요?

이자벨
어쩔 수 없죠. 당신에게나
저에게나 안타까운 일이 되는
거죠. 사실 시간을 낭비하는
방법은 수도 없잖아요. 하지만
이게 다른 것보다 더 바보
같은 시간낭비는 아닐 거예요.
오히려 재밌는 게임이 될 수도
있죠. 물론 조금 위험하긴
하지만요.

제랄드
나에게요, 아님 당신에게요?

**이자벨**
제 쪽이라고 봐야죠.
매력적인 남자와 데이트하는 건
꽤 위험한 일이잖아요. 당신과
사랑에 빠질 수도 있었다고요.

**제랄드**
난 당신의 타입이 아닌데요.

**이자벨**
24년 전 저의 타입을 찾은
이후로 저에게 더 이상
그런 건 없어요. 그런데 지금은
제 남편과 비슷한 남자보다는
반대되는 남자가 더 위험하죠.

**제랄드**
제가 그 정도로
남편분과 다른가요?

**이자벨**
위험해질 정도는 아니에요.
잘된 일이죠.

**제랄드**
제가 그 갈색 머리 여자분을
당신보다 더 마음에 들어 할 수
있을지 모르겠네요. 비교가
괜히 그분을 불리하게 만드는 건
아닐까요.

**이자벨**
그만하세요! 이제 저에 대한
말도 마시고, 제 생각도
하지 마세요. 제 역할은 이제

끝났어요. 전 이제 더 존재하지
않는다고요. 자, 이제 마갈리랑
잘해보셔야죠.

**제랄드**
그분 이름이 마갈리인가요?
이름이 맘에 드네요. 이자벨이
당신 진짜 이름인 건 맞나요?

**이자벨**
네, 그건 지어내지 않았어요.

**제랄드**
그럼 그 마갈리라는 분은 도대체
이 일에 대해 뭐라시던가요?

**이자벨**
무슨 생각을 하시는 거예요?
전 마갈리 몰래 이 일을
벌인 거예요. 왜냐면 구혼광고를
낸다는 생각조차 그 친구는 절대
받아들이지 못하거든요.

**제랄드**
그럼 언제 저에게 소개해주실
예정이죠? 뭐라고
말씀하시면서요?

**이자벨**
전 두 사람을 서로에게
소개하지 않을 거예요. 둘이
우연히 만나게 할 생각이죠.
다음 주 토요일에 제 딸이
결혼을 해요. 파티에 오세요.
마갈리도 올 테니까요.

제랄드
전 초대도 안 받았는데요?

이자벨
제가 지금 초대하잖아요.

제랄드
어떤 관계로요?

이자벨
제가 설명할 필요야 없죠.

제랄드
그럼 저는요?

이자벨
사람들이 그런 건 안 물어볼
거예요. 그리고 혹시라도 누가
물어본다면 적당히 둘러대세요.
사실대로 말하는 것만 빼고요.
마갈리는 당신과 비슷하게
혼자서 어쩔 줄 몰라 하고
있을 거예요. 재밌는 게임이라
생각하고 한번 해봐요.
확신하는데 그렇게 하면 훨씬 더
일이 잘 풀릴 거예요.

제랄드
아시는지 모르겠지만 전
소설적인 기질이 있는
사람이에요. 지금껏 모험적이라
할 만한 삶을 살았죠. 이것보다
훨씬 더 위험하고 불확실한
모험들이요. 그러니 이 정도
일은 두렵지 않습니다.

---

몽텔리마르의 한 거리.
로진과 에티엔은 카름 광장까지
이어지는 길을 걷는다. 그때 이자벨과
제랄드가 식당에서 나온다.

에티엔
아무리 그래도 초대도
안 받았는데 거기 가는 건
좀 그래.

로진
그 누구도 당신한테 뭘
묻진 않을 거예요.

에티엔
사람들이 많이 올 거 아니야.
난 이 지역에 아는 사람들이
많다고. 신부도 내 제자였고.

로진
그 여자도 쫓아다녔어요?

에티엔
그럼. 하지만 그 애가 나한테
관심이 없었어.

로진
정말이에요?

에티엔
당연히 아니지.

로진
그럼 신부에게 선물을 하세요.

에티엔
사람들이 내가 너랑 같이
간 걸 알게 될걸.

로진
그게 뭐 어때서요.
난 내가 원하는 사람과
같이 갈 권리가 있어요.

에티엔
넌 레오랑 가야 되잖아.

로진
아니요. 전 레오네 엄마랑
갈 거예요. 정 불편하면
내가 레오랑 오고, 당신이
걔네 엄마랑 온 걸로 하죠.

에티엔
그러려면 그 전에 먼저
그분을 만나야 할 것 아냐.

로진
꼭 그럴 필요 없어요.
그분 곁에 있으면 사람들은
둘이 같이 온 줄로 알 거예요.
난 소개만 하고 바로
빠질 거고요.
광장에 도착하자, 로진이
갑자기 뒷걸음친다.
아, 이런…
다시 뒤돌아 가요!

에티엔
왜 그러는데?

로진
저쪽에 같이 있는 남녀 보이죠.
여자분이 에밀리아의 엄마예요.

에티엔
저분이 우리를 봤어?

로진
그랬을 수도 있죠…
어쨌든…

에티엔
봐, 너랑 내 사이는
공공연한 비밀이라니까.

로진
그런 뜻이 아니에요.

에티엔
그럼 뭔데?

로진
별거 아니에요. 그냥 저분을
곤란하게 하고 싶지 않아요.

에티엔
왜? 혹시 네가 지금
생각하는 게…

로진
아무 생각도 안 해요.
아무것도 모른다고요. 아무 말도
못 들은 걸로 해줘요.

에티엔
넌 상상력도 참 풍부하구나.

생폴트루아샤토 대성당, 늦은 아침.
혼례 행렬이 성당 밖으로 나온다.

이자벨의 집, 오후.
백여 명의 손님들로 북적이는
정원에서, 제랄드는 사람들을 헤치고
뷔페 음식을 차려놓은 테이블로
다가온다. 제랄드는 테이블 옆에
서 있던 마갈리를 알아본다.
그는 마갈리 곁에 너무 가까이
다가가지 않은 채 신중하게 마갈리를
바라본다. 마갈리가 뒤돌아보자
그녀를 바라보고 있던 제랄드는 깜짝
놀란다. 사람들이 지나가면서 둘을
서로에게 가까이 민다. 마갈리는
와인을 마시는 중이다. 마갈리가
제랄드 쪽으로 몸을 돌린다.

마갈리
맛보시겠어요?

제랄드
그럴까요?

마갈리
제가 따라드릴게요.

제랄드
고맙습니다.

마갈리
이 와인 아세요?

제랄드
라벨을 읽어보며
'도멘드라페름뒤물랭'이라,
잘 모르겠네요.
이 근처 와인인가요?

마갈리
네, 강 건너편
아르데슈산이에요.
제랄드가 와인을 마셔본다.
어떠세요?

제랄드
숙성이 정말 잘됐네요.
몇 년도 와인이죠? 89년이군요!
이 지역 와인으로는
정말 일품인데요!

마갈리
저도 같은 생각이에요.

제랄드
엊그제 마셨던 지공다스
와인만큼 좋군요.

마갈리
제 자랑인 것 같아 민망하지만,
사실 이거 제 와인이에요.
전 와인 만드는 사람이거든요.

제랄드
설마요?

마갈리
정말이에요.

마갈리는 웃는다.

**제랄드**
저희 부모님도 와인을
만드셨죠. 이 지역에서 하신 건
아니고요. 알제리에 사시다가
프랑스로 돌아오셨죠.

**마갈리**
저희 부모님은 튀니지에서
오셨어요. 그때 사셨던
이 포도밭을 저에게
물려주신 거예요.

**제랄드**
저희 부모님은 포도농사를
포기하고 사업을 하셨어요.
그리고 전 지금
몽텔리마르에 있는 회사에서
일하고 있고요. 하지만 늘
시골이 그립죠.

제랄드는 와인을 한 모금 더 마신다.

**마갈리**
그거 아세요? 저에게
이런 말을 들려주는 사람은
별로 없어요. 당신 덕분에
기분이 정말 좋네요.

**제랄드**
전문가가 아니더라도
이게 훌륭한 와인이란 건
알 수 있겠는걸요.

**마갈리**
하지만 한 전문가의 의견이
절 무척 기쁘게 하네요.
마갈리는 웃는다.
제가 좀 유치하죠?

**제랄드**
전혀요. 저는 자기가
하는 일에 자부심을 갖는
사람들을 좋아해요.

그때 마갈리는 사람들 속에서
자신에게 손을 흔드는 로진을
발견한다.

**마갈리**
제랄드에게
아! 잠시 실례해도 될까요?

**제랄드**
네, 물론이죠.

마갈리는 로진에게로 간다. 제랄드는
그 자리에서 마갈리를 기다린다.
로진은 마갈리의 손을 잡아끌면서
사람들을 헤치고 나가 조금 한적한
장소로 데려간다. 그곳에서 에티엔이
마갈리를 기다리고 있다. 로진은
둘을 서로에게 소개한다.

**마갈리**
에티엔에게
안녕하세요.
로진의 선생님이시죠?
사진으로 봤어요.

에티엔
선생님이었죠.

에티엔은 마갈리에게 공모의 미소를
짓지만 마갈리는 응답하지 않는다.
그들이 서 있는 곳에서 론 계곡의
아름다운 전망이 펼쳐진다.

마갈리
어머, 저것 좀 봐!
공장을 가려주던 울타리를
전부 없애버렸네.

로진
아줌마가 사는 곳이
더 예쁜 것 같아요. 더 잘
보존되어 있잖아요.

에티엔
아르데슈에 사시죠?

마갈리
네.

에티엔
확실히 좀 황량한 곳이죠.

마갈리
차갑게
황량하다고요? 그렇지
않아요. 경작된 곳이니.
진정한 시골이에요.

에티엔
음… 포도밭을 경작하고
계시죠?

마갈리
네. 전 와인을 만드는
사람이에요. 제가 남자였으면
'와인 농장주'라고 했겠죠.
하지만 '와인 농장 여주인'은
어감이 별로잖아요.

에티엔
별로 그렇진 않아요…
안 될 게 뭐 있겠어요?

침묵이 흐른다.
로진이 다른 친구에게 인사를 하러
잠시 멀어졌기 때문에, 대화를
다시 이어나가기가 더욱 어렵다.

에티엔
일이 많으시겠어요.

마갈리
엄청나죠. 특히 지금이
제일 바쁠 때예요.
그래서 사실 오늘 여기 더
있어도 될지 모르겠네요.

되돌아오던 로진이
마지막 말을 듣는다.

로진
오늘 저녁엔 수확 작업
안 하시잖아요.

마갈리
그렇긴 하지만 내 맘이 자꾸
거기에 가 있어서.

로진
여기 온 걸 후회하시는 거예요?

마갈리
그렇기도 하고 아니기도 해.
이자벨에게 실례를 범할 순
없었으니까. 오늘 수확을
할 수도 있었지만, 꼭 그래야
하는 건 아니야. 내일도 날씨가
좋을 거야. 오늘은 이만
집에 가서 좀 쉬어야겠어.

로진
아직 시간 있잖아요.
아직 해가 지지도 않았고요.

마갈리
그래. 하지만 벌써
낮이 짧아지고 있어.
혹시 레오 지금 어딨는지 아니?
갑자기 사라져버렸구나.

로진
축구경기 중계 본다고
친구 집에 갔어요.

마갈리
갔다고? 어떻게?

로진
차로요.

마갈리
내 차로? 그럼 난 집에
어떻게 가라고?

로진
에티엔이 있잖아요!
이분이 데려다줄 거예요.

마갈리
아니야. 난 한 시간 정도
더 있어도 돼.
어쩌면 두 시간 정도.
마갈리는 웃는다.
배는 안 고프세요?

에티엔은 빨간 원피스를 입은
젊은 여자가 속해 있는 사람들의
무리를 바라보고 있다.

에티엔
마갈리 쪽으로 돌아오며
아니요. 우리는 막
식사한 참이어서요.

마갈리
전 배가 고파서 뷔페 음식을
먹으러 가봐야겠네요.
그럼 실례할게요.
마갈리는 성큼성큼 멀어진다.

로진
오늘 무슨 일이 있으셨는지,
지금 기분이 별로이신
모양이네요.

에티엔
나한테 특별히 관심 있다는
느낌은 없는데.

**로진**
하지만 사진으로 봤을 땐
정말 좋아하셨다고요. 마갈리
아줌마는 분명 당신을 보러
오늘 여기 오신 걸 텐데. 혹시
실례되는 말 한 건 아니에요?

**에티엔**
뭐라고? 너도 같이 있었잖아.
별말 안 했다는 거 알면서 그래.

**로진**
정말 이상하네요.

**에티엔**
옆에 있는 사람들 쪽으로 손을 흔들며
잠시 실례해도 될까?

**로진**
그러세요.

에티엔이 사람들 쪽으로 걸어가자,
거기서 빨간 원피스를 입은 여자가
걸어 나온다. 에티엔은 그녀의
두 뺨에 입 맞춰 인사한다. 그들은
이야기를 나누기 시작한다.
제랄드는 더 이상 뷔페 테이블에
없다. 마갈리가 그를 찾으러 정원을
둘러보지만 찾지 못한다.
그동안 제랄드는 집 안으로 들어와
주방에 있던 이자벨을 발견한다.

**제랄드**
아, 여기 계셨군요.
당신을 찾고 있었습니다.

**이자벨**
그리고요?
마갈리는 보셨나요?

**제랄드**
우선 가장 어려운 고비는
넘겼죠.

**이자벨**
그랬군요. 이쪽으로 오세요.

이자벨은 제랄드를 거실로 데려간다.

**제랄드**
그러니까, 우리는 얘기를
나눴어요. 첫 만남은 모든
면에서 성공적이었죠. 전혀 눈치
못 챈 모양이더라고요.

**이자벨**
그런데 왜 같이 안 계시고
여기 오신 거예요?

**제랄드**
안 그래도 대화가 제대로
시작되려던 참이었는데,
한 젊은 여성이 다가와서는
마갈리를 제 나이 또래
남자에게로 데려가더군요.

**이자벨**
누군지 알겠네요. 로진이라고,
마갈리 아들의 여자친구죠.
아마 그 남자는 그 아이의 철학
선생님일 테고. 그 둘이 같이

있는 걸 저번에 몽텔리마르에서
봤거든요. 뭐, 그 얘긴
넘어가죠… 어쨌든 마갈리를
오래 붙잡아두진 않을 거예요.
자, 그래서 어떠셨어요?
맘에 드셨어요?

제랄드
가능성이 있다고 해두죠.
사실, 제법 그럴듯한
가능성이에요.

이자벨
반면에 전 당신에게
불가능한 쪽이었죠.

제랄드
당연하죠.
결혼하신 분이니까요.

이자벨
큰 키에 파란 눈이기도 하죠.

제랄드
그런 말 마세요. 설마 지금
기분 상하신 건 아니죠?

이자벨
그런 셈이에요. 모든 남자들이
절 좋아해줬음 싶거든요.
특히 제가 좋아하지 않는
남자라면 더 그렇죠… 죄송해요.
제가 도대체 무슨 소릴 하는
건지 모르겠네요. 와인을 너무
많이 마셨나 봐요…

어쨌든 저한테 직감이 있다는 거
인정하시는 거죠?

제랄드
네. 때론 이런 우연들이 있죠.

이자벨
이건 우연이 아니에요.
어쨌거나 저의 작품이라고요.
자, 그럼 행운을 빌어요!
이자벨은 웃으면서 제랄드를 바라본다.

제랄드
왜 웃는 거죠?

이자벨
마갈리, 당신, 그리고 저
모두에게 잘된 일이라 기뻐서요.

제랄드
지금 절 놀리시는 거죠?

이자벨
당황하신 것처럼 보여요.
이런 어리숙한 모습을
마갈리에게 보이시면 안 돼요.

제랄드
어리숙하다고요?

이자벨
아니에요.
이자벨은 웃는다.
어서 마갈리를 찾으러
가보세요!
이자벨은 제랄드의 옷깃을 잡더니

그의 두 뺨에 입 맞춘다.
괜찮으시겠죠?
이자벨은 잠시 제랄드를 품에
가까이 안는다.
떨고 계신 건가요…?
겁을 내시는 건 아니죠?

**이자벨**
제랄드를 놓으면서
거기 누구죠? 그냥 들어와요!
제랄드에게
당신 때문에 곤란해지겠어요!

**제랄드**
피식 웃으며
겁나요.
마치 열여덟 살 때처럼요.

바로 그때 마갈리가 살짝 문을
열었다가 그들의 모습을 보고는
재빠르게 자리를 뜨지만 이내
문이 닫히는 소리가 난다.

**이자벨**
제랄드를 놓으면서
거기 누구죠? 그냥 들어와요!
제랄드에게
당신 때문에 곤란해지겠어요!

**제랄드**
하지만 방금은 당신이…

**이자벨**
제랄드의 말을 차갑게 자르고선
그를 내보내며
어서요. 빨리 나가세요…

---

마갈리는 아무도 없는 정원 한구석에
홀로 앉아 있다. 로진이 다가온다.

**로진**
마갈리! 어디 갔었어요?
한참 기다리다가
뷔페에 찾으러 갔었어요.

**마갈리**
괜찮아. 이제 배 안 고파.
좀 전 일은 미안해. 하지만
너희 선생님이 별로 나와
대화 나누고 싶어 하는 것
같지는 않았어.

**로진**
글쎄요. 그분은 노력했어요.
오히려 아줌마가 대화를
더 하고 싶지 않은 것처럼
보이던데요.

**마갈리**
바로 그거야. 그분은 예의상
노력을 한 거지, 마음은 딴데
가 있었어. 너한테 뭐라든?

**로진**
아무 말도요. 다른 사람들이랑
얘기하러 갔거든요. 정확히는,
제자였던 여자애한테 갔어요.

**마갈리**
그렇겠지! 그 사람한테 난
나이가 많아.

**로진**
절대 그렇지 않아요!

마갈리
맞아! 그런 건 바로
느껴지는 법이야. 레오는
아직 안 돌아왔니?

로진
그럴걸요. 좀 더 있다가 가셔도
되잖아요. 여전히 에티엔이
바래다줄 수 있을 거예요.

마갈리
싫어.

로진
그럼 저도 같이 갈게요!

마갈리
싫다니깐. 난 별로 급할 거
없어. 이렇게 잠깐 떨어져서
있는 게 좋아. 혼자 있는 거
아무렇지도 않아. 그리고
너도 억지로 여기 같이 있을
필요 없고.

로진
저도 혼자예요. 이게 위로가
될지 모르겠지만.

마갈리
위로라니? 난 네 선생이랑
잘될 거라고 전혀 기대하지
않았어. 젊은 여자를 좋아하는
남자는 그 버릇이 평생 가는
법이야. 게다가 나이가 들수록
더 어린 여자들을 찾지.

로진
무슨 소리 하시는 거예요?
틀렸어요. 에티엔은 그런 사람
아니에요. 제가 좋아서 쫓아다닌
거라고 말씀드렸잖아요. 지금
그분은 어린애가 아니라 여자를
찾고 있는 거예요.

마갈리
빨간 원피스 입은 여자애를
계속 쳐다보던데?

로진
눈치채셨군요.

마갈리
그래. 걔한테 간 거구나?

로진
하지만 저보다 나이가
더 많은 사람이에요!

마갈리
나보다는 한없이 더
어리고 말야!

로진
그 여자도 자기 남자친구들이랑
있었다고요.

마갈리
이제 그 얘긴 그만하자.
어차피 안 될 일이었어. 완전히
끝난 거야. 별로 중요하지도
않고. 무례하게 굴어서 미안해.

하지만 내가 원래 그런
사람이잖니. 바로 티가 나.
지금 난 내 포도밭 말고는
아무 데도 관심 없어. 이제 더는
남자 생각 안 하고 싶어.

로진
두 가지를 같이 못 할 건 없죠.

마갈리
그렇지 않아. 포도밭을 맡은
후로는 남자에게 관심을
가지려고 할 때마다 매번
일을 그르쳤어. 남자가 날
실망시키거나, 남자가 나에게
실망했지. 혹은 서로에게
실망하거나. 혹시라도 남자랑
잘되는 일이 있다면 그건
내 의지랑 전혀 상관없이
생기는 일일 거야.

로진
아줌마를 만나러 시골까지
찾아가는 남자는 드물어요.
오늘 1년에 한 번 올까 말까 한
외출의 기회를 얻으셨잖아요.
이런 기회를 잘 활용해야죠!

마갈리
저기 있는 남자들이 다
결혼한 남자라는 생각은
안 드니?
제랄드가 두 사람 뒤에 나타나
걷기 시작한다. 그는 두 사람 쪽을

바라보며 잠시 망설이지만,
그들에게 옅은 미소로 인사만 건네고
그대로 계속 걸어간다.
아는 남자야?

로진
아니요.
아줌마를 보고 웃었잖아요.

마갈리
그랬을 수도 있지…
그래, 실은 아는 남자야.
아까 너 오기 전에
뷔페 앞에서 몇 마디 나눴어.

로진
그럼 얼른 가보세요.
죄송해요. 몰랐어요.

마갈리
저 사람한테 할 말 없어.
그리고 나한테 할 말이
있었다면 저 사람이
멈춰 섰겠지.

로진
일어나며
제가 자리를 뜨길
기다리는지도 모르죠.

마갈리
로진을 붙잡으며
정말 아니라니까! 그냥
몇 마디 나눈 것뿐이었어.

로진
그렇담 저분은 어때요?
괜찮아 보이는데요.

마갈리
말했잖아. 난 지금 남자한테
관심 갖기 싫다니까.

로진
또 이쪽을 돌아봤어요!
아줌마랑 얘기하고 싶어
하는 게 분명해요.

마갈리
그만 좀 해! 네 일에나 신경 써.
그리고 난 남의 밭에 들어가는
사람이 아니야.

마갈리는 낮은 담장에 가서 앉는다.
로진이 뒤따라온다.

로진
남이라뇨? 남 누구요?
저분, 이자벨 아줌마의
친구인가요?

마갈리
잘 몰라. 알고 싶지도 않고.

로진
왜요? 뭘 짐작하시길래.

마갈리
그런 거 전혀 없어.
이자벨이 나에게 저 사람을
소개해주고 싶었다면,

진작 해줬을 거라 생각하는
것뿐이야. 걘 날 결혼시키고
싶은 마음뿐이거든.
너보다 더하다니까!
마갈리는 로진을 바라본다.
너 지금 뭔가 생각하는
얼굴인데, 도대체 뭐야?

로진
이 얘기를 해도 될지 말지
생각하고 있었어요. 하지만
안 될 게 뭐 있겠어요?
사실 저 남자가 이자벨이랑
같이 있는 걸 봤어요.

마갈리
어디서?

로진
지난주에 에티엔과 함께
몽텔리마르에서 두 사람을
우연히 봤어요.
그 둘은 우리를 못 봤고요.

마갈리
둘이 뭘 하고 있었는데?

로진
얘길 나누고 있었어요.
저 남자가 주차장에서
이자벨을 배웅하던데요.

마갈리
별일도 아니네.

273

로진
별일이라고는 얘기 안 했어요.
단지 두 분이 같이 있는 걸
우연히 보았을 때 어쩐지
함부로 얘기하면 안 되겠다는
생각이 들었어요. 소문은 금방
퍼지니까요!

마갈리
난 입이 무거운 사람이야.
게다가 만나는 사람도 없지.
하지만 넌 아주 호기심이
많은 것 같구나.

로진
호기심이 아니라 상상력이
풍부한 거예요. 전 남자랑
여자가 같이 있는 걸 볼 때마다
항상 최악을 상상해요.
혹은 최상을요. 멋들어진
소설이라도 쓰는 것처럼요.
아름답고 사랑스럽고 인기
많은 여성을 보면 상상을
멈출 수가 없어요. 예를 들면
저번에 몽텔리마르에서 두 분을
보았을 때, 저의 첫 번째 반응은
돌아서는 것이었어요. 제가
숨기 위해서가 아니라 그들을
불편하게 하고 싶지 않아서였죠.
하지만 오늘 저 남자분이 여기
온 걸 보니 그들이 불편해할
사이는 아닌가 보네요.

마갈리
그래… 그랬겠지.

마갈리는 잠시 생각에 잠긴다.

로진
제가 말이 많았나요?

마갈리
응. 오늘은 좀 그런 편이네.

로진
죄송해요.
로진은 마갈리를 안는다.
슬퍼하시는 모습 보기 싫어요.

마갈리
나 하나도 안 슬퍼! 누가 너더러
내가 슬프대? 내겐 슬퍼할
이유가 하나도 없어!

로진
저한텐 두 가지 이유가 있어요.
왜냐면 두 남자가 절
버렸거든요. 오늘 밤에
미친 듯이 놀면서 그 둘을
신나게 비웃어줄 거예요.
같이 가실래요?

마갈리
싫어. 난 여기가 좋아.
하지만 넌 얼른 가서 재밌게
놀아. 그리고 혹시 레오를 보면
나한테 얼른 데려와줘.
집에 가고 싶거든.

로진
에티엔이 데려다주는 건
정말 싫으신 거죠…

마갈리
강하게
싫어. 싫다고 했잖아!

로진이 멀어진다. 해가 지평선 가까이
내려왔다. 마갈리는 생각에 잠긴 채
계속 같은 자리에 앉아 있다.
이자벨이 집에서 나오다 마갈리를
발견하고는 그쪽으로 걸어온다.

이자벨
왜 이렇게 뾰로통한 얼굴을 하고
있어? 무슨 일인데 그래?

마갈리
아무 일도 없어. 난 정말
괜찮거든. 해가 지는 걸
보고 있었어.

이자벨
해는 지금 네 뒤쪽으로
지고 있거든.

마갈리
돌아보지 않고
이따가 돌아볼 거야.
너희 마당은 정말 멋지구나.

이자벨
장자크랑 나는 정원이라고 불러.
그래, 크긴 꽤 크지. 그래서

사람들을 저쪽에만 모여 있게
한 거야. 안 그럼 뿔뿔이
흩어질 것 같아서. 또 이렇게
하면 조용히 쉬고 싶은 사람들이
여길 찾을 수도 있고.

마갈리
저 사람들 사이에 끼어
있는 느낌이었어. 시골에
살고부터 사람들과 어울리는
습관을 다 잃어버렸나 봐.
그리고 이제는 진짜 집에
가야 할 것 같아. 아들이 내 차를
가지고 친구들이랑 어디론가
가버리지만 않았어도 진작에
돌아갔을 거야.

이자벨
정말 가고 싶어?

마갈리
미안해. 다른 게 아니라…

이자벨
너한테 뭐라고 하려는 게
아니야. 저쪽에 이제 막
떠나려는 사람이 있어.
너랑 방향이 같으니까
그 사람이 널 태워줄 수
있을 거야. 같이 가보자.

이자벨과 마갈리는 집 앞으로
돌아 나와, 테이블에 혼자 앉아 있는
제랄드를 발견하고는

그에게로 걸어간다.

이자벨
제가 누굴 좀 소개해드려도
될까요?

마갈리
우리 아까 뷔페에서 만났어.

제랄드
그랬죠.

이자벨
혹시 제 친구 좀
데려다주실 수 있나요?

마갈리
폐를 끼치고 싶진 않은데요.

제랄드
전혀 그렇지 않아요.
어쨌든 저도 이제 돌아가야
하거든요.

이자벨
게다가 마갈리 집이
가시는 길에 있어요.

제랄드
돌아가는 길이라도
괜찮습니다.
전 지금 바쁘지 않아요.

마갈리
정말 감사하네요.

제랄드의 차 안.
차는 피에르라트 방향으로
달리고 있다. 저녁이 되었다.

마갈리
이자벨의 친구신가요?

제랄드
친구라고 하긴 좀 그러네요.
안 지 얼마 안 됐거든요.

마갈리
전 평생 이자벨의 친구였어요.
거의 그런 셈이죠. 제가
프랑스에 왔을 때부터였는데
그때가 일곱 살이었거든요.
우리는 계속 같은 반이었어요.
한동안 못 보고 지내다가
다시 만나게 됐어요. 아주
괜찮은 여자예요. 남편도 정말
좋은 사람이고요. 둘 사이가
끈끈해요. 그러니 이 부부를
위험에 빠트려선 안 되죠.
이제 딸도 곁을 떠나가는데.

제랄드
마치 제가 이자벨에게
흑심을 품은 것처럼
말씀하시네요. 왜 이런 얘길
하시죠?

마갈리
이유는 없어요. 그냥 일반적인
말씀을 드리는 거예요.

**제랄드**
정말 죄송한데 좀 확실히
해야 할 것 같아서요.
혹시 아까 거실 문을 열었던
사람이 당신이었나요?

**마갈리**
둘을 방해하고 싶지 않았어요.

**제랄드**
그냥 들어오시지 그러셨어요.
우린 어떤 부끄러운 짓도
하지 않았습니다. 우리의
행동은 우정에서 나온
것이었지 그 이상은 전혀
아니에요. 걱정하실 일 없어요.
전 이자벨을 존경해요.
그리고 어쨌든… 이자벨은
제 타입의 여성이 아닙니다.
그리고 저도 이자벨 타입의
남자는 전혀 아닌 것 같고요.

**마갈리**
네, 믿어요. 믿는다고요.
내가 놀랐던 건, 보통 나한테
아무것도 숨기는 게 없는
이자벨이 당신에 대해 한마디도
해주지 않았다는 거예요.
하지만 뭐, 최근에 알게 된
사이라고 하시니.

**제랄드**
정확히는 3주 됐어요.
그동안 세 번 만난 게 다고요.

**마갈리**
일로 만난 사이인가요?

**제랄드**
말하자면 그렇죠.
어쨌든 저와 이자벨의 감정과는
전혀 관계없는 일이에요.

**마갈리**
잠시 말이 없다가
그럼 제3자가 관련된 일인가요?

**제랄드**
격하게
아니요. 그렇지 않습니다.
더 말씀드리지 못하는
점은 양해해주세요. 비밀을
지키겠다고 약속을 했거든요.
어쨌든 저와 친구분
사이에 대해서는 전적으로
안심하셔도 됩니다.
마갈리는 대답이 없다.
제랄드는 대화를 다시 이어나가려는
시도를 선뜻 하지 못한다.
정확히 어디로
모셔다드리면 될까요?

**마갈리**
잠겨 있던 생각에서 빠져나오며
모르겠어요.

**제랄드**
네? 어디 사는지
모르신다는 말씀이세요?

마갈리
지금 바로 집으로 가고
싶은지를 모르겠어요.

제랄드
그럼 저랑 어디 가셔서
한잔하시죠. 괜찮으시면
저녁 식사도 좋고요.

마갈리
그러기엔 이른 시간이에요.
배도 고프지 않고
목도 마르지 않아요.
차는 피에르라트 근처까지 왔다.
피에르라트로 가주세요!

제랄드
그럼 저랑 같이 가시는 거죠?

마갈리
아니요. 그 반대예요.

제랄드
그냥 같이 카페로 가시죠.
가서 편히 얘기 나눠요.

마갈리
전 지금 얘기할 기분이
아니에요. 기차역으로 가주세요.

제랄드
기차역이요? 뭐 하시려고요?

마갈리
기차를 타야죠.

제랄드
어딜 가시게요?

마갈리
오랑주요.

제랄드
부르생앙데올 근처에
사시는 줄 알았는데요.

마갈리
딸을 보러 가려고요.

제랄드
하지만 그런 얘기는
없으셨잖아요.

마갈리
지금 얘기하잖아요.
제 생각을 바꿀 권리는
저에게 있죠.

제랄드
정말로 저랑 얘기를
나누고 싶지는 않으세요?

마갈리
전 당신과 할 말이
전혀 없어요.

제랄드
제겐 있어요.

마갈리
그럼 혼자 간직하시죠.
미안해요. 오늘 고약한

하루를 보냈더니 기분이 말이
아니에요. 그걸 괜히 당신한테
쏟아부을까 봐 걱정이 돼서
그래요… 저기 역이 보이네요.

자동차는 피에르라트역 광장
입구에 멈춘다.

제랄드
정말 오랑주에 가고
싶으시다면 제가 차로
모셔다드릴 수 있습니다.

마갈리
괜찮아요. 그냥 역으로
가주세요.
마갈리는 목소리를 높인다.
어서요, 어서!

제랄드는 다시 역 방향으로 차를 몬다.

제랄드
좋아요. 그런데 도대체 갑자기
왜 그러시는 거죠?

마갈리
기차에서 혼자 조용히
생각을 좀 하고 싶어서 그래요.

제랄드
지금 이 시간에
기차가 있는 건 확실한가요?

마갈리
네. 이 노선을 잘 알아요.

제랄드
이렇게 대화 도중에
그냥 가시게 두려니 제 마음이
편치 않네요.

차가 멈춘다.

마갈리
차문을 열고 밖으로 나가며
아니요. 그 반대예요.
오히려 잘된 거죠.
제가 오늘 입을 열면 아마
바보 같은 소리만 늘어놓을 게
뻔하거든요.

제랄드
그럼 곧 다시
만날 수 있을까요?

마갈리
모르겠어요.

제랄드
알겠어요. 억지 부리진
않겠습니다.
그럼 안녕히 가세요.

마갈리
안녕히 가세요.

마갈리는 잰걸음으로 역으로 향한다.
그녀는 그 시간에 사람 코빼기도
찾아볼 수 없는 플랫폼의 벤치로
재빠르게 가서 앉는다. 팔꿈치를
무릎에 대고는 생각에 잠긴다.

이자벨의 집.
밤이 되었다. 파티가 한창이다.
몇몇 사람들은 춤을 추기 시작한다.
그중에는 또래 남자와 함께 춤추는
빨간 원피스를 입은 여자도 있다.
에티엔과 로진은 사람들이 춤추는 곳
바로 앞의 테이블에 앉아 있다.

로진
춤 안 출 거예요?

에티엔
춤추고 싶어?

로진
별로 그렇진 않아요.
로진은 빨간 원피스의 여자를
가리킨다.
늘 눈이 높으셨군요.
정말 예쁜데요.

에티엔
옛날 제자야.

로진
그러시겠죠.

에티엔
아주 똑똑한 애야.
지금 박사과정을 준비하고 있대.
그래서 나한테 부탁을 한 게…

로진
조언을 구했겠죠. 저도 알아요.

에티엔
그만 좀 할 수 없어?

로진
당신이야말로 좀 그만둬요.
내가 무슨 말 하는지 알잖아요.

에티엔
그래, 오늘 저녁은
그만둬야겠어. 이만 돌아갈
거야. 집에 데려다줘?

로진과 에티엔은 주차장에서
레오가 오는 것을 본다.

로진
레오! 너희 엄마는 가셨어.

레오
뭐라고?

로진
집으로 돌아가셨다고.

레오
어떻게?

로진
어떤 분이 태워다주셔서.

레오
화가 단단히 나셨겠네.

로진
그러시겠지. 한번 뵈러
가는 게 좋을 거야.

레오
전화하지, 뭐.
근데 너도 지금 가는 거야?

로진
에티엔이 간다길래
태워 달래려고. 그리고 전에
말했지만 난 오늘 부모님 댁에
가서 잘 거야.

레오
내가 데려다줄 수 있는데.

로진
아니야. 힘들게 그럴 필요 없어.

레오
미안해.
더 일찍 오려고 했는데.

로진
나한테 미안해할 필요는
없어. 하지만 너희 엄마는 좀
풀어드려야 할 거야.
좋은 시간 보내. 술 너무
많이 마시지 말고.

레오
걱정 마. 차 갖고 왔잖아.
그리고 어쨌든 나도 이따
집으로 갈 거야.

그들이 입 맞추자 에티엔은
고개를 돌린다.

에티엔의 차 안.
자동차는 몽텔리마르 방향으로 달린다.

에티엔
도대체 내가 뭘 잘못했다는
건지 도저히 모르겠어.
내가 살갑게 굴지 않은 건
인정하지만, 그 여자가
먼저였다고. 내가 입을 열기도
전부터 쌀쌀맞았다니까.

로진
그랬겠죠. 하지만 이상하네요.

에티엔
나에 대해 뭐래?
말해봐. 화 안 낼게.

로진
정말 별다른 말씀 없었어요.
지금은 남자한테 관심이 없다는
말을 하신 게 전부예요.

에티엔
나도 마찬가지야.
여자들한테 관심 없어. 너로부터
벗어나기는 쉽지 않을 거야.

로진
위선자! 그럼 아까 빨간 원피스
입은 여자는 뭐였나요?

에티엔
아무것도 아냐. 아마 다시는
볼 일도 없을 거라고!

**로진**
아무리 그래도 그 여자랑
대화를 나누는 게 제가 소개한
여자와 있는 것보다 더…

**에티엔**
보자마자 내게 적대적이었던
여자잖아! 네가 좋아하는
두 사람을 만나게 해주고
싶다는 건 아주 아름다운
생각이야. 아주 아름답고도
유치한 생각이지. 난 널
기쁘게 해주고 싶었어.
그리고 그 결과가 바로
이거야. 사람들을 억지로
서로 사랑하도록 만들 수는
없는 거라고.

---

피에르라트 기차역.
마갈리는 멍한 상태에서 깨어난다.
시계를 보더니 광장으로 나와
택시기사에게 말을 건다.

**마갈리**
부르생앙데올로 갈 건데요.
혹시 페름뒤물랭 아세요?

**택시기사**
압니다. 타세요.

**마갈리**
생각을 바꾸어
아니요, 죄송해요.

생폴트루아샤토로
갈 수 있을까요?

---

제랄드의 차.
몽텔리마르 근처까지 왔던 자동차는
갑자기 멈추더니 유턴한다.

---

이자벨의 집.
마갈리는 방에 있던 이자벨을
찾아낸다.

**이자벨**
뭐야… 아까 간 거 아니었어?

**마갈리**
갔었지. 하지만 되돌아왔어…
이자벨, 말해봐.
난 확실히 알아야겠어.
그 남자 도대체 누구야?

**이자벨**
제랄드? 아주 좋은
사람이야. 잠깐. 혹시 둘이
싸운 건 아니지?

**마갈리**
난 그 사람이 누군지 알고
싶다고. 너 그 남자 어떻게 알아?

**이자벨**
어… 그냥 알게 됐어. 하지만
좋은 사람이란 건 확실해.

마갈리
광고로 알게 된 거지?

이자벨
어머, 너 도대체 무슨
생각을 하는 거야. 나 원래
아는 사람 많아.

마갈리
그렇게 말 안 했었잖아.
광고로 알게 된 사람 맞지.

이자벨
아니랬잖아. 정말 아니야.

마갈리
광고를 통해 만난 거면,
그냥 나한테 사실대로
얘기해도 돼. 사실
잘못된 건 아니잖아.

이자벨
그래. 사실대로 고백할게.
광고로 안 사람 맞아.
걱정 마. 광고를 낸 사람은
그 남자가 아니라 나니까.

마갈리
대단하네. 넌 참 운도
좋구나. 하지만 문제는 내가
다 망쳐버렸다는 거지.

이자벨
무슨 일이 있었길래 그래?
둘이 혹시…

마갈리
천만에. 아무 핑계나 대고
그냥 헤어졌어. 모든 걸 잃을
걸 감수하고라도 진실을
알아야만 했거든. 아까
차 속에서 난 어쩐지 그런
것 같다는 예감이 들었지만,
그 남자한테 그 말을 꺼내기는
싫었어. 그럼 분명 아니라고
했을 텐데, 난 그분이
거짓말을 하지 않았음 했거든.
근데 갑자기 화가 치밀어
오르는 거야. 미안하지만 너한테
정말 화가 났어. 그리고 그 화를
그 남자한테 다 쏟아부을까
봐 두려워졌고. 그래서 난
먼저 진상을 알아야만 했어.
생각을 해야만 했지. 그래서
헤어졌고, 이제는 좀 진정이
됐어. 네가 광고로 그 남자를
만나서 데려왔다는 건 중요하지
않아. 중요한 건 그런 걸 전혀
모르는 상태에서 그 남자가
내 눈에 띄었다는 거야.

이자벨
그럼 그 사람이 마음에
든 거지? 정말 잘됐다!

이자벨은 마갈리를 껴안는다.

마갈리
너무 좋아하진 말자고.

그냥 가능성이 있다고 해두자…
사실, 제법 그럴듯한…

이자벨
제법 그럴듯한 가능성이라고?
정말 놀랍네. 그 사람이
너를 두고 한 얘기랑 토씨 하나
안 틀리고 똑같아.

마갈리
설마?

이자벨
정말이야. 정확히 같은
표현이었어.

마갈리
근데 그럼 뭐 해.
내가 다 망쳐버렸는데.

이자벨
그렇지 않을 거야!
정말 분별력 있고 섬세한
사람이야. 너의 그런 반응을
분명 이해했을 거야.

마갈리
그 남자를 잘 아는 것 같네.

이자벨
세 번 만났어. 그게 다야.
근데 그걸로 충분했지.

마갈리
너 내가 왜 그렇게 너한테
화가 났는 줄 알아?

이자벨
그럼 알지.
광고 때문이잖아.

마갈리
아니야. 그 생각을
하기도 전이었어.

이자벨
그럼 이유가 뭔데?

마갈리
뭐 짚이는 거 없어?
너한테 차마 말도
못 꺼내겠다. 내가
상상했던 건…
사실 아까 둘이 거실에
있는 걸 봤어.

이자벨
그 사람한테 키스해준 걸
봤구나? 그래서 넌
뭐라고 생각했는데?

마갈리
아니. 너를 두고 그런
생각은 차마 하지도 못했어.
내가 정말 충격을 받고
우울해졌던 건, 내가
너무나 오랜만에 눈에 띄는
남자를 만났는데,
그 남자를 낚아챈 사람이
바로 내 가장 친한 친구인
너라는 생각 때문이었어.

이자벨
내 가장 친한 친구가 날
그렇게 생각했다는 게
좀 충격적이네.
이자벨은 웃는다.
그리고 넌 정말 바보야!
내가 제랄드에게 키스한 건,
그 직전에 그 사람이
나한테 네가 마음에 든다면서
잘될 것 같다고 말했기
때문이야. 정말 기뻤단
말이야!

마갈리
난 무서워. 그 사람의
기분을 상하게 했을까 봐 겁나.
난 바보 같은 실수만
저지르지. 그 남자는 나한테
완전히 질렸을 거야!

마갈리는 이자벨의 품에 안겨
흐느낀다. 갑자기 이자벨이
마갈리를 밀어낸다.

이자벨
어머, 저기 좀 봐!
그 남자가 왔어!

마갈리가 뒤를 돌아본다.
제랄드가 방문 앞에 나타난다.
마갈리는 웃음이 터지고 이자벨도 곧
따라 웃는다. 제랄드는 당황하며
그런 둘을 바라본다.

이자벨
제랄드에게
어리둥절하신 것 같네요!
저 때문에 다시 오신 건가요,
아님 제 친구 때문인가요?

제랄드
차갑게
이렇게 불쑥 다시 찾아와
죄송합니다만,
제가 속는 걸 달갑지
않게 여긴다는
사실을 잘 아실 텐데요.

이자벨
.화내지 마세요! 당신을
속이는 게 아니에요. 적어도
이젠 그럴 일 없어요.
당신은 마갈리 때문에
돌아오셨고, 마갈리는
당신 때문에 돌아왔잖아요.
정말 놀랍지 않아요? 그럼 전
자리를 비켜드릴게요.

마갈리
이자벨을 붙잡으며
아니야, 여기 있어.
난 우선 너 때문에 온 거야.
너한테 할 말이 있었으니까.
그리고 아직 다 못 했어.

제랄드
제가 자리를 비켜드리죠.
제랄드는 마갈리 쪽으로

몸을 돌려 고개를 숙인다.
그럼 안녕히 계세요.

마갈리
네, 안녕히 가세요.
그리고 아까 일은 정말
미안해요. 제가 정말
끔찍하게 굴었죠.

제랄드
제가 당신 입장이었어도
똑같이 했을 겁니다.
그 뒤 우리의 행동이
똑같았다는 게 바로 그 증거죠.
우리…

마갈리, 제랄드
동시에
우리 둘 다 돌아왔잖아요!

그들은 웃는다.

마갈리
그의 손을 잡으며
곧 한번 뵙죠.
포도 수확은 끝났지만,
뒤풀이 잔치 때 오세요.

제랄드
아, 뒤풀이요?

마갈리
네, 포도 수확 마무리한 걸
축하하는 식사자리를
마련할 예정이에요.

제랄드
알겠습니다. 꼭 갈게요.
그럼 안녕히 계세요.

제랄드는 밖으로 걸어 나간다.

이자벨
왜 같이 안 간 거야?

마갈리
너무 피곤해서 오늘 저녁은
누굴 유혹하래도 힘들 거야.
그가 날 원하고, 나도 그를
원하면 다시 만나지겠지.
자, 그럼 나도 갈게. 나가서
우리 아들을 좀 찾아봐야겠다.
걔한테 차 키가 있거든.
돌아왔어야 할 텐데 말이야!

마갈리는 떠났다. 그의 아들은 남아서
예쁜 금발 아가씨와 춤을 추고 있다.
남편의 품에 안긴 이자벨은
신랑신부의 주위를 돌며 춤춘다.

●

사계절 이야기
Contes des quatre saisons

1판 1쇄 찍음  2020년 6월 1일
1판 1쇄 펴냄  2020년 6월 6일

글  에릭 로메르
번역  길경선
편집  김미래
디자인  이기준

펴낸이  김태웅
펴낸곳  goat
출판등록  2016년 6월 1일
제2018-000235호
주소  서울시 마포구
와우산로3길 17, 4F

goat

goat는 종이를 별미로 삼는 염소가
차마 삼키지 못한 마지막 한 권의
책을 소개하는 마음으로,
알려지지 않은 책, 알려질 가치가 있는
책을 선별하여 펴냅니다.

jjokk-press.com     jjokkpress